DU MÊME AUTEUR

Romans

LA CLIENTE, Gallimard, 1998. Prix Wizo, Goncourt des Polonais (Folio n° 3347).

DOUBLE VIE, Gallimard, 2001. Prix des Libraires (Folio n° 3709).

ÉTAT LIMITE, Gallimard, 2003 (Folio n° 4129).

LUTETIA, Gallimard, 2005. Prix Maisons de la presse (Folio n° 4398).

LE PORTRAIT, Gallimard, 2007. Prix de la Langue française (Folio n° 4897).

LES INVITÉS, Gallimard, 2008 (Folio n° 5085).

VIES DE JOB, Gallimard, 2011. Prix de la Fondation Prince Pierre de Monaco, prix Méditerranée, prix Ulysse (Folio n° 5473).

UNE QUESTION D'ORGUEIL, Gallimard, 2012.

Biographies

MONSIEUR DASSAULT, Balland, 1983.

GASTON GALLIMARD, Balland, 1984 et « Points-Seuil ». Grand Prix des lectrices de *Elle* (repris dans Folio n° 4353).

UNE ÉMINENCE GRISE, JEAN JARDIN, Balland, 1986 (repris dans Folio n° 1921).

L'HOMME DE L'ART D.H. KAHNWEILER, Balland, 1987 (repris dans Folio n° 2018).

ALBERT LONDRES, VIE ET MORT D'UN GRAND REPORTER, Balland, 1989. Prix de l'Essai de l'Académie française (repris dans Folio n° 2143).

SIMENON, Julliard, 1992 (repris dans Folio n° 2797; édition revue et augmentée en 2003).

HERGÉ, Plon, 1996 (repris dans Folio n° 3064).

LE DERNIER DES CAMONDO, Gallimard, 1997 (repris dans Folio n° 3268).

CARTIER-BRESSON. L'ŒIL DU SIÈCLE, Plon, 1999 (repris dans Folio n° 3455).

PAUL DURAND-RUEL, LE MARCHAND DES IMPRESSIONNISTES, Plon 2002 (repris dans Folio n° 3999).

ROSEBUD. ÉCLATS DE BIOGRAPHIES, Gallimard, 2006 (repris dans Folio n° 4675).

Suite des œuvres de Pierre Assouline en fin de volume

SIGMARINGEN

PIERRE ASSOULINE
de l'Académie Goncourt

SIGMARINGEN

roman

GALLIMARD

© *Pierre Assouline et Éditions Gallimard*, 2014.

*Au brigadier Marcel Assouline,
campagnes d'Italie, Provence, Alsace, Allemagne.
Celui qui, le premier, me raconta Sigmaringen...*

C'est un moment de l'histoire de France qu'on veuille ou non... Ça a existé. Et un jour on en parlera dans les écoles.
Louis-Ferdinand CÉLINE

Quand la vérité dépasse cinq lignes, c'est du roman.
Jules RENARD

Prologue

Un jour, nous avons recommencé à prendre des trains qui partent. La fidélité aux horaires n'est-elle pas un signe tangible de la renaissance d'un pays ? Cela n'a l'air de rien mais le retour de l'exactitude a une certaine portée morale, après que nos grandes villes ont été dévastées par la guerre. Loué soit l'indicateur des chemins de fer.

Ce jeudi-là, j'arrive en avance à l'une des trois gares de Sigmaringen, la gare centrale dite du Wurtemberg, distincte des deux autres à vocations régionales, la gare Hohenzollern et la gare du Pays de Bade. Trop tôt, comme d'habitude, pour mieux jouir de l'atmosphère, ma place fût-elle dûment réservée. À nouveau des gens d'ici se reconnaissent, comme avant. La gare, théâtre des séparations et des retrouvailles, est enveloppée du parfum âcre du charbon.

Le prince m'a accordé plusieurs jours de vacances. Il sait que je n'abuse pas ; mon maître m'aurait certainement permis de prolonger mon absence du château si j'en avais exprimé le souhait, mais ce n'est pas nécessaire. Même en comptant avec les aléas dus aux travaux de reconstruction sur les voies, j'ai prévu d'être de retour dès lundi. Immendingen est la première étape d'un périple qui doit me mener de l'autre côté de la frontière, jusqu'à un village alsacien dont j'ignore tout, à l'exception de l'identité de celle que je vais y retrouver, la femme à qui je dois d'avoir perturbé le confort de mes évidences. Une Française, Jeanne Wolfermann.

Les dieux de la Deutsche Bahn ont voulu que mon siège soit collé à la fenêtre dans le sens de la marche. Un homme d'un certain âge prend place dans le fauteuil qui me fait face. Tout en lui exprime la fuite, le repli, le retrait. Le genre d'homme qui évite d'instinct tout terrain où il aurait à prendre des décisions. Pourtant, après m'avoir longuement dévisagé, il se risque :

« Il me semble vous avoir déjà rencontré... Vous habitez en ville ?

— Pas vraiment. »

Manifestement insatisfait, il caresse un instant la verrue qui menace de se métamorphoser en oignon, à la base de sa narine gauche, en prenant soin de ne pas la gratter, puis il revient à la charge :

« Serait-ce indiscret de vous demander votre nom ?

— Les Hohenzollern m'appellent Julius, les Français Stein, les domestiques M. Stein.

— Ah, les Français... », soupire-t-il, réminiscence si puissante qu'elle éclipse le nom de l'illustre famille.

Quand le convoi s'ébranle sous une coulée de nuages, je prends conscience que je quitte ma ville pour la première fois depuis sa récente parenthèse étrangère ; cette histoire n'a duré que huit mois, une poussière de temps à l'échelle du passé multiséculaire des Hohenzollern, mais je sais qu'elle me marquera à jamais.

Une femme vient rejoindre mon vis-à-vis. La sienne probablement, mais pas depuis longtemps. La tendresse de ses gestes, la douceur du regard qu'elle pose sur lui, toutes ses démonstrations d'affection muette plaident, malgré leur âge, pour la jeunesse de leur amour. Il n'en faut pas davantage pour faire résonner les derniers mots que nous avions échangés, Mlle Wolfermann et moi, au château, dans mon petit bureau attenant à l'office.

Dehors, le temps pressait ; la suite du maréchal était sur le départ ; une certaine tension dominait, perceptible à travers la lucarne ; nous étions tout près, elle et moi, sa main dans la mienne, dans une situation si intime que je m'étais cru autorisé à lui demander : « On s'aime, non ? », question qui n'en était pas une et l'avait désemparée, avant qu'elle ne se reprenne : « Oui, on s'aime, mais cela n'empêche pas l'histoire d'avoir été. » Et dans cet instant je me souviens d'avoir maudit la langue française, si raffinée qu'elle ne permet pas de percevoir, à l'oral aussi bien qu'à l'écrit, si dans un tel cas il s'agit de l'histoire intime qui a pu lier secrètement deux êtres, ou de la grande Histoire en marche ; on n'entend ni la minuscule ni la majuscule...

Si cette femme face à moi dans le compartiment savait quel souvenir son attitude suscite en moi ! Le nouveau visage de mon pays se précise à mesure que le train ralentit la cadence. Les animaux y surgissent au loin comme autant de meubles du paysage, figés dans leur étonnement, avant de disparaître. Les gens lèvent les yeux à notre passage, qui semble une apparition ; ce n'est pourtant qu'un simple convoi de voyageurs reliant l'Allemagne et la France. Des paysans en profitent pour s'éponger le front, des ouvriers pour s'arc-bouter sur leur pelle, des enfants pour suspendre leurs jeux, des femmes pour cesser de déblayer des gravats et interrompre un court instant la chaîne par laquelle de lourdes pierres transitaient de main en main avant de parvenir au camion. Tous mettent entre parenthèses le moment de notre passage. Oserais-je avouer que je redécouvre mes compatriotes avec une fierté inédite ? Quelque chose dans leur regard, leurs traits, leur attitude exprime avec une rare puissance un sentiment que je croyais disparu : la ferme intention de vivre jusqu'à ce que mort s'ensuive, comme seuls des survivants peuvent l'éprouver intensément.

Je les observe me regardant, la fenêtre un peu sale et le surplomb du wagon opérant à la manière d'un filtre ; des deux côtés de la vitre, nous sommes tous rendus tacitement solidaires les uns des autres tant par notre infortune que par notre implication collective — certains parlent même de notre culpabilité. Nous n'avons pourtant pas eu exactement le même passé. Sigmaringen est à maints égards une anomalie : non seulement la ville et sa région sont demeurées une enclave prussienne au sein du Pays de Bade mais, au cœur de la cité, son château a lui-même vécu sous l'étrange statut d'extraterritorialité d'une enclave française. Un microclimat semble s'être développé au-dessus de ce petit monde, qui nous a préservés de bien des vicissitudes durant la dernière année de la guerre.

Sigmaringen a toujours su rester à l'abri des conflits, comme si l'ombre protectrice du château épargnait à la ville les malheurs du temps. Elle nous a donné l'illusion que nous échappions à la tyrannie puis à la guerre. Eût-il voulu nous faire payer notre impunité que le Führer ne s'y serait pas pris autrement. Il a fallu que des Français s'y installent pour que ce petit coin d'Allemagne guère porté au nazisme le soit un peu plus.

À présent, je me laisse envelopper par ce passé pas encore passé, comme s'il était d'un pays éloigné et brumeux. Il faudrait élucider le travail du chemin de fer sur les souvenirs, mécanisme secret de la mémoire qui dépasse celui de la nostalgie.

Il y a quelque chose d'initiatique dans ce trajet. La remontée d'un fleuve à travers la jungle ne m'eût pas produit un autre effet. À cela près qu'à bord d'un train enfin lancé, on croit quitter un monde pour un autre ; l'humanité se divise alors entre ceux qui partent et ceux qui restent.

En sortant de mon rêve éveillé, j'ai conscience d'avoir moi aussi chevauché sur le lac de Constance, tout près, et d'avoir frôlé le pire.

Que nous est-il arrivé ?

I
L'organisation

Au regard par en dessous que m'adressa la princesse, assorti d'une très légère inflexion d'ironie à la commissure des lèvres, je compris que quelque chose n'allait pas. La famille Hohenzollern était réunie dans la grande salle allemande du château à l'occasion d'un anniversaire. L'humidité naturelle de ses vieux murs nous abritait de la chaleur estivale. Rarement avions-nous éprouvé une telle douceur, favorable à notre absence au monde, alors qu'au dehors, en contrebas de notre rocher et au plus loin, les miasmes de l'époque harcelaient les habitants. Le château nous en protégeait, mais pour combien de temps encore ? C'était à la toute fin du mois d'août 1944. Le moment m'est resté gravé dans la mémoire, car il y avait eu un avant et il y eut un après.

Alors que je tâchais de déchiffrer le reproche muet et malicieux de la princesse, sans pour autant quitter mon poste en station debout derrière le fauteuil du prince, et sans rien manifester d'une inquiétude toute personnelle qui eût pu ombrager la fête, Hans, l'un des valets de pied, pénétra discrètement dans la pièce et vint murmurer à mon oreille :

« Vous devez venir à la porterie, monsieur Stein. Quelque chose est arrivé.

— Cela ne peut pas attendre ?

— Un télégramme.

— Officiel ? »

Il hocha la tête et baissa les yeux comme pour ajouter à ses propos autant de solennité que de gravité. Je me retirai tandis que mon second, Ludwig, prenait aussitôt ma place.

Une certaine effervescence régnait dans l'entrée. Je dus calmer les esprits et renvoyer chacun à sa tâche. Au-delà même des tampons, cachets et précautions par lesquels le câble encore fermé avait cheminé jusque-là, on le devinait nimbé d'un halo qui n'annonçait rien de bon. Certaines nouvelles ont ainsi le don de se laisser précéder par des ondes négatives, chargées, par leur délicatesse, d'atténuer le choc, encore que cette qualité eût été étrangère aux mœurs bureaucratiques de Berlin.

Aussitôt après avoir réintégré la grande salle allemande, j'affrontai à nouveau le regard de la princesse et sa réprimande moqueuse ; mais il se fit soudainement plus sombre quand elle découvrit le petit plateau d'argent sur lequel je tendais le télégramme au prince en espérant que nul ne s'en apercevrait. Il l'ouvrit, le lut, me réclama ses lunettes pour vérifier qu'il ne s'était pas trompé, se leva et, par cette seule attitude, ses lunettes dans une main, le télégramme dans l'autre, mais la mine défaite, toute la table comprit et se tut.

« C'est Ribbentrop. Le château est réquisitionné.

— Comment ça ? demanda la princesse, interloquée comme nous l'étions tous.

— Il nous faut partir. Oh, pas loin, à une dizaine de kilomètres. On nous envoie à Wilflingen, pour y vivre désormais. Cela prend effet... immédiatement.

— Quoi ?

— Vous m'avez tous compris. Nous devons être partis de chez nous avant ce soir. »

Passé le moment de stupeur dans un silence de plomb, toute la table se leva. En se retournant vers moi tandis que je retirais sa chaise, le prince murmura :

« Mon bon Julius, il nous faut quitter les lieux : nous sommes virés ! C'est la triste vérité. »

La pièce se vida en quelques minutes. En croisant mon regard, la princesse esquissa un léger mouvement de menton en direction du grand buffet. D'un doigt très sûr, elle y avait inscrit en entrant ce qui m'échappait depuis le début de la fête : un grand « Julius » dessiné dans la poussière, sa manière à elle de me rappeler parfois que je ne tenais pas mes troupes, l'entretien laissant à désirer. Aussitôt après son passage, je sortis mon mouchoir et m'effaçai.

Le prince s'enferma un long moment dans son bureau pour téléphoner tandis que la domesticité, en branle-bas de combat, s'affairait. Des membres de la famille entraient et sortaient; de leur brouhaha, il apparaissait clairement que Hitler lui faisait payer la défection et le ralliement aux alliés du roi Michel de Roumanie, cinq jours auparavant; or depuis Carol Ier en 1881, tous les rois de Roumanie étaient issus de la famille Hohenzollern-Sigmaringen; et il est vrai que la rumeur des chancelleries, telle qu'on en avait reçu l'écho, les attribuait aux pressions de son cousin, notre prince de Hohenzollern, qui ne se cachait pas de considérer les nazis comme des aventuriers incultes et athées. Issu d'une longue lignée de tradition militaire, il souffrait de l'interdiction faite aux membres des anciennes familles régnantes de servir dans l'armée par crainte d'une restauration de la monarchie; depuis que des gens de la Gestapo étaient venus au château, avant l'été, pour l'emmener subir un interrogatoire au commissariat de Stuttgart, les nuages s'amoncelaient au-dessus de la famille; la police politique du Reich détenait une lettre, par lui adressée à son cousin le prince de Saxe, dans laquelle il estimait que tout cela n'avait plus de sens car la guerre était perdue de toute façon.

Mis en demeure de quitter la ville avec sa famille, le prince était désormais placé en résidence surveillée chez le baron von Stauffenberg, oncle du comte qui avait ourdi un complot pour assassiner le Führer en juillet de cette même année, et qui allait devoir, lui, habiter chez son régisseur pour laisser la place, en un jeu de chaises musicales; les Hohenzollern comme les Stauffenberg et d'autres lignées aristocratiques devaient payer *en famille* en vertu d'une notion de responsabilité clanique instaurée par le pouvoir. Mais la dignité avec laquelle le prince reçut cette nouvelle, le sang-froid avec lequel il se refusa à céder à l'accablement face aux siens demeureront longtemps gravés dans ma mémoire. On dit qu'il n'y a pas de grand homme pour son valet de chambre. En proie à un élan muet plus fort que moi, je peux témoigner du contraire en l'un de ces moments inouïs où l'on sent l'époque pivoter sur ses gonds; car les événements sont souvent plus vastes que le moment où ils ont lieu.

Une heure après, les bagages étaient alignés. Les chauffeurs chargeaient les automobiles. Forcée d'abandonner une maison qui était la sienne depuis quatre siècles, la famille Hohenzollern, treize personnes, s'en allait entre les rangs de leurs serviteurs alignés en une haie d'honneur. La princesse dut consoler la cuisinière et une femme de chambre trop émues pour retenir leurs larmes, tandis que le prince me prenait à part sur le chemin de ronde :

« Par ordre du Führer, les Français de Vichy vont venir habiter le château pendant... un certain temps. J'ai proposé de les y inviter et de les y recevoir mais Ribbentrop n'a rien voulu savoir. J'ai obtenu, sans mal dois-je dire, que vous restiez à votre poste, ainsi que tout le personnel. Je compte sur vous pour les servir loyalement et pour veiller sur le château. À bientôt, Julius.

— Que Dieu vous garde, Votre Altesse, ainsi que toute votre famille. »

Alors, dans l'instant, même s'il paraissait évident que sa présence continuerait à imprégner les lieux durant les mois à venir, je sus que son timbre de voix nous manquait déjà. Son Altesse se retourna vers le château et l'enveloppa du regard comme s'il ne devait jamais le revoir ; il n'eût pas exprimé davantage d'affection s'il se fût agi d'une personne de chair et de sang ; un court instant, il parut absent tant il était songeur ; alors je compris que cet homme issu d'une des plus anciennes familles du pays se trouvait dépositaire de tant de souvenirs, jusqu'aux plus archaïques, que sa mémoire avait dû précéder sa naissance.

Puis le convoi s'ébranla pour Wilflingen, sous la rumeur des grands arbres et des nuages.

Deux parentes des Hohenzollern avaient néanmoins décidé de rester au château, dans la partie Est, avec la domesticité. Deux forts tempéraments : les princesses Aldegonde de Bavière et Louise von Thurn und Taxis, quatre-vingt-six ans, doyenne de la famille. Ce soir-là, comme chaque soir, ainsi qu'il sied au responsable d'une grande maison, je présidai le repas des serviteurs en bout de table à l'office attenant aux cuisines, dans la salle des chevaliers, à l'entresol. Nul n'osa prendre la parole. Chacun semblait perdu dans ses pensées. Je ne cherchai même pas à lancer le bavardage. On eût dit une veillée mortuaire, nos pensées silencieusement rivées au souvenir de Son Altesse. Même au loin, mon maître demeurait le seigneur du château.

La nuit s'annonçait longue. Il était dit qu'on ne trouverait pas le sommeil. Je sortis faire quelques pas en ville. Je marchai jusqu'au Danube, si près de sa source que son étroitesse n'en impose pas ; le promeneur n'y est jamais intimidé par la légendaire majesté du fleuve. Dans l'épaisseur de sa nuit, la ville semblait tissée de silences. Le moindre pas eût réveillé les habitants plus sûrement que le son ferrugineux des cloches qui formait le bruit de fond naturel de leur cité. En levant les yeux au ciel, on recevait des bouffées d'étoiles.

Lorsque je me retournai vers cette demeure à nulle autre pareille, et qui était la mienne depuis toujours, j'eus une vision : embrumée, elle apparaissait comme jamais recouverte de son étrange rouille historique. Sigmaringen ne perche qu'à 570 mètres d'altitude; pourtant, le château semblait dominer une vallée. Quoi de plus inquiétant qu'un château, si ce n'est l'idée qu'on s'en fait?

Moins d'une semaine s'écoula avant l'arrivée des premiers Français. Je ne savais rien d'eux. La politique française n'était pas mon fort, encore moins que l'allemande. Lorsqu'on jouit du privilège d'être au service d'une grande famille, on se doit de mépriser les choses du monde. Ces étrangers m'étaient étrangers. Leur langue m'était familière car elle était de longue date de celles qui se pratiquaient au château; mais rien de leur univers ne m'attirait a priori. Sans les avoir jamais rencontrés, car il ne me semble pas qu'aucun d'eux n'ait jamais été reçu ici avant ce mois de septembre 1944, je n'éprouvais guère de curiosité à leur endroit, ce qui n'avait d'ailleurs aucune importance. Un bon majordome se doit de garder sa réserve. S'il n'est pas sans qualités, il est sans opinions. L'idée qu'il se fait de la dignité de sa fonction l'incline à l'absolue discrétion en toutes choses, à commencer par l'expression de ses sentiments. Un épanchement ne serait pas convenable. Dans notre métier, on ne se manifeste pas. On n'en est pas moins maître des horloges.

Un majordome général a vocation à tout entendre sans rien écouter; et si les circonstances le placent en état d'écoute involontaire, il se doit de tout oublier.

À dire vrai, les invités annoncés ne m'intéressaient guère pour ce qu'ils avaient représenté ou croyaient encore représenter ; peut-être leur personne était-elle digne d'intérêt mais je ne me sentais pas de faire l'effort qui m'amènerait à eux. Tout ce que je savais, c'est que le Führer en personne, en cela conseillé par Otto Abetz, l'ambassadeur de notre pays à Paris, avait jugé que Sigmaringen était la ville idéale pour les recevoir ; pour son château, naturellement, mais aussi pour sa situation : dépourvue d'industries, elle ne présentait aucun intérêt stratégique ; nombre de familles allemandes du Nord ne s'y étaient pas trompées qui avaient trouvé là un abri sûr quoique provisoire. Constance avait également été retenue mais la ville comportait davantage de risques car plus grande et plus proche de la Suisse. « À Sigmaringen, on pourra mieux surveiller les Français : ils y seront en cage », entendait-on dans les couloirs en guettant leur arrivée.

Il nous faudrait nous organiser, cela ne m'effrayait pas. La nature distingue les races mais ignore les individus. En se dotant du sens de l'organisation jusqu'à le rendre inné, l'Allemand a créé son poncif ; mais que s'infiltre un grain de sable et il se retrouve incapable de s'adapter. La situation nous invitait à nous inscrire en faux contre cet atavisme.

Amilcar Hoffmann me pria de lui rendre visite dans les appartements dont il venait de prendre possession avec sa femme au rez-de-chaussée. Au ton dont il usa pour s'adresser à moi, empathique mais déterminé, je compris qu'il avait pris les choses en main. Seul Amilcar de ma connaissance, il m'avait été présenté comme un conseiller diplomatique du Reich, un professionnel de la chose, rompu à toutes les patiences qu'exige le grand art de la négociation, choisi pour cette tâche en raison des liens qu'il avait tissés avec le gouvernement français durant ses séjours à Vichy. On le disait issu d'une grande famille de Bavière mais je n'eus pas le loisir de vérifier cette information.

Lorsque je pénétrai dans son petit bureau, il commença à me parler sans s'embarrasser des exigences du protocole, tout en continuant à écrire sur une table encombrée de papiers.

« Nous n'avons que peu de temps. Tout doit être en place à l'arrivée du premier convoi de Français. Je ne vous parle que des officiels, bien entendu, qui logeront avec nous au château. Il y en aura certainement d'autres qui les suivront dans leur exil, en nombre indéterminé, mais ce ne sera pas notre affaire. Venez, que je vous présente notre nouvelle organisation. »

Il se leva, déplia sa très haute stature et m'entraîna dans une pièce attenante où deux dames bavardaient en prenant le thé :

« Vous connaissez la comtesse Sailern... Elle s'occupera de la lingerie. Elle fera également office de dame de compagnie pour Mme Pétain... Voici Mme Hoffmann, mon épouse. Elle veillera à la nourriture, aux tickets de rationnement. »

Les deux femmes, fort différentes dès le premier abord, semblaient pourtant bien s'entendre. Autant la première avait tout d'une petite personne ronde, enthousiaste et enjouée, une cigarette toujours entre les lèvres, autant la seconde faisait penser à ce que la grande société viennoise a produit de meilleur, de plus délicat et distingué ; il se murmurait même que son père avait été le médecin personnel de l'empereur François-Joseph.

Une troisième personne entra dans la pièce et se joignit à nous. C'était un homme au physique racé mais étrange, impression d'inquiétude dégagée sans doute par son teint olivâtre et son visage ascétique posé sur un corps haut perché ; tout dans ses manières empruntées trahissait d'emblée son éducation saxonne autant que ses limites ; aussi serviable que peu débrouillard, précédé par une forte haleine de cognac, il était l'intranquillité faite homme :

« Le baron von Salza s'occupera du logement. »

Les présentations achevées, M. Hoffmann déplia une sorte de carte de géographie sur la table et m'invita à me pencher. J'imaginais des plans d'état-major, ce qui ne manquait pas de m'intriguer car je n'avais nulle envie de partager ce genre de secret. En fait, le diplomate y avait planifié la répartition des chambres, bureaux et appartements dévolus aux nouveaux venus. Il paraissait assez convaincu d'avoir parfaitement intégré les susceptibilités, amitiés et rivalités des uns et des autres, science qu'il disait tenir de son expérience à Vichy. Quant à moi, je ne pouvais qu'acquiescer en silence, l'esprit entièrement gouverné par un principe : une maison princière doit être tenue, même en l'absence de ses maîtres.

J'avais veillé à tout, et tout était prêt, me semblait-il. Alors que je me retirais, M. Hoffmann me rattrapa à la porte :

« J'oubliais... Une pure formalité. Passez au rez-de-chaussée, vous savez, les deux pièces à gauche. La sécurité s'est installée là. Ils veulent vous voir, juste comme ça...

— La sécurité, monsieur le conseiller ? »

Je m'y rendis aussitôt. Un bristol sur la porte me renseigna ; car désormais, eu égard à la population si diverse que le château s'apprêtait à recevoir, chaque lieu se devait d'être étiqueté.

« Major Boemelburg / SS-Obersturmführer Detering. » Des hommes de Himmler de toute évidence. Ils étaient là tous les deux. Le premier, un colosse rougeaud tout de cuir vêtu, caressait, accroupi, ses chiens-loups ; le second, plus fin, froid et silencieux, assis derrière son bureau. Deux caricatures de la terreur ordinaire. Ils me regardèrent un long moment sans m'adresser la parole ; peut-être que le conseiller Hoffmann m'avait tout dit et qu'ils voulaient me voir, rien de plus. Le major renonça finalement à l'entretien avec ses bêtes pour considérer l'individu en habit noir, col cassé et gants blancs qui se tenait dans l'embrasure de la porte. Son regard me détailla de haut en bas ; nul doute que ses chiens avaient droit à davantage de compassion.

« Stein, c'est vous ? Quand vous parlerez au personnel, dites-leur bien que je comprends parfaitement le français, que je l'ai appris en surveillant le maréchal à Vichy. Dites-leur aussi que personne, vous m'entendez, personne n'a le droit de quitter Sigmaringen sans l'autorisation écrite du major Karl Boemelburg. Allez ! »

Je n'avais pas refermé la porte que je l'entendis à nouveau :

« Stein ! Une chose encore : personne d'autre que le maréchal n'a le droit de prendre l'ascenseur.

— Pas même le président ? risquai-je.

— Surtout pas lui ! »

À tout seigneur, tout honneur : le maréchal Pétain, le premier arrivé, accompagné de sa suite, le 8 septembre, eut droit à un tour du propriétaire. Bien qu'il fût précédé par sa légende, je dois à la vérité de dire qu'il ne m'impressionnait guère ; tant de personnalités avaient défilé entre ces murs que seule la présence de gens du commun eût été de nature à m'étonner.

Je le priai de me suivre, ainsi que son épouse, et quelques personnes dont on me fit rapidement comprendre qu'elles lui étaient attachées : le docteur Bernard Ménétrel, qui ne semblait pas veiller que sur sa santé, le général Debeney, qu'une blessure de guerre avait rendu manchot, l'amiral Bléhaut, le lieutenant de vaisseau Sacy, Martial le valet de chambre du maréchal, un commissaire de police chargé de sa sécurité personnelle, trois chauffeurs, un motocycliste, une intendante, des gouvernantes. Étant donné l'immensité du château, il tenait à ce que son entourage puisse se repérer sans tarder dans le labyrinthe de ses innombrables couloirs, galeries, terrasses, passages, portes dérobées et souterrains ; l'édifice est si bizarrement conçu que, d'une aile à l'autre, les étages disposés en gradins ne se correspondent pas ; or l'instinct des dédales n'est pas donné à tous ; ce sixième sens me serait-il devenu un réflexe naturel si je n'avais toujours vécu entre ces murs ?

De temps en temps, il marquait une pause en regardant par une fenêtre, le masque déjà nostalgique, probablement pour permettre à chacun de reprendre son souffle entre les étages, car je ne crois pas qu'il ait jamais cédé à la tentation du panorama.

« Le matin, de la terrasse, on aperçoit les sommets des Alpes du Vorarlberg », tentai-je, sans effet.

Le fait est que dès le premier jour, le maréchal se renfrogna, sa manière bien à lui de contenir la colère qu'il éprouvait de se retrouver ainsi retenu contre son gré loin de son pays.

À ces premiers Français, de l'extérieur et surtout la nuit, le château rappelait unanimement *Les visiteurs du soir*, allusion dont le sens m'échappait. Escorté du petit groupe, je me faisais l'impression d'être un guide de musée, flattant ici l'historicité des tableaux, là l'inspiration très française des salles d'eau ; c'était d'autant plus nécessaire que cette maison ne se donne pas facilement tant sa construction déconcerte.

« En fait, le château est constitué de trois corps de bâtiments appelés du prénom des princes successifs qui les ont fait édifier, leur annonçai-je en les priant de me rejoindre à la fenêtre. Là-bas, à gauche, c'est le Leopoldbau ; l'administration s'y est installée, de même que M. et Mme Hoffmann et leurs deux collaborateurs, le baron von Salza et la comtesse Sailern. Au Wilhelmbau se trouvent les chambres des employés, des rares membres de la famille Hohenzollern et de votre serviteur. Enfin, il y a le Josefbau. Nous sommes ici au dernier étage, le septième, où les appartements sont peut-être moins modernes mais mieux chauffés. Les serviteurs logent sous les toits. »

Je les entraînai alors le long d'un corridor d'une cinquantaine de mètres, véritable haie de porcelaines et de tableaux de maître, distribuant les chambres des proches du maréchal jusqu'à ses propres appartements.

« Qui les occupe d'ordinaire ? demanda le docteur Ménétrel.

— Le prince.

— Et ceux qu'occupera M. Laval ?

— Ce sont les appartements royaux, au sixième étage, juste en dessous, fis-je, gêné.

— Qu'importe, du moment qu'ils se trouvent le plus éloignés possible de ceux du maréchal... M. Laval a l'habitude : à Vichy, déjà, il était juste en dessous. »

Puis tout le monde se retira pour laisser le couple s'installer. Alors que j'ouvrais les malles avec un valet, je remarquai que le maréchal ne savait trop comment s'adresser à moi. Non qu'il en fût embarrassé ; pragmatique, il s'en ouvrit sans tarder :

« Mais comment vous appelle donc le prince de Hohenzollern ?

— La famille m'appelle par mon prénom, Julius. Mais elle est la seule en raison, disons, de mon ancienneté dans cette maison et de mon attachement à ses illustres propriétaires. Mon père et mon grand-père étaient déjà à leur service.

— Hum, je vois. Et les autres, comment font-ils ?

— Ils m'appellent par mon nom, Stein. À l'exception des domestiques, naturellement, qui disent "monsieur Stein". »

S'ensuivit une sorte de discussion, autant que faire

se peut entre un homme assis et un homme debout, car il ne saurait y avoir de véritable conversation qu'entre égaux. Le maréchal cherchait à connaître le périmètre exact de mes attributions, et même à définir ma fonction le plus précisément possible.

« Chez nous, on dit "majordome". Et en Allemagne ?

— Cela dépend, monsieur le maréchal. Dans la région de Breslau par exemple, on inclinera pour *major domus*, comme le font les Polonais, à la fois chef des serviteurs et maître de la maison ; ailleurs, une tradition anglophile l'emporte avec l'usage courant de *butler* ; certains emploient couramment le mot *Verwalter* ; mais ici, eu égard aux nouvelles, comment dire..., circonstances, il me semble que "majordome" serait parfaitement adapté. »

Le maréchal s'approcha alors de la fenêtre. La ville s'étendait à ses pieds. Il la contempla durant un long moment, sans un mot ; mais au léger mouvement de tête qu'il esquissa enfin, de gauche à droite, comme un refus résigné, au geste las avec lequel il tira le voilage sur cette perspective déjà saisie par son écume nocturne, je compris que, pour lui, Sigmaringen était perché aux confins du monde. Dès lors, il se considéra comme le plus illustre prisonnier d'un château qu'il voyait comme une forteresse.

Le soir même, alors que lui et les siens s'apprêtaient à dîner dans la salle à manger qui leur était dévolue, je m'acquittai d'une mission dont l'issue devait donner le *la* de son séjour parmi nous. Cecil von Renthe-Fink, un conseiller diplomatique qui avait été affecté à Sigmaringen pour l'occasion, m'avait demandé de l'annoncer ; manifestement, étant donné l'heure, il souhaitait partager le repas du maréchal ; il connaissait pourtant bien son caractère pour avoir été son « ange gardien » à Vichy, mais il pensait que, justement, cela plaiderait en sa faveur.

« Pardon, monsieur le maréchal, mais M. von Renthe-Fink vient d'arriver, il se trouve dans l'antichambre. Peut-être le connaissez-vous...

— Si je le connais ? Je l'ai eu sur le dos pendant deux ans à l'Hôtel du Parc !

— M. von Renthe-Fink est là pour le dîner et...

— Je ne me souviens pas d'avoir invité mon geôlier à notre table. Il dînera seul.

— Bien, monsieur le maréchal. »

J'eus alors l'occasion d'apprendre que, lorsqu'il s'adressait à sa femme, le maréchal ne disait pas : « Tu veux » mais : « On veut » ; elle était « on », une subtilité française de plus qui m'échappait.

Trop bien élevé, fin diplomate depuis suffisamment longtemps pour s'en offusquer, M. von Renthe-Fink, qui avait une longue expérience des hommes au pouvoir, n'insista pas. Mais l'incident eut le mérite de fixer les règles. Pour tout le monde.

Avant de servir le fromage, j'attendais, comme il se

doit, que Florent, le valet du maréchal, ramasse les miettes de pain; mais il le fit avec si peu d'entrain que quelques-unes jonchaient encore la table à la place du maréchal, ce qui n'est pas convenable; une grande maison se juge autant à l'état de son argenterie qu'à celui d'une nappe durant le service; un regard suffit à Ludwig, mon adjoint, pour faire le nécessaire sans que nul remarque cet impair.

Le président Laval arriva quelques jours après. Plus maigre et plus décharné que sur les photographies des journaux, rongé de l'intérieur par un ulcère à l'estomac, la mine pâle et chiffonnée, le regard perdu, la lippe humide, il faisait plus que ses soixante et un ans. Voûté sur sa canne, il flottait dans son costume; sa légendaire cravate blanche l'identifiait mieux que sa silhouette.

À nouveau, je m'improvisai guide de musée pour lui et sa suite, composée de son épouse, de leur chauffeur et de ministres de son gouvernement.

« Ces bâtiments hétéroclites, on se croirait chez Viollet-le-Duc... », lâcha l'un d'eux.

Les ministres semblaient stupéfiés par ce qu'ils découvraient, manifestement impressionnés par notre maison, ignorant encore qu'un tel décor se fait aisément oublier au profit du personnage qui s'y ébroue; mais je ne saurais dire si, passé l'effet de surprise, le spectacle emportait leur adhésion; il est vrai qu'un regard frais ne pouvait être que troublé par cette émeute de styles, de goûts, d'objets, d'œuvres, d'époques; au mieux, cela pouvait être pris comme le précieux dépôt laissé par l'Histoire en ces lieux habités par un passé glorieux; au pire, un indescriptible capharnaüm; il est vrai que son enveloppe même, par ses différentes strates et son enchevêtrement de pignons, de flèches, de tourelles, de clochetons et de beffrois, donnait au visiteur cette impression de bric-à-brac; de toute façon, m'eût-on interrogé à ce sujet, je ne me serais pas permis d'en juger tant je me sentais solidaire de tous les âges du château.

Parvenus à la galerie portugaise, un mot d'explication s'imposait, ne fût-ce que pour rappeler que ce morceau de choix avait été conçu en souvenir d'Antonia de Bragance, fille de Ferdinand II et de Marie II du Portugal, et épouse du prince Léopold, mort en ces murs en 1905. Un ministre ne put réprimer un sifflement d'admiration.

« On se croirait à Versailles ! »

L'ambassadeur Abetz, qui marchait à ses côtés, releva aussitôt :

« Versailles est un mot maudit. Un mot qui a fait des ravages. Les Français parlent toujours de Munich ! des accords de Munich ! de la honte de Munich ! C'est à se demander comment certains osent encore être munichois après cela. Nous, c'est Versailles. Pas les jardins de Le Nôtre ni la galerie des Glaces : le traité.

Il nous a écrasés alors qu'on était à terre. Il nous asservissait autant qu'il annonçait notre désir de revanche. Les sanctions ont mis la population à genoux. Versailles nous a déshonorés. On n'humilie pas un vaincu. De nos héros vous avez fait des criminels de guerre. Dieu sait que nous étions désunis au lendemain de l'armistice, mais le diktat de Versailles a réussi l'exploit de faire l'unanimité contre lui. Il nous rendait responsables de la guerre, nous les Allemands, nous seuls ! Voyez le résultat... »

Le ministre se le tint pour dit. D'autant qu'un autre Allemand, un officier de l'escorte, je crois, crut bon d'ajouter : « Votre Louis XIV nous avait déjà volé l'Alsace... » Il n'y eut pas d'écho et la visite se poursuivit. Il me fallait parfois répéter mes commentaires car apparemment ils se perdaient dans les hauteurs du plafond.

« Vous n'élevez jamais la voix, monsieur Stein ?

— C'est par hygiène vocale, monsieur le président. J'ai été atteint d'une mycose laryngée.

— Ça fait longtemps ?

— Il y a... »

Je marquai une hésitation avant de répondre, si bien que les regards se détournèrent du spectacle des voûtes ornées pour se tourner vers moi, comme si ma santé présentait un quelconque intérêt dès lors que le président faisait mine de s'y intéresser.

« ... 1933.

— Et vous êtes là depuis longtemps ?

— J'avais dix-sept ans quand fut célébrée ici même l'union de la princesse Augusta Victoria de Hohenzollern avec Manuel II, le roi du Portugal.

— Mais il y a combien de pièces, au juste, dans ce château ? enchaîna-t-il, visiblement inquiet à la perspective d'une visite exhaustive.

— Trois cent quatre-vingt-trois, monsieur le président.

— Vous les connaissez toutes ?

— Un château digne de ce nom, nul ne peut prétendre en connaître toutes les pièces. Le prince estime qu'un palais dont on connaît toutes les pièces ne vaut pas d'être habité, dis-je en espérant qu'il n'aurait pas la curiosité de visiter celles qui demeuraient fermées car inhabitées, et dont les meubles anciens étaient rongés par une sorte d'algue brune.

— Et combien de fenêtres à nettoyer ? s'enquit alors Mme Laval avec un sens pratique de maîtresse de maison.

— Des milliers probablement, nul ne les a jamais comptées. Mais le château n'est que portes : elles sont également innombrables et, contrairement aux fenêtres, nous avons affaire à elles en permanence. »

À son soupir de soulagement, elle me parut aussi satisfaite de la réponse que soucieuse à l'idée de tels efforts quotidiens.

La visite de la salle Saint-Hubert aux murs ornés de

massacres produisit son effet. Quelques petits cris d'effroi ne purent être réprimés à la vue des têtes de cerfs empaillés, des animaux que seule la haute noblesse avait le droit de chasser ; elles témoignent également de la richesse de cette famille, qui possède des réserves dans la région aussi bien qu'à l'étranger. Les bêtes paraissaient si vivantes dans leur mort qu'elles donnaient l'impression de suivre le visiteur du regard, le cerf de Poméranie, l'aigle du Tyrol, l'élan de Suède, l'ours des Carpates. Après que la petite troupe eut emprunté le long mais étroit escalier menant au sous-sol, la frayeur de quelques-uns céda la place à l'admiration de quelques autres ; il est vrai que la salle d'armes, où est conservée la plus ancienne collection d'Europe, est l'orgueil des Hohenzollern. Il était trop tard pour rappeler l'interdiction de toucher aux objets ; certains ministres étaient déjà accroupis, occupés à manipuler qui des boulets, qui des fusils, quand ce n'étaient des uniformes, des épées ou des lances, ce qui ne les empêchait pas de moquer la passion allemande, ou supposée telle, pour les quartiers de noblesse, les décorations, les armures.

« À propos, à quel étage avez-vous mis le maréchal ? s'enquit l'un d'eux.

— Au septième, le plus haut.

— Évidemment, l'Olympe ! »

Le sarcasme suscita des rires complices ; le trait fit fortune et, durant des mois jusqu'au départ du maréchal, ses appartements ne furent pas désignés autrement par un certain nombre de Français.

Par commodité, il avait été décidé d'installer le président et ses fidèles au même étage, chacun jouissant d'une vue et d'une température qui faisaient la différence, mais nul n'eut le mauvais esprit d'y déceler un soupçon de hiérarchie; l'initiative fut louée, à une réserve près : les appartements attribués au président Laval. En les découvrant, il ne put dissimuler sa mauvaise humeur. Manifestement, à ses yeux, c'était trop. Trop étouffant, trop riche, trop majestueux, trop colossal, trop décoré, trop ostentatoire, trop lourd et, je le crains, trop allemand. Pourtant, comme je tentais de le faire valoir, le prince Karl-Anton les avait jugés dignes de lui; et Pie XII lui-même, alors Mgr Pacelli, nonce apostolique en Bavière, les avait habités. Mais je crois que l'argument fut contre-productif.

« Cela ne me va pas du tout », maugréa le président, allant nerveusement de pièce en pièce, frappant le parquet de sa canne.

Il trouva un secours inattendu en la personne de la princesse Marguerite de Hohenzollern, qui s'était jointe à notre cortège touristique. Il lui arrivait déjà de revenir de Wilflingen à Sigmaringen pour visiter une parente ou faire des provisions, sans prévenir et pour cause, elle était tout de même chez elle; les Hoffmann, pleins d'égards à son endroit, ne craignaient pas moins son franc-parler et son esprit moqueur, dont les curés et les nazis faisaient le plus souvent les frais ; et là, dans un excellent français mâtiné de quelques formules soigneusement argotiques à la limite de la grossièreté, comme seuls les aristocrates peuvent se l'autoriser, la fille de l'ancien roi de Saxe ironisa si haut et si fort sur le mauvais goût de la décoration du château que je crus de mon devoir de préciser tout bas au président :

« La princesse a reçu une excellente éducation artistique, elle a grandi au palais royal de Dresde et au château de Pillnitz, ce qui explique... »

Peine perdue car le président Laval ne voulait pas d'un château dans le château. Et il ne supportait pas la vue de ces meubles rococo recouverts de plaques d'argent, ni ces lustres en porcelaine de Meissen :

« C'est écrasant, tous ces lambris rutilants. Il faut leur demander de me loger dans une simple ferme. Je suis un paysan, moi ! »

Comme j'avais encore du mal à identifier précisément chacun de ses ministres, je ne sais plus lequel d'entre eux, de M. Rochat, de M. Gabolde ou de M. Bichelonne, crut faire de l'esprit en invoquant la devise qu'il venait de découvrir sur un mur :

« *Domi manere convenit felicibus !* n'est-ce pas ? Il sied aux hommes heureux de rester chez eux... »

Le président ne releva pas. Le conseiller Hoffmann l'entraîna à la fenêtre :

« Vous ne devriez pas être trop dépaysé. Ça ne vous rappelle pas l'Auvergne ? »

Le président marmonna quelque chose d'incompréhensible. Mme Laval lui ayant rappelé qu'à Paris il s'était tout de même bien accommodé des dorures de l'hôtel Matignon, il n'en démordait pas. Il jugeait cet étalage de marbre noir veiné de blanc si funèbre que cela ajoutait à son humeur cafardeuse. En fait, connu pour être superstitieux, le président ne voulait pas du salon rouge car si cette couleur évoquait le pouvoir de l'aristocratie romaine et des cardinaux, la passion, la vie, elle renvoyait pour lui au sang, au diable, au feu.

La solution s'imposa d'elle-même : un repli sur la partie la plus modeste de ses appartements, trois petites pièces en enfilade « assez kitsch », selon les visiteurs, faisant office de chambre à coucher, de salon et de bureau, celui-ci étant installé dans le salon bleu orné du beau portrait d'Amélie Zéphyrine de Salm-Kyrburg, la plus sincèrement francophile des princesses de Hohenzollern. Un salon bleu comme la boîte d'allumettes fétiche frappée à son sceau, qu'il avait rapportée de sa tournée triomphale aux États-Unis au début des années 1930, et qui ne le quittait pas. Cela paraissait être le compromis idéal, à une nuance près : le grand buste en marbre de l'empereur Guillaume Ier :

« Celui-là, je ne le supporterai pas longtemps », annonça Mme Laval.

Le président était libre de restreindre ou d'aménager ses quartiers, éventuellement de déplacer le portrait de la princesse Joséphine de Hohenzollern, mais pas de changer d'étage. Car l'ambassadeur Abetz, qui avait pour mission de cloisonner les groupes, entendait bien profiter des dispositions naturelles du château, de l'isolement des uns et des autres par le jeu des demi-étages et des corridors sans fin. Un tel chaos architectural encourageait la séparation des pouvoirs.

Le soir même, j'eus l'occasion de vérifier ce qui m'avait été dit de M. von Renthe-Fink : perturbé par la mort de ses deux fils à la guerre, il semblait assimiler le cours des choses avec un temps de retard ; ainsi il lui arrivait de reprendre une conversation deux jours après l'avoir interrompue. En le voyant se diriger vers moi peu avant l'heure du dîner dans le couloir du rez-de-chaussée, je crus comprendre :

« Pourriez-vous annoncer ma présence au président Laval, je vous prie ? »

Je m'exécutai. Avant même que le président ait pu répondre, Mme Laval marqua sa désapprobation ; mais son époux, plus soucieux d'apaiser les conflits que d'en créer de nouveaux, passa outre son refus. M. von Renthe-Fink prit place autour de la table et je pus lancer le service, ce qui me valut une remarque à l'accent de titi parisien de la femme d'un ministre :

« Des pommes de terre cuites à l'eau apportées sur des plateaux d'argent aux armes des Hohenzollern! J'aurai vécu ça...

— Au moins, c'est chaud. À Versailles, ils mangeaient froid tant les cuisines étaient éloignées », fit remarquer le conseiller.

Le reste du gouvernement français arriva les jours suivants. Je n'eus pas à leur faire la visite car ils étaient pressés de se mettre au travail, à la différence de leurs prédécesseurs. À cette hâte, on comprit que Vichy en exil s'était d'ores et déjà scindé en deux clans hostiles : ceux qui entendaient bien rester les bras croisés, rangés derrière Pierre Laval; et ceux qui croyaient encore diriger la France dans l'intention avouée de rentrer bientôt au pays, chasser les usurpateurs et revenir aux affaires. Menés par Fernand de Brinon, ceux-là étaient les plus durs. D'après la liste que la Gestapo m'avait remise, les principaux s'appelaient Marcel Déat, Jean Luchaire, Joseph Darnand et le général Bridoux. Ils constituaient le noyau des nouveaux venus. Avant la fin de la semaine, nous serions en principe au complet par rapport aux prévisions — mais que valent des prévisions en temps de guerre?

Il était temps de réunir le personnel. J'étais occupé à mettre la dernière touche à mon plan de travail, l'aspect le plus important de ma fonction, la clef de tout, quand une silhouette se découpa à la porte de mon bureau à l'office. C'était l'intendante du maréchal. Nous nous étions entrevus à son arrivée en catastrophe, peu après la suite officielle ; à peine le temps de remarquer cette femme d'une quarantaine d'années à l'allure décidée, la taille moyenne bien prise et proportionnée, un visage fin aux traits réguliers ; un émissaire spécial l'avait ramenée du château de Dachstein, en Alsace, où elle officiait dans la même fonction ; je crus comprendre qu'elle avait été choisie, sinon désignée, pour suivre le maréchal parce qu'elle l'avait déjà servi lors de son ambassade à Madrid avant la guerre, qu'elle maîtrisait aussi bien l'allemand que le français et qu'elle était recommandée par la baronne de Turckheim pour l'excellence de son service.

On dit qu'il ne faut jamais se fier à sa première impression car c'est la bonne. Absorbé par l'organisation du personnel, recroquevillé sur ma table, je ne m'étais même pas rendu compte qu'elle se tenait à l'entrée depuis un certain moment, aussi patiente que discrète, m'observant et détaillant mon bureau tout à loisir, sans se racler la gorge, à défaut de frapper à la porte ; à croire qu'elle mettait la circonstance à profit pour se renseigner sur celui avec qui elle allait devoir servir les nouveaux princes, nos éminences d'un jour, d'un mois, d'un an, nul n'en savait rien. Lorsque je découvris enfin sa présence dans mon dos, son regard scrutait de loin la moindre image et le moindre papier fixés au panneau de liège sur le mur.

« Je vous demande pardon..., fis-je en me levant.

— C'est moi qui vous prie de m'excuser. Je suis Mlle Wolfermann, la...

— Je sais, vous avez été annoncée et espérée ! Fermez la porte et asseyez-vous. Ce n'est pas très vaste ici, mais au moins nous sommes à l'abri du brouhaha. »

Passé l'instant de la découverte et d'un échange de regards, nous partîmes d'un commun éclat de rire ; car je lui avais spontanément parlé en français et elle m'avait naturellement répondu en allemand, comme si chacun voulait d'emblée faire un pas vers l'autre. Étant donné la situation, nous décidâmes d'adopter la langue des nouveaux habitants du château, une manière de rester courtois à leur égard.

« La situation n'est pas brillante, lui annonçai-je en lui présentant les listes. Une grande partie de ma troupe a pu rester, mais certains ont dû se plier à la récente mobilisation qui ouvre largement le compas, et ce n'est pas fini, à ce que l'on croit savoir. Quant aux serviteurs du maréchal, là aussi, il y a bien des professionnels qui étaient déjà à ses côtés à Vichy, mais également des bras cassés.

— Comment cela, des bras cassés ?

— Vous verrez à la cuisine : des mutilés de guerre, des recalés du conseil de révision, des domestiques polonais ou roumains... Oh, je n'allais pas exiger de tous qu'ils mesurent 1,80 mètre au minimum, comme il se doit, mais enfin. Pour le reste, vous savez qu'il y a près de deux millions de Français en Allemagne. Des prisonniers de guerre, des affectés au travail obligatoire, le... comment appelez-vous cela, déjà ?

— Le STO.

— Exactement ! Le général Bridoux en a ramassé quelques-uns, choisis selon des critères que j'ignore, et voilà. Directement du stalag au château ! Nous avons même hérité de trois des travailleurs français de la scierie de Sigmaringen. Comme si notre métier n'en était pas un et que n'importe qui pouvait s'improviser valet de pied ! Enfin, nous verrons bien, je m'en occuperai. »

Alors Mlle Wolfermann se raidit sur sa chaise. Son visage aux traits fins et réguliers, son sourire doux, tout ce qui en elle exprimait une certaine sérénité se durcit ; j'avais rarement observé une si rapide et si radicale métamorphose chez une femme ; pinçant les lèvres jusqu'à les rétracter, elle opposa un refus catégorique :

« Le personnel français est sous mon autorité.

— Sans aucun doute. Mais comme l'ensemble du personnel travaillant dans ce château est sous la mienne... »

Elle se rejeta brusquement contre le dossier de son fauteuil, réfléchit un long moment, se retira froidement, sans un mot et sans se retourner, jusqu'à ce que je l'interpelle alors qu'elle franchissait le pas de la porte :

« Oh, mademoiselle Wolfermann, j'allais oublier. Je réunis tous les collaborateurs, enfin... je veux parler des nôtres, bien sûr, à dix-sept heures à l'office. J'apprécierais que vous soyez à mes côtés quand je leur parlerai.

— Bien, monsieur Stein. »

Peu m'importait que l'on me dise autoritaire, snob et bourru — car tout me revenait de ce qui se murmurait dans mon dos — du moment que nul ne remettait jamais ma loyauté en doute. Je n'avais pas l'intention de leur faire un sermon. Juste un rappel à l'ordre. Ou plutôt aux principes qui fondent notre vocation, au cas où certains les auraient oubliés, si tant est qu'ils les aient jamais sus.

Ils étaient déjà tous là quand je pénétrai dans l'office des cuisines : majordomes adjoints, valets de pied, valets de chambre, gouvernantes, cuisinières, aides, factotum... Quelques-uns, des Français naturellement, et des amateurs sans guère de doute, restaient assis à table. C'est à ce détail qu'on les distinguait des professionnels. Et à un autre : ils flottaient dans leur habit. D'un geste sec de la main, je les fis prestement se lever. Ce n'était pas qu'une question d'égard vis-à-vis de moi; ils devaient se tenir debout afin que s'y ajoute une certaine solennité. Tout était prêt. Ne manquait que la présence de Mlle Wolfermann à ma gauche.

Je la cherchai du regard et, aussitôt après l'avoir trouvée, la fixai si intensément que, au bout de deux ou trois minutes, le silence aidant, tous les regards se tournèrent vers elle ; nous attendîmes stoïquement, sans un mot, qu'elle se décide ; alors je n'eus rien à dire ou à faire pour qu'elle gagne enfin sa place. Je ne goûte guère les rapports de forces et les conflits de personnes, mais l'obéissance est nécessaire là où l'autorité doit s'affirmer. On dira que ce ne sont que des signes, au mieux des symboles du pouvoir, mais j'avais appris que le protocole et l'étiquette devaient être également respectés dans les parties basses comme dans les parties hautes pour qu'une telle maison conserve son rang.

« J'ai reçu une mission de Son Altesse le prince de Hohenzollern et je compte la mener à bien. D'où que nous venions, nous sommes tous là pour servir. Quelque quatre-vingts personnes vivent désormais au château. Il n'y aura pas de table commune car je crois savoir qu'elles ne s'aiment pas. Nous servirons quatre salles à manger trois fois par jour. Cela fait douze services.

« Les gens des cuisines : en ces périodes de restriction souvent douloureuses, vous devez faire en sorte que nos invités n'aient pas trop à en souffrir. Je vous rappelle qu'il y a trois types de menus identifiables à l'importance du fromage, gras ou maigre, par ordre décroissant : le meilleur pour le maréchal Pétain, puis le menu numéro deux pour l'amiral Bléhaut et le général Debeney, enfin la troisième catégorie pour le docteur Ménétrel et le lieutenant de vaisseau Sacy.

« Les valets : vous n'êtes ni des laquais ni des larbins. Conservez à l'esprit la dignité de votre fonction.

« Ne vous faites aucune illusion. Ce ne sera pas la vie de château. J'exige une absolue disponibilité de chacun. Plus de semaines, le temps est aboli, seules les saisons subsistent qui ponctuent l'année, et plus encore quand le pays est en guerre. En dépit des circonstances, je ne tolérerai aucun écart au protocole. J'attends de tous une probité et une correction exemplaires. Bref, de la conscience professionnelle. Des questions ? »

Florent, valet de métier arrivé dans les bagages du maréchal, hésita timidement entre s'avancer d'un pas pour sortir du rang comme à l'armée, ou lever la main comme à l'école ; finalement, il opta pour les deux à la fois :

« Sommes-nous menacés, monsieur Stein ? Je veux dire... il y a des bruits selon lesquels des ministres cherchent à nous remplacer par des chômeurs... enfin, des Français de la ville qui ont besoin d'un travail pour avoir un logement... ils intriguent pour les recaser et...

— Méfiez-vous des rumeurs surtout dans des

moments aussi cruciaux pour tous. Et puis, quels ministres ? »

Le jeune homme s'était trop découvert pour reculer ; mais il ne pouvait décemment préciser son accusation. Nommer serait revenu à dénoncer. Impensable.

« Les ministres "réveillés"... ceux qui... "travaillent"... »

Je dus intervenir pour faire cesser les fous rires. Le pauvre Florent s'était fait maladroitement l'écho d'un réel danger qui, s'il se concrétisait, aurait entraîné l'arbitraire le plus total au sein de la domesticité dans ses rapports avec les hôtes. Certains ministres en auraient affamé d'autres.

« Je sais que l'entourage du président Laval se présente comme étant "en sommeil", et que quelques-uns disent même par commodité qu'ils sont les "sommeillants", mais de là à qualifier les autres de "réveillés", non, ce n'est pas convenable. »

Chacun se sentant concerné, et donc mis à contribution, on entendit un tas de sottises, ce qui eut au moins pour mérite de dégeler les rapports, jusqu'à ce que Mlle Wolfermann prenne la parole :

« Il me semble que ceux qui ont choisi de "travailler" sont par conséquent "actifs" ; les autres sont donc "passifs". Cela a le mérite d'être clair et court. »

Sa proposition recueillit une telle unanimité qu'elle fut adoptée sans autre forme de procès. Je pus poursuivre.

« Je vous rappelle que Mme Hoffmann, la femme du conseiller, veille parfaitement au grain pour l'approvisionnement. Elle est très prévoyante, gère la comptabilité des tickets de rationnement et des bons d'achat, des mesures de sucre et de confiture. Elle surveille le beurre au gramme près. C'est une personne de cœur et de qualité. Son premier mari, un Roumain, est dans un camp et elle lui fait parvenir régulièrement de quoi se nourrir. Bien. Nous ici, nous avons donc six tables différentes à pourvoir chaque jour : celles du maréchal, du président du Conseil, des ministres actifs, des ministres... passifs, des employés et des policiers. Voilà, vous n'aurez guère le loisir de méditer sur la fuite du temps, si toutefois... Mademoiselle Wolfermann, vous voulez ajouter quelque chose ?

— Les femmes de chambre, vous ferez la couverture à seize heures trente. Je crois savoir que, l'hiver, les nuits sont longues dans le Pays de Bade, nous connaissons cela en Alsace. Aussi, plus tôt vous retirerez le dessus de lit et vous ouvrirez le lit, mieux ce sera. »

Je repris la parole tout en observant le manège de Nina, une gouvernante au service du château depuis une dizaine d'années ; dès le début de notre réunion, elle s'était progressivement déplacée afin de se rapprocher de Mlle Wolfermann, auprès de qui elle se tenait désormais, juste derrière moi, chuchotant à son oreille. Je poursuivis sans me laisser distraire.

« N'oubliez pas que les règles valent pour tous, que vous soyez cuisinière de l'exploitation ou cuisinière de maîtres, fille de cuisine ou blanchisseuse, cireur de chaussures, nettoyeur d'argenterie ou coupeur de bois. Pas de col qui dépasse, pas de souliers mal cirés, pas de cuirs de selles patinés avec autre chose que du savon assouplissant Brecknell, idem pour les reliures des livres, et... »

Comme un majordome adjoint inspectait ostensiblement ses gants, leur ôtant un invisible grain de poussière avec un soin qui tenait de l'ironie, je le repris :

« Mais oui, Ludwig, mais oui : bien blancs, les gants, comme avant. Pas d'habit en relâche ! Rappelez-vous que vous allez servir ces gens comme des princes, et leur montrer ce que notre jeune pays a d'immémorial. Des principes, Ludwig : tenir, se tenir, maintenir. Montez vers les principes, ne descendez pas vers les pratiques. Jusqu'à ce que cette guerre s'achève, nous serons chacun le serviteur de l'autre. Je suis là pour conserver et protéger. Pas question d'être les gardiens d'une ruine. Et maintenant, à table ! »

Tandis que je me retirais dans les toilettes, Mlle Wolfermann veillait à ce que les hommes s'assoient tous à ma droite, et les femmes à ma gauche. Lorsque je revins, chacun se leva, comme il se doit, sauf deux ou trois, toujours les mêmes, lesquels n'eurent pas besoin cette fois d'être rappelés à leur mauvaise éducation.

Les conversations particulières allaient bon train lorsque Florent posa une question d'intérêt général. De toute évidence, s'il avait servi dans de bonnes maisons, il n'avait jamais eu l'occasion de le faire dans de grandes maisons ; sinon, il n'aurait pas demandé comment il convenait de s'adresser ou de répondre à nos hôtes.

« Le maréchal Pétain est le chef de l'État ; mais il ne veut plus être chef et il n'a plus d'État sous sa coupe. Vous l'appellerez donc monsieur le maréchal, tout simplement. Rappelez-vous que le maréchalat est un titre et une dignité, non un grade.

— Six étoiles ?

— Sept. C'est le maximum. »

De l'autre bout de la longue table, Martial, le valet de chambre personnel du maréchal, m'approuva silencieusement. Deux autres, qui paraissaient régler un différend depuis le début du repas, me prirent à témoin :

« Monsieur Stein, vous, vous devez savoir : les Hohenzollern disent-ils "bonne société" ou "haute société" ?

— Quand on en est, on dit "la société" et cela suffit. »

Une femme de chambre prit aussitôt le relais. À croire qu'ils s'étaient tous donné le mot, ou qu'ils n'osaient pas et que l'audace d'un seul avait encouragé celle des autres. Celle-là était française et soulevait une difficulté de la langue allemande que je ne croyais pas avoir un jour à affronter dans le cadre de mes fonctions :

« Il y a *von* et il y a *zu*. Les deux pour dire le "de", la particule, c'est bien cela, monsieur Stein ? Alors quelle différence...

— Disons qu'il y a une nuance : *zu* est au-dessus de *von*. Ne vous trompez pas car la personne pourrait mal le prendre. Disons que *von* se rapporte au nom de famille sans que celle-ci vive toujours dans son château de naissance et *zu* se rapporte à l'exercice d'une souveraineté dans le fief d'origine. Et n'oubliez pas qu'ici le titre fait partie du nom. Cela vous va ?

— Mais alors, et Karl Theodor von und zu Guttenberg ? »

Des sourires suivirent le défi que je me devais de relever. Ils attendaient, les regards d'autant plus facilement tournés vers moi que, comme d'habitude, je présidais la table. Je ruminais la réponse la plus pertinente possible quand une voix vint en renfort, ce qui eut pour effet de refroidir l'atmosphère.

« Et Adam von Trott zu Solz ? »

Mêlé de près à l'attentat raté contre le Führer, cet homme venait à peine d'être pendu. D'un signe des deux mains, je fis comprendre que là, je renonçais, ne voulant pas mobiliser l'attention sur une affaire très pointue qui risquait de s'éterniser et sur laquelle, je dois le confesser, je n'avais guère plus de lumières.

Non pas tant le complot que l'étiquette. De toute façon, je ne comptais pas leur apprendre à donner de l'Altesse à la princesse issue d'une maison régnante, et simplement de l'Excellence à son mari.

Leur curiosité pour l'illustre famille des Hohenzollern était touchante ; mais la nature de leurs questions relevait de la légende, sinon du mythe, comme tout ce qui aborde aux rivages de la grande Histoire ; le chemin me paraissait trop long à parcourir ; je ne me voyais pas leur expliquer que les princes venaient d'un temps où ils vivaient des revenus de leurs terres, et qu'ils étaient des paysans en cela qu'ils donnaient l'impression de connaître *personnellement* chacun de leurs arbres. Je me penchai vers Mlle Wolfermann :

« Faites attention avec Nina... Elle vous a fait rire, je vous ai vues. Sans être indiscret, elle vous a parlé de moi ?

— Oh, à peine... Elle voulait surtout me faire observer que cette histoire de ministres "passifs" et de ministres "actifs", c'était tout de même une métaphore très... sexuelle, non ? »

J'avoue que je n'y avais pas pensé, mais c'était trop tard. Une fois lancé, ce genre de trait n'est plus rattrapable. Avant même que nous ayons achevé notre dîner, il aurait monté les escaliers, serpenté dans les couloirs, investi les étages, puis se serait répandu dans les bureaux, incrusté dans les chambres avant de redescendre triompher par ici. Ainsi vont les rumeurs dans un château plein d'invités. C'était au fond assez drôle. Réprimant un rire, je ne pus m'empêcher de lui murmurer le nom d'un ministre, Abel Bonnard :

« Lui au moins sera ravi d'appartenir au clan des ministres passifs. Entre eux, ils l'appellent tous Gestapette.

— Monsieur Stein ! »

J'allais exprimer mes regrets quand Mlle Wolfermann me désigna Hans du menton, un valet de pied, si long, si blême, si maigre que des anciens l'avaient surnommé Nosferatu, mais je n'eus pas la cruauté de le répéter aux nouveaux ; ils auraient été capables de vérifier s'il n'avait pas *aussi* les doigts crochus. Le fait est qu'il arborait en permanence un masque d'une tristesse insondable, ce qui pouvait s'avérer gênant dans une fonction qui le rendait susceptible de m'assister en toutes choses. Au vrai, sa tristesse n'était ni rêveuse ni contagieuse, elle était tout simplement morbide :

« Vous avez vu la tête qu'il fait, c'est effrayant. Il a perdu quelqu'un ? dit-elle.

— Non, il est toujours comme ça. »

Je tâchais de l'interpeller discrètement, à voix basse, sans que tout le monde ait à s'en mêler, ce qui n'aurait fait qu'ajouter à son mal de vivre.

« Hans... Remettez-vous ! La guerre n'est pas la fin de la vie. Et puis ici, nous sommes à l'abri, tout de même.

— Oui, monsieur Stein, mais voyez-vous, c'est terrible de penser que tous ici, et tous les gens du village, les jeunes et les vieux, un jour, nous aurons disparu de la surface de la Terre... »

Un échange de regards avec Mlle Wolfermann nous suffit pour nous comprendre et prendre la mesure des dégâts. Inutile de lui expliquer que celui-là, il faudrait le ménager. En revanche, je l'invitai à se méfier d'Erwin, le chauffeur ; il était assis en bout de table et ce n'était pas tout à fait un hasard ; non qu'il fût persécuté, ou tenu pour un bouc émissaire, d'autant que son physique de music-hall, un je-ne-sais-quoi dans l'élégance naturelle allié à l'étrange beauté de son visage, lui aurait plutôt gagné les cœurs ; mais l'on se méfiait ; son adhésion aux idées du national-socialisme, rarement exprimées de manière frontale mais sournoisement diffusées, l'avaient mis au ban de notre petite communauté ; il y en avait néanmoins toujours deux ou trois pour prendre sa défense, nous reprocher un procès d'intention et instiller le doute en nous. Après tout, peut-être avions-nous trop chargé la barque, victimes d'une atmosphère de rumeurs que nous dénoncions lorsqu'elle empoisonnait les étages nobles.

« Peut-être... », fit-elle, avec un soupçon de compassion dans le ton.

Le chauffeur était souvent assis à table à côté d'un garçon qui était son parfait contraire, aussi gauche et disgracieux que l'autre était à l'aise et bien de sa personne, ce qui ne manquait pas d'offrir un saisissant effet de contraste à qui les observait. De plus, Werner, comme se nommait ce valet de pied, était affecté d'un tic qui nous insupportait : prognathe, sans excès mais tout de même, lorsque ses doigts n'étaient pas occupés par les couverts, il posait ses coudes sur la table et, les mains jointes en prière, frappait son menton en cadence dans le fol espoir, qui sait, que sa mâchoire inférieure bascule afin de s'articuler enfin avec la supérieure.

« Et le valet à côté de lui, qui est-ce ?

— Werner. Un taiseux, serviable, appliqué, travailleur, tenace mais lourd... Un Souabe, quoi. Parfois, je me demande s'il comprend le *Hochdeutsch*. Vous avez vu comment il tient sa fourchette ? Le doigt sur l'aplat tout près des pointes, comme pour mieux appuyer. Et le reste... Non, ce n'est pas convenable. Il doit être du genre à nettoyer le trottoir comme sa petite maison, si vous voyez ce que je veux dire.

— Pas du tout. En France, cela ne se fait pas. »

Tout le monde se leva à ma suite et chacun vaqua à ses occupations. Je n'écoutais même plus la longue plainte de la cuisinière, angoissée par le sort de son mari et de ses fils au front. J'eus à peine le temps de rattraper Nina dans le couloir de l'office pour lui glisser :

« Cessez de répandre des mensonges sur moi et je cesserai de dire des vérités sur vous. »

Elle me regarda, faussement interloquée, arbora son sourire mécanique qui m'avait toujours agacé et détacha l'emprise de ma main sur son avant-bras, geste si spontané qu'il m'avait échappé. Puis elle me tourna le dos.

Avant de repasser à mon bureau, je ne pus m'empêcher d'ouvrir une porte-fenêtre du salon, au rez-de-chaussée, et de faire quelques pas sur la terrasse. La température était douce ; de rares nuages bien galbés conservaient sa ouate au ciel ; un très léger souffle d'air caressait la joue. Les éléments complotaient pour faire de la guerre le plus lointain des dangers proches.

« Vous allez l'air songeur, monsieur Stein... »

Je sentais bien une présence tout près mais j'étais parti dans les replis de ma mémoire, impuissant à me détacher de mes réflexions intimes, incapable de revenir.

« Monsieur Stein ! vous m'entendez ?
— Pardonnez-moi, mademoiselle Wolfermann, dis-je en me retournant soudainement. Ce doit être la saison. Vous savez ce qui me manque le plus ? La trompe de chasse sonnant le salut au prince à chaque angle du château. Ah, le *ré* du forestier dans l'aube naissante... »

À l'énoncé même de ce souvenir, j'eus le sentiment d'être replongé dans mes eaux profondes, et comme réaccordé à un monde avec lequel l'époque m'obligeait à prendre mes distances. Mais il n'y avait pas que cela.

Des nouvelles de mon jeune frère m'étaient parvenues du front de Normandie. Au moins n'était-il pas mort pendant les combats, puisqu'on le savait prisonnier. Mais rien d'autre. L'idée ne me venait pas de partager mon inquiétude avec quiconque car il m'eût fallu expliquer nos relations distantes depuis des années, ses choix de vie marginaux, son rejet radical de l'éducation dont nous étions pareillement issus, toutes choses qui ne m'empêchaient pas de me soucier de lui. Peut-être étions-nous plus liés par notre antagonisme foncier que d'autres par leur affection mutuelle.

Elle se tint en silence à mes côtés, les yeux rivés sur la boucle du Danube. Notre intendante devait me considérer comme un homme détaché des contingences, indifférent aux miasmes de l'actualité qui excitent tant les autres, seulement préoccupé du sort d'un château et d'une famille qui n'étaient même pas les siens ; un être sans certitudes gouverné par le devoir d'obéissance, le sens de sa mission et la dignité de sa fonction. Hors du château, point de salut ! Au fond, cela m'était un peu égal de passer pour un Allemand en litige avec son époque.

Nous les serviteurs, nous sommes les seuls êtres vivants dans ce monde en décomposition où tout ce qui est français est fantomatique. Une armée de spectres. Seule leur domesticité y échappe. Qui a pris la mesure de ce qu'un majordome, fils et neveu de majordome, élevé dans un château, fût-ce dans les combles, a reçu une éducation de prince? C'est là un privilège qu'il partage avec les enfants de régisseur, d'intendant et d'écuyer. Il est de la famille. Je ne me suis jamais identifié avec quelque régime politique que ce soit. Ma vie est ailleurs, en moi plus qu'au dehors. Mon indépendance intérieure me comble. Quand on a la chance de servir une telle Maison, avec ce qu'elle a de puissamment intangible dans l'Histoire, on ne peut accorder le moindre crédit aux régimes. Ils ne font que passer quand une grande famille s'inscrit à jamais dans la durée. L'homme est plus fort que les idéologies. Qui ne choisirait la sagesse contre l'excès? Certains passent ainsi toute une existence à l'abri d'une fonction obscure; encore que la mienne est tout sauf obscure, son éclat serait-il des plus discrets. Il faut ruser avec la société. Ruser, toujours ruser.

Comment prendre à cœur les préoccupations de ses contemporains quand on a toujours vécu au sein d'une famille en arrière de son siècle et en retard sur les habitudes de sa caste?

Werner, le valet de pied, m'attendait devant la porte de mon bureau.

« Vous m'avez fait appeler, monsieur Stein?

— Asseyez-vous, lui dis-je en sortant des couverts, une assiette et des fruits. Je vais vous montrer deux ou trois choses qui vous rendront service, et pas seulement sous ce toit. Vous voyez cette fourchette, il faut la tenir ainsi, et non ainsi. Essayez... Voilà ! Non, remontez le doigt... Pensez-y. Autre chose : quand vous portez la nourriture à votre bouche, vous n'avez pas besoin de sortir la langue à chaque fois ; il suffit juste d'ouvrir la bouche... Essayez... Non, vous voyez, vous tirez la langue, ce qui est assez dégoûtant... Réessayez... Voilà... Une dernière chose : quand vous vous mettez un morceau de pain dans la bouche, ne mettez que le morceau, pas les doigts, c'est inutile, vraiment... Vous venez d'où, Werner ?

— Ma mère est d'Augsbourg, mais moi, je suis d'ici, monsieur Stein.

— Eh bien, continuez... »

À défaut de jugement, Werner était doté d'un solide bon sens paysan. Il ne se contentait pas de faire la même chose que ses camarades afin de limiter le nombre de ses erreurs, impairs et maladresses : il s'inscrivait dans les jours de ses semblables.

Le lendemain, le château s'adaptait à son nouveau rythme de croisière. Les clans se formaient avec un tel naturel, sans forcer, que leurs différends devaient être profonds et anciens ; ces gens se connaissaient de longue date, ils avaient souvent travaillé de concert à Paris ou à Vichy ; mais ceux qui s'imaginaient que la promiscuité dans l'exil les ressouderaient en furent pour leurs frais; elle ne fit au contraire qu'attiser les inimitiés. De par ma fonction, j'étais certainement le seul à aller des uns aux autres, d'un étage à l'autre, d'un homme à l'autre, sans que cela surprît, ni que quiconque en prenne ombrage ou se méfie. Il est vrai que j'étais toujours là trois pas derrière le maréchal, le président ou les ministres pour les servir ou transmettre les ordres. Ma loyauté ne devait souffrir aucune nuance.

Un matin, je vis Mlle Wolfermann fort occupée à examiner une liste avec le docteur Ménétrel; il y mettait la dernière touche sur un coin de table. Prévoyant, le médecin du maréchal se souciait de l'arrivée du froid; la douceur du climat n'incitait pas à s'inquiéter de l'hiver; pourtant, les paysans l'annonçaient rude. C'est pourquoi il avait pris l'initiative de passer commande à M. Stucki, le ministre plénipotentiaire de Suisse, afin qu'il intercède auprès de Jean Jardin, le chargé d'affaires français à Berne, ou M. Du Moulin de Labarthète, un ancien directeur de cabinet du maréchal, qui jouissait du statut de réfugié politique chez nos voisins, afin qu'ils y fassent des emplettes pour son compte. Je crus même entendre à son sujet une expression d'ordinaire réservée aux dames : « Il n'a rien à se mettre! » Ayant remarqué que ma curiosité était piquée, Mlle Wolfermann eut la gentillesse de me rejoindre dans le grand salon dont je vérifiais l'ordonnancement pour me montrer la liste : des après-ski ou snow-boots pointure 42, un pull-over gris ou marron, un manteau chaud, deux robes de chambre en laine, six canadiennes en peau de mouton, du tabac, du chocolat ou des tablettes vitaminées Nestrovit, un briquet Dunhill petit modèle argent pour dame, un dictionnaire ainsi qu'une grammaire allemands, et autres bricoles dont quelques-unes, à mon avis, n'étaient pas destinées qu'au maréchal. D'ailleurs, dans le même temps, selon Mlle Wolfermann, le docteur avait usé d'une autre voie, celle de M. Scapini, pour solliciter chemises, chandails, chaussettes, chaussures de marche, linge et lainages pour les employés français du château, à commencer par Roger Blanchard, le chauffeur du maréchal, ainsi que les valets, mécaniciens, motards, des jeunes qui n'avaient pas trente ans, Gabriel Marinot, Henri Ollagnier, Léon Pauron, Martial Perrey, Louis Sarrazin, Henri Sentenac... La liste se terminait par un post-scriptum si français que je ne l'ai pas oublié : il y donnait sa pointure ainsi que celle du général Debeney, du 42 et du 45 si mes souvenirs sont exacts, pour des chaussures de marche, précisant : « S'il en reste, ce n'est pas de refus ! » Jamais un Allemand ne se serait exprimé ainsi, du moins pas un Allemand de ma connaissance.

Le docteur ne paraissait pas exagérément sombre ou pessimiste ; il était suffisamment instruit des aléas de l'actualité pour deviner qu'ils ne seraient pas de retour dans leur pays avant un certain temps. Mais tandis qu'il s'assurait du matériel pour le bien-être du maréchal, dans une autre aile du château, M. de Brinon fourbissait ses armes dans un souci moins trivial.

De tous ceux qui s'agitaient non sans frénésie dans ce théâtre d'ombres, il m'était des moins antipathiques. Des manières, de la classe, de la tenue, une certaine dignité en toute chose nées d'une éducation aristocratique, mais une poignée de main molle — à ce qu'on disait, car je n'ai jamais pu en juger par moi-même. Malheureusement pour lui, son masque le précédait et l'annonçait. Un regard de batracien sur un visage funèbre. À l'office, on disait déjà qu'il n'y pouvait rien et que ce n'était pas seulement une question de tombé de paupières comme on le dirait de rideaux : même quand il était heureux, il semblait enterrer sa mère.

Malgré cela, M. de Brinon avait la confiance de notre gouvernement. Il était son interlocuteur privilégié depuis longtemps déjà, pour avoir été *le* journaliste qui avait interviewé le chancelier Hitler l'année de son élection. C'était à Berchtesgaden le 9 septembre 1933 pour *Le Matin*, comme il se plut à le rappeler par la suite au cours de leurs autres rencontres. Son crédit datait de ce jour-là et il ne semble pas qu'il ait déçu lorsqu'il fut l'ambassadeur du gouvernement français dans Paris occupé. Drôle de situation pour un étrange personnage. C'est du moins le reflet qu'en donnait M. Abetz, qui le connaissait bien.

Depuis quelques jours, le camp des ministres actifs

était en effervescence plus encore qu'à l'accoutumée autour de M. de Brinon. Ils enchaînaient les réunions dans la pièce qui avait été mise à sa disposition, entre la salle Saint-Hubert et la salle d'armes, pour y installer son bureau ainsi que celui de sa vieille secrétaire et maîtresse Simone Mittre, à qui il ne tarda pas à en adjoindre une nouvelle, et plus jeune, du nom de Jacqueline Marchand. La grande table en bois noir semblait avoir été calculée exprès à la démesure des ministres ; ils n'étaient pas très nombreux, mais, une fois étalés, leurs papiers, leurs cartes et leurs plans occupaient une place inversement proportionnelle à leur importance réelle. À les entendre, à défaut de les écouter, car ma fonction me permettait l'une mais pas l'autre, on eût dit qu'ils s'évertuaient à donner l'illusion d'une continuité entre Vichy et Sigmaringen. Ceux qui ne faisaient que passer dans cette pièce, comme moi et les valets chargés de les ravitailler, ne pouvaient qu'entrevoir ce qu'ils préparaient. Un grand projet à l'allure encore fort nébuleuse.

Le 1er octobre, tout s'éclaircit.

Dès lors, le château fut confronté à ce qui lui avait été jusqu'à présent épargné : la guerre. Non pas la sale guerre du dehors, le déluge d'acier, de boue et de sang, mais une guerre poisseuse, sournoise, insistante. Une guerre de positions et de tranchées invisibles. La guerre intérieure que des Français du même bord se livraient dans une sordide lutte de pouvoir et d'influence alors que, dans leur pays, tout paraissait joué, au dire des domestiques qui en revenaient. Quelque chose comme une guerre civile entre partisans d'un même monde.

Les différents microcosmes de Sigmaringen s'ignoraient comme autant de clans qui ne frayaient pas. Quand il leur arrivait de se croiser, ils semblaient transparents les uns pour les autres. Un tel phénomène d'optique est assez rare pour être remarqué.

Je fus prévenu la veille du grand jour par M. de Brinon lui-même :

« Tout devra être prêt, Stein. Tenez vos gens car il y aura du monde à recevoir.

— Bien... monsieur », répondis-je d'un ton hésitant, sans trop savoir si je devais lui donner du monsieur le comte, ce qu'il était, du monsieur le marquis, ce qu'il prétendait être, de l'Excellence, en vertu de sa fonction d'ambassadeur ou, comme je n'allais pas tarder à l'apprendre, du monsieur le président. Mais il ne me tint pas rigueur de mes doutes tant il paraissait absorbé par la préparation de son sacre.

Vint le grand jour.

Il était onze heures. Tout le château était invité à se retrouver dehors, à l'entrée, pour une cérémonie dûment préparée. Je m'étais assuré de la présence de l'ensemble des domestiques, en veillant à ce qu'ils soient bien en retrait, notre manière de signaler les limites de la fonction et sa distance par rapport aux événements; convoqués plutôt qu'invités, ils avaient veillé à ce que leur tenue soit impeccable, comme leur maintien, à croire que M. de Brinon et sa suite allaient les passer en revue comme des soldats.

Les ministres se tenaient tout près des officiels allemands — militaires, policiers et diplomates, ces derniers comptant nombre d'aristocrates, tradition héritée du temps de la monarchie où la fonction était prestigieuse tant elle s'exerçait dans la proximité du souverain. M. Bichelonne n'en était pas, non plus que l'amiral Bléhaut, de même que M. Guérard, dernier arrivé parmi nous. La Milice de M. Darnand assurait l'ordre. Des Français vivant en ville formaient le gros des badauds. Un détachement de miliciens et un autre de la Wehrmacht rendirent les honneurs devant M. de Brinon, avant qu'il ne prononce un discours :

« Mes premières paroles exprimeront notre reconnaissance au Führer, qui a marqué lui-même que, sur la terre du Reich, les Français qui travaillent pour leur patrie demeurent en France. Nous sommes ici à côté du maréchal, seul chef légitime de l'État français... »

Jamais le regard de M. de Brinon ne m'avait paru aussi marqué par ce que les uns et les autres appelaient, avec ironie ou avec mépris, sa « lourde paupière de comploteur ». C'était donc cela, ce qui s'ourdissait dans la fièvre depuis quelques jours : la constitution d'une commission gouvernementale, parodie de gouvernement en exil dont le premier privilège était de bénéficier de l'exterritorialité. Ceux qui ne l'avaient pas remarqué devaient dès lors se rendre à l'évidence : le maréchal et le président avaient boycotté la cérémonie. Ils brillaient par leur absence. On n'avait d'yeux que pour leurs places vides. Ce qui ne retint pas M. Déat de lâcher un mot à l'intention du maréchal : « Tout de même, quelle destinée d'être le premier des Philippe de la dynastie des Pétain à s'en aller mourir dans le château du dernier de la dynastie des Hohenzollern ! »

À l'issue de cette étrange liturgie laïque, les trois couleurs de la France furent hissées au mât de sa tour la plus haute, en lieu et place du drapeau, noir et blanc, de la maison Hohenzollern. Pour complaire aux circonstances et entretenir l'illusion d'une continuité de l'État entre feu le gouvernement de Vichy et sa résurrection entre nos murs, le château des Hohenzollern était surmonté d'un drapeau étranger pour la première fois de son histoire.

Puis un détachement de la Milice en armes releva la garde allemande qui surveillait le château jusqu'alors.

« Vive la France ! Vive le maréchal ! »

Les gens de la ville devaient être quand même assez soufflés par le spectacle. De ce jour, nous Allemands n'étions plus chez nous au château. Nous en étions comme dépossédés. Certains en éprouvaient du chagrin, d'autres de l'humiliation, mais nul ne pouvait y demeurer indifférent. Que l'on eût été comme ma propre famille de tout temps à son service, ou un simple habitant de Sigmaringen, nous considérions tous en être naturellement copropriétaires, d'une certaine manière; c'est dire s'il participait de notre identité. Vivre dans son ombre revenait à vivre sous sa protection.

Le 1er octobre 1944 marqua donc la date de notre expropriation. Cet étrange sentiment, empreint d'une colère diffuse mais discrète, était ravivé par les conversations que je glanais au moment où les badauds s'éparpillaient.

« Il faudra vous y faire, monsieur : désormais, ici c'est la France...

— Plutôt une parodie de France. Une principauté d'opérette. Monaco, vous connaissez? C'est quelque chose comme ça, en pire. »

Plus loin, les commentaires allaient déjà bon train.

« Les autres à Paris ont peut-être la légalité pour eux, ils n'auront jamais la légitimité.

— N'empêche, quel culot, ce Brinon. Vous l'avez entendu dire qu'il était "à côté du maréchal, seul chef légitime de l'État français". Mais il était où, le Pétain? Là-haut, dans son donjon! »

Après quoi, l'assemblée fit quelques pas dans le sens de la descente, et franchit les dizaines de mètres séparant l'entrée du château de l'église des Hohenzollern. Pour l'occasion, la messe fut célébrée par un prêtre de la Milice. Faut-il préciser que le maréchal n'y assista pas davantage? Pour mieux l'éviter, il s'était rendu à la première messe avant de s'enfermer dans ses appartements, de manière à ne rien entendre de la cérémonie, pas le moindre roulement de tambour ni le plus faible écho.

Mlle Wolfermann n'avait cessé d'aller et venir entre ici et là-haut. Je réussis à la freiner avant qu'elle ne reparte vers l'Olympe.

« Puis-je vous demander comment réagit le maréchal?

— Mal, très mal, monsieur Stein. Il n'a été prévenu qu'hier soir alors que tout avait été arrêté. Autant dire qu'on l'a mis devant le fait accompli. Il n'a même pas pris la peine de répondre à l'invitation. Il l'a traitée par le mépris.

— Mais comment le lui ont-ils annoncé?

— Par lettre, évidemment. Vous savez bien qu'il ne parle pas non plus à M. de Brinon. »

Louis, l'un des valets français, nous avait déjà affranchis sur les relations glacées que le maréchal entretenait avec M. Laval, son chef du gouvernement à Vichy déjà; le plus étrange était de l'entendre déplorer cet état de fait avec des échos pathétiques dans la voix, comme s'il s'agissait d'un couple, et que ce couple était celui de ses parents. Précieux observateur de mœurs politiques dont la subtilité très française m'était parfois impénétrable, Louis prenait régulièrement la température de l'atmosphère qui régnait dans les appartements du maréchal grâce à son ami et collègue Martial. Tous ces jeunes constituaient mon petit réseau de renseignements personnel ; il me fournissait des informations qui m'évitaient, ainsi qu'aux autres, impairs et maladresses.

« En réalité, monsieur Stein, le maréchal est très en colère, me confia-t-il. Il voulait à tout prix éviter un amalgame avec la commission de M. de Brinon. Or en se réclamant de lui, celui-ci l'a, comme qui dirait, annexé à une cause qui lui est étrangère. Il interdit, tenez-vous bien, à M. de Brinon de porter la francisque dont il l'avait décoré et même de prononcer son nom en public. »

Non seulement M. de Brinon passa outre, mais il s'employa à faire croire qu'il n'y avait pas le moindre nuage entre lui et le maréchal.

« C'est qu'il est vicieux, le batracien ! reprit Louis. Puisque Sigmaringen, c'est désormais la France, le maréchal ne peut plus s'y dire prisonnier.

— Mais c'est une fiction ! lui objectai-je, puisque la Gestapo et le SD sont installés au rez-de-chaussée. »

Louis se retira en haussant les épaules, plus dégoûté que résigné. À la sortie de la messe, de petits groupes se formèrent pour remonter vers le château. L'un d'eux, qui s'attardait à bavarder dans la cour, me héla pour que je lui fasse porter une collation. C'était le corps diplomatique en poste au château auprès de la Commission gouvernementale. Trois représentants de leur pays, tous trois professionnels, chargés de donner de l'épaisseur à une illusion. Il y avait là Son Excellence Longhini, consul général de la république de Salo aux prérogatives de ministre plénipotentiaire, Son Excellence Mitami, ambassadeur du Japon, remarqué pour son allure de play-boy, sans oublier, bien sûr, le plus important, dont la fonction constituait un véritable défi à nos logiques et nos intelligences, Son Excellence Otto Abetz, ambassadeur d'Allemagne...

Je regardai ma montre : il était midi passé de douze minutes. En moins d'une heure, le château de Sigmaringen, à défaut de sa bourgade de quelque sept mille habitants, îlot tranquille du Pays de Bade, dans le sud de l'Allemagne, dont les aléas de l'Histoire avaient fait une enclave prussienne sur le plan administratif sans pour autant entamer son identité profondément souabe, avait été rattaché à la France.

Le décor d'une sinistre comédie était planté.

On en aurait ri si on n'en avait pleuré.

En train

La locomotive halète à l'approche de la gare d'Immendingen. Je repense à tous ces gens avec qui j'ai vécu durant ces derniers mois de la guerre. Les ai-je vraiment perçus? Au fond, je les ai ressentis comme autant d'inconnus dans la maison, car je n'ai jamais été en position ni en situation de leur serrer la main; on ne sait rien d'un homme tant qu'on n'a pas senti la pression de sa paume et qu'on n'a pas éprouvé le contact de ses doigts.

Chaque jour je crois me souvenir de tout pour la première fois. Je ne m'habitue pas à la mémoire, qui n'a pas encore eu le temps de jaunir, mais je ne me fais pas à l'oubli. J'ai l'impression que nous avançons tant sous le regard des vivants que sous le regard des morts. Parfois, pour y voir clair, il faut commencer par fermer les yeux. Ce qui est enfoui n'est pas toujours enfui. J'ai conscience de vivre l'un de ces instants suspendus dans la coulée du temps où la gravité l'emporte sur la tristesse. Comme si quelque chose en moi me prédisposait à percevoir les harmoniques des événements.

Un enfant qui court dans le couloir du wagon depuis notre départ s'arrête net, comme stupéfait, à la vue d'un spectacle qui doit être suffisamment déconcertant pour le calmer enfin. Son père, qui le surveille de loin, réagit par un sourire. Mon père, il suffisait qu'il m'appelle « Mon fils » pour qu'aussitôt je devienne quelqu'un.

Intrigué, je me penche à la fenêtre. On n'y voit qu'un drapeau claquant au vent au-dessus du bâtiment principal.

Le nôtre. Trois couleurs, mais les nôtres. Pas encore celle de l'Allemagne d'avant mais celles du *Land* que les Alliés, qui nous occupent et nous administrent, viennent de créer. La guerre est finie depuis un peu plus d'un an, mais nous pouvons à peine le regarder sans honte et sans gêne, sans haine et sans crainte. Que faut-il mettre en œuvre pour que le présent ne perde pas la présence de ce qui n'est plus ? Le passé n'a jamais fait son temps ; le passé ne meurt pas ; il ne cesse de nous envoyer des signes.

Alors que le convoi s'ébranle à nouveau après une brève halte, je me demande si je réagirai pareillement lorsque je reverrai à nouveau, pour la première fois depuis 1945, le bleu, le blanc et le rouge du drapeau français ; mais je sais déjà que ces couleurs me renverront inévitablement à celles qui avaient offusqué le château.

Un matin, alors que je vérifiais l'état de l'argenterie, une peau de chamois dans une main, du produit dans l'autre, prêt à parer à toute négligence, ayant poussé la porte d'une petite pièce rarement visitée attenant au grand salon, je m'étais retrouvé nez à nez avec deux femmes de chambre assises, ou plutôt affalées chacune dans un fauteuil, une cigarette à la main, l'une caressant l'intérieur de l'avant-bras de l'autre posé avec nonchalance sur l'accoudoir, et manifestement surprises dans une conversation assez intime. Aussitôt, elles se dressèrent et, tête baissée en passant devant moi, disparurent sans un mot d'un rez-de-chaussée où elles n'avaient de toute façon rien à faire.

Peu après, j'avais réuni mes officiers, si je puis dire, les majordomes adjoints ainsi que Mlle Wolfermann. Mal m'en prit. S'ils comprirent ma démarche, elle l'accueillit aigrement. Avait-elle reçu de mauvaises nouvelles de France? Je n'avais pas à entrer dans de telles considérations. Dès qu'ils eurent refermé la porte de mon bureau, choisissant de rester assis tandis qu'ils demeuraient debout, je m'emparai d'un livre emprunté à la bibliothèque. Un fantôme signalait la page que j'avais retenue à leur intention :

« Écoutez ceci : "... Quand votre maître ou maîtresse appelle un domestique par son nom, si ce domestique n'est pas là, aucun de vous ne doit répondre, car alors il n'y aura pas de raison pour que vous finissiez de trimer ; et les maîtres eux-mêmes reconnaissent que si un domestique vient lorsqu'on l'appelle, cela suffit." C'est tout. Sinon, il faut faire l'opposé de ce que Jonathan Swift recommande dans ses *Instructions aux domestiques*. Car si on le suivait, que l'on soit régisseur, valet de pied ou femme de charge, ce serait la fin d'une maison. Avez-vous jamais lu ce livre, mademoiselle Wolfermann ?

— Je ne l'ai pas lu.

— C'est regrettable, fis-je en en caressant la reliure de plein maroquin rouge.

— De quand date-t-il ?

— 1745.

— Je n'étais pas née, c'est pour cela. Ai-je raté quelque chose, monsieur Stein ?

— Vous devriez le lire. C'est le parfait antimodèle. Il est parfois des circonstances où je me demande si vous ne l'avez pas pris à la lettre... »

J'aurais pu expliquer les raisons pour lesquelles je

l'avais fait appeler, l'inconvenance de ces deux femmes de chambre le matin même, mais elle s'était déjà sèchement retirée de mon bureau. D'un geste las de la main, j'encourageai mes adjoints à en faire autant. Peut-être détestait-elle Jonathan Swift?

Les nouveaux hôtes commençaient à prendre leurs habitudes. Ils s'installaient déjà dans leur routine. Le phénomène est toujours mauvais signe car, généralement, il en est de même des domestiques, et la qualité du service s'en ressent. Or les circonstances ne justifiaient pas tout. Le château vivait une parenthèse si exceptionnelle que le moindre relâchement dans l'attitude du personnel ne pouvait être toléré. Même anodin, un incident domestique prenait une tout autre importance dès lors que j'en étais le témoin involontaire. Que nos maîtres aient été gagnés par l'ennui, la torpeur ou la mélancolie, du moins pour les inactifs, ou qu'ils l'aient été par une sorte d'hystérie collective et permanente ne devait en aucun cas nous affecter. J'eus l'occasion d'en faire la remarque à maintes reprises. Pour variable qu'elle fût, leur humeur ne devait en aucun cas déteindre sur nous.

J'aurais aimé le dire à Mlle Wolfermann car cela valait aussi pour le personnel amené par le maréchal dans ses bagages. Martial, son propre valet, m'avait rapporté qu'il l'avait vu établir les besoins de sa liste civile avec le docteur Ménétrel; mais quand celui-ci la lui rapporta très diminuée par M. de Brinon, le vieil homme s'emporta : « Il me propose trente deniers ! » Or, que cela fût justifié ou non, le personnel ne devait pas en tenir compte.

Le président Laval, que je me dois de nommer désormais précisément afin d'éviter toute confusion avec le nouveau président, celui de la Commission gouvernementale, M. de Brinon, qui tenait au titre, le président Laval, donc, dictait chaque jour ses notes en défense, pensant peut-être à un procès à venir, à Gérard Rey, son jeune secrétaire ; quand celui-ci était absent, un autre de ses fidèles, M. Gabolde, le garde des Sceaux, le remplaçait car il était le seul ministre à savoir taper à la machine.

Lorsqu'un journaliste en visite interrogeait le président Laval, celui-ci lui répondait par des généralités, avant de conclure : « Ici je ne fais rien, je ne dis rien : je pense à la France. » Il n'allait tout de même pas lui raconter sa journée ! Huit heures à son bureau pour y préparer sa défense à venir, dix heures en réunion avec son premier cercle, MM. Rochat et Guérard, pour étudier la guerre, puis promenade en forêt, déjeuner, lecture de *Quatre-vingt-Treize* de Victor Hugo... Tout pour tromper l'interminable attente et le spectre du désœuvrement. Quand ce n'était pas par la lecture ou l'écriture, c'était par la marche en compagnie de l'un de ses fidèles « sommeillants », ou avec Mme Laval et le secrétaire, selon un rituel immuable : toujours à pied, ce qui rendait plus difficile d'éviter en ville les collabos français, qu'il fuyait, escorté par deux gardes du corps prénommés Kaiser et Wilhelm, qui à eux deux faisaient un empereur.

Assis ou debout, il s'exténuait dans le tabac. De dos lorsqu'il était penché sur son bureau, ou de loin dans un couloir lorsqu'il rentrait chez lui, à toute heure, un épais nuage de fumée l'auréolait, ou révélait son passage. Il veillait d'un œil jaloux sur les caisses de cigarettes qu'il avait rapportées de France. Des centaines de paquets de Lucky Strike, Gauloises, Balto et Bastos. Très vite, le président et Mme Laval décidèrent de ne plus se promener ensemble, de manière que l'un monte la garde devant leur trésor conservé dans la chambre quand l'autre serait dehors.

Ce n'était pas un grand secret ou, si c'en était un, il fut vite éventé : outre des dollars, il avait emporté vingt millions de francs provenant des fonds spéciaux alloués aux services du chef du gouvernement. Je n'en jurerais pas mais je suis convaincu que, lorsque venait son tour de garde, dans son esprit, il s'agissait de protéger l'argent autant que les cigarettes. Il possédait également un poste de radio, ce qui n'était pas le moindre de ses trésors. Il lui avait été non pas offert mais concédé par notre police politique. Une fois, il m'avait pris à témoin alors qu'il suivait en direct avec son secrétaire la réquisition de son château de Chateldon par le commissaire de la République et la visite guidée par le reporter :

« Et là, le poignard en or offert par Abetz... »

Ce qui avait fait hausser les épaules du président :

« En fait de poignard, c'est celui que m'a offert le sultan du Maroc lors de ma première présidence du Conseil, lorsqu'il est venu à Paris, pour l'Exposition coloniale ! Ah, l'étourdi... Il n'a même pas vu que le tapis de mon bureau était un cadeau de Staline... »

Puis il alla se promener. Marcher et encore marcher. Était-ce le prix à payer pour la « passivité » ?

Les autres marchaient aussi, mais la plupart lisaient dans le seul endroit où ils étaient tous susceptibles de coexister à défaut de se parler, à l'est du Wilhelmsbau ; car, en dépit des souhaits des uns et des autres, il était inenvisageable de privatiser la bibliothèque à l'usage exclusif d'un clan.

Particulièrement calme, qu'il s'agisse de la grande salle de lecture ou de la cour intérieure aux parois recouvertes de feuillage, elle était tenue par M. Bracht, un brave homme, aussi rougeaud que ventru, auquel sa pipe et son éternel costume vert de chasseur conféraient quelque chose de bonhomme qui appelait la familiarité ; aussi ne prenait-il pas ombrage que certains lui donnent si facilement du « Edgar ». À la bibliothèque, il était seul maître en son domaine, un pouvoir dont il n'abusait pas.

Les lecteurs, qui n'y avaient jamais été aussi nombreux, s'asseyaient toujours à la même place ; ils y élisaient domicile à la manière de ces vagabonds qui dorment toujours dans les rues à l'endroit précis où ils se sont échoués la première fois ; ils lisaient le plus souvent des livres sur l'histoire du château et sur celle des princes, mais pas uniquement. Il est vrai que, forte de quelque deux cent mille volumes, elle était à elle seule un monument au sein du monument et, outre du grec et du latin ainsi que des romantiques allemands, s'enorgueillissait de posséder une collection remarquable de classiques français des XVIIe et XVIIIe siècles. À croire que depuis deux ou trois siècles ils attendaient patiemment leurs lecteurs, prêts à s'extraire de la poussière des âges pour se dégourdir les pages. La bibliothèque était sans égale pour la richesse de ses reliures, mais pas sans rivale, ce que M. Déat ne manquait de faire remarquer avec une pointe de perversité chaque fois qu'un livre faisait défaut, qu'il s'agît de l'ouvrage de Mme de Staël sur l'Allemagne, de *Dichtung und Wahrheit* de Goethe ou de *Sur la pierre blanche*, qu'il voulait relire sans tarder car l'ouvrage d'Anatole France lui rappelait des souvenirs.

« Je suis sûr que je les trouverais là-bas, chez les bénédictins ! » disait-il en pointant le doigt vers le nord en direction de l'abbaye de Beuron, toute proche.

M. Déat passait le plus clair de son temps à la bibliothèque du château quand il ne se trouvait pas à son bureau de ministre à 300 mètres de là, sur la Karlstraße, où, assurait-on, il consacrait ses journées à écrire des lettres, signer des ordres de mission, rédiger des notes, fabriquer des arrêtés comme s'il se trouvait à la tête d'un vrai ministère à Paris ou à Vichy. Il n'en sortait que pour se rendre à la bibliothèque ou aux champs, à la cueillette des pissenlits, afin d'agrémenter l'ordinaire des repas de quelques salades.

Du côté des ministres en exercice, il était celui dont l'activité intellectuelle semblait la plus intense. Il consacrait une partie de son temps à refaire le monde avec des écrivains. Il considérait la bibliothèque comme un phalanstère et une thébaïde en ceci que, outre sa qualité de silence et de reposoir, elle n'était pas fréquentée par les épouses ; nulle interdiction ne leur en empêchait l'accès mais le fait est que l'on n'y voyait jamais de dames.

Lui comme d'autres, mais peut-être chez lui davantage que chez d'autres, sa physionomie annonçait son âme. De petite taille, le sourcil froncé comme si la paix dans le monde dépendait de son relâchement, le pantalon rayé et le veston noir des notables de la politique. Il se murmurait qu'il avait abandonné en France ses troupes, l'état-major de son parti fasciste, ne se préoccupant que d'assurer son propre salut et celui de Mme Déat ; d'ailleurs, celle-ci, qui ne serait pas morte d'une pensée rentrée, annonçait rituellement chaque fois que se présentaient les collaborateurs de son mari : « Ceux qui sont restés à Paris sont des traîtres ! » J'avais déjà eu l'occasion d'observer M. Déat au cours des repas : cynique, lâche, égoïste, incroyablement orgueilleux, tout entier gouverné par sa recherche chimérique du pouvoir; quelque chose d'oblique dans le regard qui déteint sur toute la personne; il prenait tout de biais, les gens, les choses, les paroles; nul ne pouvait l'affronter, tout dans sa moue exprimant l'idée que rien de grave n'arrivait jamais aux autres.

Ceux qui l'avaient entendu tourner en ridicule « l'orgueil primaire d'Adolf Hitler » disaient qu'il ne manquait pas de culot. M. Déat était identifiable de loin dans les couloirs du château à son béret basque continuellement vissé sur le crâne (je ne jurerais pas qu'il le retirait lorsqu'il lisait) et à son garde du corps, sale tête et foulard de soie blanche, qui ne le lâchait pas depuis l'attentat qui avait failli lui coûter la vie, mais restait à la porte de la bibliothèque.

M. Déat ne parlait jamais dans l'enceinte de sa bibliothèque, mais ne s'en exprimait pas moins, par des mimiques, des mouvements de sourcils ou d'épaules, ou des petits mots qu'il faisait circuler. Ainsi, quand le bibliothécaire, au français il est vrai défaillant, commettait des erreurs en notant les emprunts sur ses fiches, M. Déat ne manquait pas de le faire savoir par une pique griffonnée : « La personne qui a emprunté *La terre de zola* par Rougon-Macquart est priée de le restituer. »

Jamais M. Bichelonne n'aurait agi ainsi. Il aurait

pris la faute sur lui plutôt que d'humilier notre bibliothécaire, soudainement débordé par cet afflux de demandes et de lecteurs. Ce géant débonnaire, qui avait été évincé de son poste de ministre du Travail à Vichy par les intrigues de M. Déat, était l'envers de son successeur. Dénué de toute malice, d'une fraîcheur d'âme confinant à la naïveté, il forçait l'admiration de la plupart des habitués de la bibliothèque car il passait pour une encyclopédie ambulante ; sa générosité naturelle aidant, on pouvait lui poser n'importe quelle question, il avait réponse à tout, non par orgueil mais par gentillesse, juste pour aider. Outre sa passion pour les chemins de fer, dont il n'ignorait rien, on lui prêtait un vrai génie des mathématiques. M. Bonnard, auprès de qui je m'interrogeais à voix haute sur ses capacités hors du commun, avançait une explication plus simple :

« Polytechnicien hypermnésique. Les plus redoutables. »

M. Bichelonne était d'autant plus attachant qu'il souffrait sans se plaindre. Un accident de voiture lui avait broyé le genou un an avant son arrivée au château. Sa jambe traînante l'annonçait dans les couloirs ; lorsqu'on y distinguait de loin une haute silhouette appuyée au mur, on le devinait.

M. Bonnard passait pour le plus cultivé des ministres, mais il n'en laissait rien paraître. Sa conversation révélait de vastes connaissances. Parfois, l'un ou l'autre l'entreprenait dans un coin discret de la bibliothèque pour le questionner et avoir le plaisir de l'écouter parler. Il arrivait alors que les lecteurs dérangent les fauteuils de leur strict ordonnancement pour les disposer en cercle, ils semblaient tenir conférence dans la solitude, comme les sœurs de l'abbaye de Port-Royal-des-Champs ; à cela près qu'ils ne s'adonnaient pas à leur ouvrage, et que leur silence n'était dicté que par le recueillement de la lecture.

J'y prêtais parfois l'oreille en apportant les cafés. M. Bonnard s'exprimait dans une langue si recherchée que, même en français, il donnait l'impression de parler une langue étrangère. Il disait des choses comme : « L'arthrite me gêne la dextre. » Ou encore : « Pas de quoi faire hennir les constellations. »

Dès qu'il voyait un jeune emprunter un livre, M. Bonnard lui en récitait aussitôt des pages entières. Une seule fois, je puis en témoigner, il est resté sans voix. L'un de mes adjoints français, fort bien de sa personne, venait de pénétrer dans la bibliothèque, un plateau de collations à la main ; aussitôt, il se dirigea vers lui et feuilleta ostensiblement un album retraçant l'histoire glorieuse des Hohenzollern, l'invitant à se rapprocher pour partager sa lecture ; Florent laissa alors échapper : « Avec tout le passé conservé là-dedans, ils ne devraient manquer de rien dans l'avenir. » M. Bonnard en resta coi d'admiration.

Contrairement à M. Déat, son humour était dépourvu de méchanceté, et même de perfidie ; disons qu'il ne s'exerçait pas aux dépens des autres, de tous les autres. M. Darnand, chef d'état-major de la Milice, pouvait bien exprimer le dégoût que lui inspirait l'inverti à crinière blanche amateur de beaux garçons, il traînerait longtemps le surnom dont M. Bonnard l'avait gratifié : Chef d'état-minor de la mélasse. C'est encore lui qui, je crois, avait trouvé dans une anthologie de poètes français cette épitaphe composée par Ronsard à la mort de l'aïeul de M. de Brinon, qu'il s'était empressé de répéter à voix haute à la joie des ministres présents ce jour-là dans la salle de lecture, mais pas de tous :

> *Ne vis-tu pas hier Brinon*
> *Parlant et faisant bonne chère*
> *Lequel aujourd'hui est sinon*
> *Qu'un peu de poudre en bière.*

Lorsqu'il ne se consacrait pas à la lecture, son occupation principale, Abel Bonnard se rendait dans un petit hôtel en ville où sa mère résidait avec son frère. Il semblait vénérer cette dame de quatre-vingt-seize ans à la santé défaillante ; on eût dit que son énergie était entièrement tournée vers elle, et qu'il mettait tout en œuvre tout le temps, relations, influence, bonnes adresses, marché noir, dans le seul but d'adoucir la fin de la vie de Mme Bonnard. Sans même la connaître, ni juger de ses mérites ou de ses vertus, je m'émouvais de tant de piété filiale ; d'ailleurs, même les plus sarcastiques de nos valets, ceux qui s'étaient empressés de colporter les surnoms qu'il traînait dans son sillage — le désormais fameux Gestapette, mais aussi la Belle Bonnard ou encore Abetz Bonnard —, avouaient être touchés par son attitude ; et quand ils rapportaient qu'il s'était rendu auprès de sa maman, et non de sa mère, c'était sans l'ombre d'une pointe dans le ton. D'ailleurs, il avait fini par vivre en ville, entre sa mère et son frère, dans la villa qu'il leur avait trouvée sur Karlstraße. Lorsqu'on voyait de loin trotter sa petite silhouette d'académicien aux manière précieuses, se dirigeant vers le château, on se doutait qu'il passerait la journée à la bibliothèque, et qu'il honorerait le dîner des ministres passifs de sa conversation éblouissante.

Chaque fois que je pénétrais dans la bibliothèque, je m'attendais à trouver M. Marion perché sur une échelle, occupé à ranger un livre sur un rayon du haut. Sa curiosité semblait sans limites. Il n'arrêtait pas de chercher, en quoi il était l'envers de M. Bichelonne, qui, lui, n'arrêtait pas de trouver. Quelle que fût la question d'un de ses collègues, y compris la plus saugrenue et la plus pointue, il avait la réponse ; certains s'amusaient à lui tendre des pièges, en vain ; ils disaient que ce n'était pas du jeu car il était avantagé par sa double pathologie de polytechnicien et d'hypermnésique.

Le maréchal Pétain de même que le président Laval avaient, eux, le privilège de se faire apporter les livres de leur choix dans leurs appartements. Plus discrètement, le prince en bénéficiait également, ce qui était bien le moins — il envoyait régulièrement l'un de ses fils lui apporter des livres dans son exil de Wilflingen.

Plus d'une fois, je m'étais chargé de porter moi-même des ouvrages aux rares privilégiés de la bibliothèque. Aussi fus-je étonné lorsque, attrapant au vol dans un bureau des échos de la radio française de Paris, j'entendis la voix rocailleuse d'un certain Maurice Schumann déclamer :

> « Gréviste à Sigmaringen, tiens ! Mais c'est peut-être l'aurore d'une carrière nouvelle ! Pour une fois, mon pauvre Laval, toi qui n'as jamais rien lu, cueille sur les rayons de la bibliothèque du manoir de Hohenzollern les Mémoires du prince Bülow ! Tu y pourras trouver cette description saisissante de la révolution allemande de 1918. Elle ressemblait à une vieille maritorne chauve, les yeux chassieux, sans dents, avec de gros pieds dans des pantoufles éculées. La révolution allemande fut platement bourgeoise et vulgaire, sans flamme, sans élan ! Mais c'est trop ton portrait tout craché, mon pauvre Laval, allons !...

Cela peut paraître étrange mais dans l'instant je me suis demandé qui avait bien pu renseigner si précisément ce speaker sur la bibliothèque des Hohenzollern.

Je savais qui cela ne pouvait être : M. Darnand, le seul qui n'y avait jamais mis les pieds. Pas vraiment son genre. Manifestement, il n'était pas du tout content d'être bloqué à Sigmaringen, au sein d'une parodie de gouvernement dirigée par un homme dont il allait en répétant que c'était un brave type quoique assez vieux schnock. Il n'était pas nécessaire de fouiller dans la biographie de ce soldat, sourcils broussailleux et carrure d'athlète, qui avait créé la Milice à la demande du maréchal, pour imaginer que seuls le terrain, le champ de bataille, l'action lui convenaient. Il ne rêvait que de prendre la tête d'une unité combattante et d'affronter l'ennemi. En attendant, il donnait l'impression d'un hercule sur la place à qui son époque n'offrait que des poids en carton à soulever. Il n'était pas rare de le croiser dans un couloir, tonnant, après avoir quitté bruyamment un bureau : « Je ne suis pas plus ministre que la peau de mes fesses ! » À l'en croire, il n'avait accepté le poste que parce qu'il se serait déshonoré à ses propres yeux en abandonnant ses miliciens, quelque dix mille personnes en comptant les femmes et les enfants en bas âge. La bibliothèque était loin de ses préoccupations.

Sourde et feutrée, la guerre civile se poursuivait à l'intérieur du château, mais elle ne devait surtout pas s'étendre à la domesticité ; rien n'aurait été plus préjudiciable à l'harmonie du service que la réplique de cette lutte dans les bas étages entre les serviteurs de chacun des belligérants. Chacun savait à quoi s'en tenir depuis que, dans les cuisines, j'avais publiquement réprimandé Perpetua, une vaisselière française qui avait lancé : « Le gouvernement fantoche de Brinon est plein d'asticots baveux qui se glissent dans tous les fromages. » Il était permis de le penser mais pas de le dire.

Les trois clans s'évitaient pour n'avoir pas à se parler. Ils m'avaient chargé de veiller aux déplacements et de régler la circulation entre les étages afin que, surtout, le maréchal et le président Laval n'aient pas à se croiser. Sauf que, sur injonction du président de Brinon, les ministres en sommeil n'avaient pas le droit d'emprunter son escalier, ce qui les obligeait à faire un détour pour emprunter les rampes en tournevis de la tourelle Ouest de la cour. Et le soir, quand la porte de l'escalier du château était fermée, il fallait passer par la rampe des chevaliers. Avant leur arrivée, le protocole princier était moins complexe. Il me fallait désormais organiser en rusant, afin de ménager toutes les susceptibilités ; j'y parvenais en déployant autant de tact que de tactique.

Jusqu'à l'affaire de l'ascenseur.

Cela n'a l'air de rien mais cet appareil condensa alors tout ce que ces dirigeants déchus avaient accumulé de rancœurs tues et de haines recuites.

Seul le maréchal y avait droit. Les gens de la Gestapo y tenaient autant que lui, mais pas pour les mêmes raisons. Dans leur cas, par sécurité; dans le sien, par orgueil. Tous les autres occupants du château, y compris les dames, étaient tenus d'emprunter les escaliers, dont l'ascension leur paraissait parfois épuisante. Aussi, certains n'hésitant pas à violer le règlement lorsque leurs jambes les lâchaient, je faisais le guet dans le couloir au cas où la silhouette du maréchal apparaîtrait. Assez spacieux pour accueillir huit personnes, l'ascenseur était remarquablement lourd; mais Dieu que sa lenteur pouvait être exaspérante dans ces moments-là!

Il y eut d'abord une alerte. Une vraie alerte, qui déclencha une vraie alarme. Aussitôt, le château se mit en branle-bas de combat. Les ministres et leurs collaborateurs erraient dans les couloirs tandis que des miliciens et des gardes du corps bousculaient les domestiques toutes armes dehors en se précipitant vers l'antichambre de l'ascenseur.

Le maréchal était coincé.

Une demi-heure durant, on s'affaira à le désenclaver; il prit l'incident avec placidité, d'autant que l'élévateur était muni d'une banquette de cuir rouge. Une fois rendu à sa liberté, il put sacrifier à son rituel de la promenade tandis que les hommes du major Boemelburg s'employaient déjà à interroger le personnel. Je leur emboîtai le pas. Ils avaient investi l'office et les cuisines à la recherche de traces ou d'indices. Moi, c'est une odeur de tabac qui m'intriguait. Je la suivis et elle me mena à une salle de repos de l'office ; deux valets s'y détendaient en fumant une cigarette ; un coup d'œil aux mégots dans le cendrier me suffit :

« Où avez-vous trouvé des Lucky Strike ? »

Penauds, ils en bafouillaient alors que la réponse allait de soi. Où d'autre que dans les réserves du président Laval aurait-on pu s'en procurer ?

« Faites-moi disparaître ça immédiatement et préparez une vraie réponse, au cas où des chiens policiers vous aboieraient la même question. »

Effrayés à cette seule perspective, ils s'exécutèrent dans l'instant. Par prudence, je dus intervenir et me porter garant pour l'ensemble de mes subordonnés afin de dissiper tout soupçon de terrorisme.

L'incident de l'ascenseur ne fut jamais éclairci, même si, à mes yeux mais à eux seuls, il le fut dès le premier instant.

On dit que le criminel revient sur le lieu de son crime, qu'il se mêle aux badauds et observe les résultats de son forfait. Je n'avais pas eu à chercher longtemps : en croisant le regard d'une cousine des Hohenzollern recueillie pendant la guerre par l'une des princesses qui vivaient encore au château, je compris que cette adolescente de douze ans, qui baissait les yeux en esquissant un discret sourire, s'était amusée à couper le courant, ce que nul ne sût jamais.

Le maréchal rentrait déjà de sa promenade, le président Laval partait enfin pour la sienne, ils soulevaient courtoisement leur chapeau sans un mot en inclinant la tête au cas où, M. Déat prenait son bain, M. Luchaire gominait sa coiffure et la maîtresse de M. de Brinon renvoyait à l'office ses souliers noirs insuffisamment lustrés à son goût par rapport à son nouveau statut de président de la Commission gouvernementale.

C'était une aube comme une autre à laquelle succéda une journée comme une autre.

Le maréchal s'enfermait dans son refus et dans sa solitude comme dans un système. Il s'abstenait même d'envoyer et de recevoir des lettres. Il n'avait pas de contact avec les Français de la région, si ce n'est les paroles de sympathie et de compassion qu'il adressait aux ouvriers du travail obligatoire et aux prisonniers qu'il croisait dans ses promenades. Son absence au monde ne souffrait guère de compromis. Le monde, il le voyait de la grande terrasse du château qui surplombait la région ; sans illusions, il savait qu'en quittant le paysage de l'Allier pour celui du Wurtemberg il n'éprouverait aucune hausse d'infini. Tout à son incarnation de la légitimité, il se refusait à diriger quoi que ce fût en dehors du sol français. Le vrai et non un sol de pacotille. Plus d'une fois, lui montant son petit déjeuner, je le trouvai absorbé par la lecture, ou plutôt par « la relecture, Stein, la relecture ! », des Mémoires de Talleyrand ou les souvenirs de la duchesse d'Abrantès. Un jour, alors que je me hasardais à lui demander s'il voulait en faire autant, il parut surpris :

« Pourquoi diable voulez-vous que j'écrive mes Mémoires ? Je n'ai rien à cacher... »

Drapé dans son splendide isolement, l'orgueil fait homme, pouvait-il encore sentir venir le moment où il quitterait l'âge de la vieillesse pour entrer dans l'ère des patriarches ?

Le maréchal ne voulait pas entendre parler de la Milice ; après l'avoir encouragée à réprimer les résistants, il avait pris ses distances, ce que M. Darnand, amer, jugeait saumâtre et opportuniste, selon ses propres termes — je n'invente rien. Le maréchal ignorait son regard chaque fois qu'un milicien conduisait un visiteur jusqu'à lui, d'autant que son secrétariat refoulait la plupart d'entre eux. Il tournait ostensiblement la tête au moment de la relève de la garde et du salut aux couleurs. Faut-il préciser qu'il refusait que les honneurs lui soient rendus chaque fois qu'il entrait ou sortait ?

« On ne rend pas les honneurs à un prisonnier ! Ces zigotos, je ne veux plus les voir ! »

Les subtilités de la politique vichyste me demeuraient largement opaques, malgré tout ce qu'on m'en avait raconté. Mes discussions avec Mlle Wolfermann ne m'éclairaient pas vraiment.

« Nous allons vers un problème : le maréchal a vraiment les miliciens en horreur, lui dis-je.
— Pourtant c'est la Milice de Limoges.
— Et alors ? Vous en parlez comme si c'était de la porcelaine ! »

En revanche, je comprenais parfaitement l'indignation du maréchal à l'idée que la Milice française forme une garde d'honneur chez des Hohenzollern. Il avait l'âge de se souvenir qui ils étaient et ce qu'ils avaient représenté. C'est dans ce château que Guillaume Ier avait tout de même soufflé à l'oreille de son cousin, le prince Léopold, l'idée de s'installer sur le trône d'Espagne. S'ensuivit la guerre de 1870. Philippe Pétain n'avait que quatorze ans mais déjà le sens de l'honneur militaire : son oncle avait été de la grande armée de Napoléon...

Au bout de quelques heures à tourner en rond dans ses appartements, il recoiffait son chapeau et sortait. Aussitôt toute une procédure s'enclenchait. Rarement promenade suscita une telle organisation. Le maréchal marchait. Mais pour être sûr de ne pas faire de rencontres désagréables, il avait décidé de varier ses menus plaisirs en marchant un peu plus loin à travers la forêt jusqu'à Bingen puis en remontant la Laucher jusqu'à Hornstein et son château en ruine. Une douzaine de kilomètres tout de même. Sa grande limousine noire, une 15 CV Citroën, dans laquelle l'attendaient la maréchale, M. Bonnard et le docteur Ménétrel, les amenait sur le théâtre des opérations, escortée par des motocyclistes et accompagnée par un capitaine de la feldgendarmerie, qui serait bientôt remplacé par deux inspecteurs de la Gestapo. Parfois, il faisait arrêter la caravane sur la route de Tuttlingen ou de Messkirch et continuait à pied, seul ou avec un confident.

Ce n'est pas tant contre une rencontre avec le président Laval qu'il était protégé, car les deux hommes s'évitaient mutuellement tant ils se détestaient, que contre les importuns de tous poils. Au premier chef le président de Brinon. Celui-ci se persuadait qu'en réalité le maréchal nourrissait quelque affection pour lui mais qu'en faisant barrage son entourage l'empêchait de le lui exprimer. Aussi guettait-il ses escapades, rares moments où la pression se relâchait, dans le fol espoir de lui parler.

Le bureau des plaintes demeurait ouvert jour et nuit. J'en étais l'officieux fonctionnaire, même lorsque cela échappait à mon domaine naturel, car un majordome bien né est dépositaire des secrets et de la confiance. En me demandant de rendre de petits services, on avait fait de mon réduit un ministère des grâces. Maître ou valet, chacun savait pouvoir compter sur ma discrétion. J'en avais le sens inné. L'école m'avait appris à me taire, ce que les Français comprenaient mal, eux qui connaissaient le luxe suprême d'une conversation sans objet. Le silence était la langue que je maîtrisais le mieux. Après tout, la Bible ne dit-elle pas toujours ce que font les gens, jamais ce qu'ils pensent?

M. Déat pestait en permanence contre l'organisation qui lui avait bien attribué autant de pièces qu'il en réclamait pour ses services du ministère du Travail, mais qui avait donné tout le mobilier à ceux du ministère de l'Information. Il est vrai qu'en regard des vingt-huit pièces accordées à Son Excellence l'ambassadeur Otto Abetz, cela paraissait étroit; mais au moins, en ce qui le concernait, la réquisition était pleinement justifiée. Comment aurait-il pu autrement entreposer ce qu'il avait apporté de Paris : la quarantaine d'œuvres d'art de la collection Rothschild, et la dizaine de Fragonard empruntés au Louvre ou au marchand Seligmann? Les portraits du prince Metternich et de Frédéric II trônaient, l'un dans sa chambre, l'autre dans son bureau. Le président de Brinon quémanda et obtint de lui une tapisserie des Gobelins pour les bureaux de son gouvernement en exil. Il disait qu'ainsi les réunions du Conseil se dérouleraient dans une atmosphère encore plus française.

Il arrivait que les plaintes me parvinssent indirectement, par la domesticité, plus souvent à table qu'en privé. Nous dînions dans l'office attenant aux cuisines une heure avant que le repas ne soit servi dans les salles à manger des étages. Immuable depuis que mon grand-oncle l'avait institué entre ces murs au milieu du XIXe siècle, le rituel autorisait les uns et les autres à s'asseoir et à bavarder peu avant, les hommes d'un côté, les femmes de l'autre, mais tous devaient se lever à mon arrivée et attendre que je m'asseye pour en faire autant.

Alors les conversations allaient bon train. Tout y passait, les frivolités comme les choses les plus graves. Le ton devait demeurer égal dans la courtoisie. Les apartés étaient autorisés, et le brouhaha toléré. À dire vrai, l'office était la chambre d'écho des mille et une rumeurs agitant le château. Pas un mot, pas un trait, pas une réflexion qui n'ait été divulguée aussitôt après avoir été captée, par inadvertance, naturellement. Quand cette caisse de résonance menaçait de devenir une grosse caisse à potins, je calmais le jeu. Combien de fois leur ai-je rappelé de ne pas prendre parti, de ne pas s'engager inconsidérément !

« Eh bien, Eugène, qu'est-ce qui vous secoue de rire ainsi ? Faites-nous donc partager votre joie..., lançai-je à un valet de pied roumain dont on m'avait récemment gratifié.

— Chais... leuch...

— Pas la bouche pleine, s'il vous plaît.

— Pardon, fit-il après avoir mâché et avalé. C'est le monsieur Brinon...

— Le président de Brinon. Je sais que vous maîtrisez mal notre langue, mais... alors ?
— Il a dit au ministre : "Le maréchal ? pffft ! Une cover-girl pour affiche de propagande". »
Le trait suscita un éclat de rire unanime, d'autant qu'Eugène l'avait dit en roulant les *r* et en écarquillant les yeux, ajoutant une touche de comique à l'information ; car c'en était une, comme la plupart des rumeurs rapportées d'en haut pour la plus grande joie de ceux d'en bas. Seule Mlle Wolfermann ne se joignit pas à l'hilarité générale. À peine un sourire, mais si pincé et si forcé que je ne pus m'empêcher de l'interroger du regard.

« Pardonnez-moi mais je n'apprécie pas que l'on s'en prenne à la personne du maréchal.
— Oh, mais c'est... »
Eugène n'eut pas même le temps de se justifier qu'elle le coupa sèchement, ce qui jeta un froid :
« Si vous ne pouvez vous en empêcher, faites-le en mon absence. »
Bien placé pour savoir que tout était aussitôt répété, amplifié, déformé, je m'autocensurai. Je gardai pour moi l'incident dont j'avais été le témoin le matin même. Je devais introduire le reporter-photographe de *Signal*, magazine à la gloire de la Wehrmacht et de la SS, dans le bureau du président de Brinon en pleine réunion avec ses ministres ; aussitôt la porte poussée, le général Bridoux avait bondi de sa chaise :

« Ah non, sûrement pas !
— Mais qu'est-ce qui vous prend ? C'était prévu..., le sermonna M. de Brinon.
— Bon, bon, mais alors pas pour illustrer un article de propagande, on est bien d'accord ? »

Rien ne lui fut promis, d'autant que *Signal* était voué à la propagande de la première à la dernière page. Les autres ministres se regardaient, mi-interloqués mi-amusés, car le général Bridoux, qui passait pour le plus germanophile d'entre eux, consacrait son temps à se rendre dans les camps pour rallier les prisonniers de guerre français à la cause de l'Europe allemande...

De toute façon, il était temps de préparer le service.

Ce soir-là, on recevait des invités dans l'une des trois salles à manger dont j'avais la responsabilité, depuis que j'avais abandonné à l'un de mes adjoints celle de la salle des laquais, une grande pièce à l'entrée du château ornée de massacres de cerfs où les miliciens prenaient leurs repas.

Tout me semblait prêt quand un doute m'assaillit, qui dut se voir sur mon visage car l'un de mes adjoints m'interrogea :

« Il manque quelque chose, monsieur Stein ?
— L'écartement. »

Voilà ce qui me travaillait sans que je pusse l'identifier. L'écartement entre les couverts, les assiettes et les verres.

« Vraiment, monsieur Stein ? »

Je lui fis signe de me suivre. Nous n'avions pas gravi les escaliers aussi prestement depuis l'alerte de l'ascenseur. Aussitôt rendus, encore haletants, je sortis de la poche de ma queue-de-pie une règle graduée et mesurai les espaces. Ce qui n'avait pas été fait.

« Voyez-vous là, Ludwig ? Ces deux invités ont droit à moins de soixante centimètres chacun. Ce n'est pas normal. Tout doit être parfaitement symétrique. Arrangez-moi ça.

— Bien, monsieur Stein. »

Je pris un peu de recul, et choisis l'angle bénéficiant de la meilleure lumière naturelle, afin de considérer la table dans son ensemble, à l'égal d'un peintre composant sur son établi une nature morte ou une vanité. La seule manière de se faire un point de vue. Quelque chose n'allait toujours pas. Certainement un détail qui m'aurait sauté aux yeux si j'avais procédé à la vérification des espaces en temps et en heure.

« Je crois que j'ai trouvé, tenta Ludwig.

— Je l'espère pour vous car moi, j'ai trouvé.

— Deux couteaux n'ont pas leur lame dirigée vers l'assiette.

— Bien. Arrangez ! Mais il y a plus grave. »

Pour en juger, il ne se contenta pas de prendre du recul : il tourna autour de la table à la manière des joueurs de casino cherchant la martingale. Je mis un terme à son supplice :

« Les fourchettes.

— Mais... elles sont bien toutes disposées les dents contre la table. Je ne comprends pas, monsieur Stein : n'est-ce pas ainsi que l'on fait dans les grandes maisons ?

— En effet, mais nous ne sommes pas dans une grande maison : nous sommes dans une maison princière. Les dents doivent regarder le plafond car autrefois les armoiries des familles se trouvaient sur l'envers des fourchettes. Vous n'avez qu'à vérifier... »

Il était temps. Les cuisines venaient de me faire savoir que le dîner était prêt. D'après le plan de table qui m'avait été communiqué, Son Excellence Otto Abetz avait convié pour la nuit l'ambassadeur du Japon et sa suite, l'écrivain Friedrich Sieburg et Madame, un autre écrivain, français celui-là, venu exprès de Garmisch-Partenkirchen, dont on m'avait prévenu que le beau nom pouvait faire illusion, M. de Chateaubriant, et son égérie, ainsi que M. Doriot, le leader politique le plus en vue de Sigmaringen, dont l'état-major et les troupes avaient préféré stationner à l'écart, sur les rives du lac de Constance.

Je modulais l'éclat de la salle à manger, à éclairage faible ou à grande lumière, selon le degré d'apparat ou d'intimité que la puissance invitante entendait donner à la soirée. La vision des verres colorés des fenêtres, plus encore que celle des boiseries sculptées, me servait de témoin.

Ne dérogeant pas au rituel, posté au bas de l'escalier et armé d'une baguette à tampon, je fis sonner un premier coup de gong pour annoncer le repas, suivi d'un second dix minutes plus tard pour faire hâter les retardataires. Le fait est que seuls les plus bourgeois des ministres prenaient à la lettre l'heure indiquée sur l'invitation.

Au début, la conversation roula sur le pacte trilatéral, et le plus imaginatif de mes valets eût été bien en peine d'en tirer le moindre ragot tant le sujet était ennuyeux ; mais bien vite il fut question du personnage le plus énigmatique du château, un homme dont le mystère était proportionnel à l'influence occulte qu'on lui prêtait sur le maréchal. Il est vrai qu'il n'était pas que son médecin personnel, ce qui était déjà beaucoup ; il semblait assumer également les fonctions de secrétaire particulier, conseiller, confident, promeneur associé...

« Il faut en finir avec la trahison permanente de l'entourage du maréchal ! » lança M. Abetz, et tous comprirent dans l'instant que l'entourage désignait là le docteur Ménétrel, plus encore que l'amiral, le général ou l'aide de camp qui veillaient sur lui.

« Il faut songer à en délivrer le maréchal », ajouta une voix féminine, avant qu'une autre, nettement plus martiale, ne tranche :

« On se demande pourquoi ce type n'a pas été encore fusillé... Si on ne nous en débarrasse pas, je le ferai abattre... »

Je n'en jurerais pas, car j'étais trop occupé à ce que nul ne manque de rien, mais il me semble bien que cette promesse venait de M. Déat. Il était vraiment fidèle à sa légende : celle d'un homme si plein de morgue que l'on entendait claquer le fouet chaque fois qu'il ouvrait la bouche. Comme l'ambassadeur Abetz animait la table, à l'égal d'un maître de maison soucieux du bien-être de tous ses convives, il prit sur lui de relancer la conversation pour que tous puissent y participer; c'était aussi une manière de couper court à l'exposé des craintes de M. de Chateaubriant et de sa compagne, tous deux effrayés d'avoir cru percevoir le matin même le vrombissement d'un bombardier américain au-dessus de leur chambre. Alors Richard Strauss, son œuvre, son génie, ses concerts... Son Excellence Otto Abetz était brillant, comme à son habitude. Il déployait avec aisance toute la palette de son charme, comme on peut le faire dans les débuts de la quarantaine lorsqu'on est encore bien de sa personne et que l'on jouit d'une petite parcelle de pouvoir. Pourtant, d'après l'un de mes majordomes adjoints, qui avait eu l'occasion de l'observer dans des soirées à Paris, c'était un homme miné par la timidité et l'irrésolution. Sans sa connaissance de la France acquise par une ancienne et persévérante francophilie, mais d'une France soumise comme une femme peut l'être, il serait resté un personnage anecdotique tant il manquait d'envergure. Son opportunisme fit le reste.

Au moins, avec les brutes du rez-de-chaussée, on savait à quoi s'en tenir; alors qu'en offrant le visage de la modération éprise de la France des arts et des lettres, l'ambassadeur trompait son monde. Cela dit, si la poésie de Rilke était sa vraie passion, il était aussi sourd à la musique que connaisseur en dessin. Il se révélait parfaitement à son affaire dès qu'il était question de ceux de Watteau, par exemple, dont il disait qu'ils portaient encore la trace du geste à fleur de papier, ce qui impressionnait beaucoup ses interlocuteurs, dont la plupart n'étaient jamais allés voir un dessin de Watteau d'aussi près.

Avait-il senti mes réserves intérieures sur sa personne? Ce ne pouvait être qu'une capacité à détecter l'antipathie suscitée par lui chez l'autre, car jamais je n'aurais eu l'imprudence de m'ouvrir de mes sentiments devant quiconque. Toujours est-il qu'il me regardait de travers. Chaque fois que je me penchais pour lui présenter le plateau, il prenait son temps, en profitait pour me dévisager, m'explorer. Une impression de plus en plus désagréable m'envahissait mais j'avais de longue date appris à dominer mes émotions. J'aurais pu tenir toute une heure dans cette position des plus inconfortables, courbé et scruté.

En public comme ce soir-là, plus encore qu'en privé, il prenait plaisir à me donner des ordres et à se faire obéir; mais il y avait quelque chose de malsain dans son exercice de l'autorité, du moins à mon endroit. Naturellement, je m'exécutais. Il m'avait déjà demandé si nous ne nous étions pas connus dans une vie antérieure. Cette fois, il revint à la charge en y mêlant une pointe de soupçon, lequel ne fait généralement que précéder de peu l'insinuation.

« Vous êtes sûr qu'on ne s'est pas déjà rencontrés, Stein ? me demanda-t-il assez distinctement pour que nul n'en ignore, alors que je lui présentais l'assiette de fromages.

— Pas à ma connaissance, Excellence.

— N'avez-vous pas fréquenté les *Wandervögel* ?

— Pas à mon souvenir, Excellence.

— Les quoi ? demanda la maîtresse de M. de Chateaubriant.

— Les oiseaux migrateurs. Et les *Jugendbewegung* ?

— Pas davantage, Excellence.

— Une manière folklorique de former intelligemment les jeunes, reprit-il. On dansait, on faisait du théâtre, on chantait beaucoup. Ah, qu'est-ce qu'on a pu chanter ! C'était bien... »

Il avait été manifestement marqué par ses années dans les mouvements de jeunesse, et par leurs camps basés sur l'autoéducation, l'émancipation et le goût de la nature. Toutes choses qui m'étaient toujours demeurées étrangères. Je repris mon poste derrière lui. Richard Strauss revint à grandes enjambées. La sensibilité supérieure de ses lieder fut louée sans mesure.

« On a bien fait de le nommer à la tête de la Reichsmusikkammer.

— Goebbels a eu raison de nettoyer le dossier de son père : un quart de sang juif, tout de même...

— Mais quelle idée saugrenue de faire équipe avec Stefan Zweig! Nous n'avons décidément rien à faire avec les Juifs. Sa lettre à Zweig était impardonnable. Enfin, il s'est excusé, on l'a réintégré, tout va bien. Mais comment s'appelait déjà l'œuvre en question?... *Le silence*?... »

Nul ne savait. Son Excellence l'ambassadeur pensait l'avoir sur le bout de la langue. Il n'en démordait pas. On sentait qu'il ne se lèverait pas de table tant qu'il n'en aurait pas prononcé le titre. De guerre lasse, sans se retourner, il m'adressa un signe de la main. Je m'approchai :

« Vous avez une idée, Stein ? »

J'en avais une, en effet, bien précise : *La femme silencieuse*. Le nom de Zweig, pourtant auteur du livret, avait été supprimé des affiches et des programmes. Cela ne s'oublie pas. Mais pourquoi le lui aurais-je livré ? Pour lui permettre de briller un peu plus, alors qu'il faisait tout pour m'abaisser ?

« Je regrette de ne pouvoir vous aider, Excellence.

— Cela m'étonne de vous. J'aurais cru que vous teniez mieux vos fiches... »

Il esquissa alors un sourire de satisfaction, plein et entier, mais de cette satisfaction intérieure d'autant plus goûteuse que peu de gens pouvaient en prendre la mesure. Surpris, puis déstabilisé, je ne sus que répondre. En baissant les yeux, je ne pus que faire trois pas en arrière pour rejoindre ma place derrière sa chaise. Les invités n'avaient guère prêté attention à cette pointe de malveillance. Il était temps de passer au salon.

En allant chercher les alcools et les cigares, je priai discrètement mes collaborateurs de ne pas donner écho à cet incident. Mon ton devait être suffisamment grave pour les convaincre, je le sus plus tard dans la soirée, après que les invités se furent retirés. À l'office, alors que les uns et les autres se reposaient en fumant une cigarette, et qu'ils commentaient le dîner comme à l'accoutumée, la réflexion de deux convives sur la qualité des mets mobilisa la conversation :

« Ah, ils se plaignent, là-haut! s'offusqua la cuisinière.

— Ne le prenez pas mal, madame Bachmann. Le chef n'était pas en cause, peut-être les portions... »

Perpetua, la vaisselière, parfaitement solidaire, s'empara du menu et, elle qui donnait si souvent l'impression de n'avoir jamais été du bon côté des mots, nous en fit la lecture, manière de rafraîchir les mémoires :

« Bouillon de bœuf, perche meunière, chevreuil rôti à la crème, pâtes fraîches, plateau de fromages, crème renversée... Et ça ne leur suffit pas ?

— De quoi rappeler des souvenirs enfouis à bien des familles allemandes », soupira Nosferatu, Hans devrais-je dire, notre chevalier à la triste figure, que cette nouvelle assombrit davantage.

Immanquablement, la discussion dérapa sur les privilèges dont bénéficiaient les Français. Le sujet demeurait brûlant. Un mot suffisait à le réactiver. Carte. Tout le monde avait une carte d'alimentation. À partir de cinq ou six, on était quelqu'un.

« Le maréchal a vingt-deux cartes d'alimentation à lui seul, on dit qu'il n'arrête pas de manger; le président Laval en a six, et il y en a une pour chaque ministre.

— C'est faux, corrigea Martial, son valet : le maréchal n'a droit qu'à seize cartes. Je le sais : je les ai comptées.

— Que seize ! Mon Dieu... Mais c'est qu'on devrait peut-être se cotiser... Savez-vous que du village, on sent le fumet de ce qu'ils dégustent, en haut? Imaginez un instant la souffrance que cela représente pour les habitants et aussi pour les Français qui vivent avec eux... »

Vain bavardage. Il ne valait même plus de lui opposer le statut un peu particulier d'hôtes de prestige, ni les ordres venus du ministère des Affaires étrangères à Berlin. Autant renoncer à toute explication rationnelle. Il eût d'abord fallu y croire soi-même.

Après le dîner, l'ennui gagnait la plupart des hôtes du château. Un ennui poisseux, gluant dans la journée, auquel succédait un ennui de plomb à la tombée de la nuit. J'avais déjà vu des invités s'ennuyer dans ces murs, mais c'était le plus souvent d'un ennui de qualité, chose inconcevable avec nos nouveaux venus, dont l'ennui s'avérait d'autant plus pesant, lugubre, noir qu'ils avaient été les puissants du moment peu avant. Fallait-il la promesse d'un cognac sorti de son inépuisable réserve pour subir sans broncher au coin du feu les souvenirs de Saumur du général Bridoux? Alors la petite assemblée sombrait rapidement dans cette mollesse pernicieuse qu'un invité italien du prince appelait *sfumato* à la consonance si agréablement nuageuse.

Nulle promenade pour tromper le désœuvrement, et la bibliothèque était fermée. Ils s'organisaient donc vaille que vaille. Le soir comme dans la journée, ils se rassemblaient entre semblables. Les uns avec les autres autant que les uns contre les autres. M. Déat passait ses soirées à jouer au Lexikon avec ses amis MM. Albertini, Rives et Luchaire. D'autres s'adonnaient au bridge dans l'appartement du couple Hoffmann, qui y conviait des collègues diplomates vivant en ville, notamment Tangstein, un ancien officier aviateur, le jeune Müller, manchot depuis son passage dans l'Afrikakorps, et von Nostitz, que seule la poésie passionnait. Dans l'Olympe aussi on s'adonnait au bridge, souvent sur les tables de jeu autrichiennes du salon noir, remarquables pour leur marqueterie, leur surface en ardoise qui permettait d'y inscrire les points, et les pieds de griffons, mais le maréchal assistait aux parties sans y participer. Mme Déat, elle, en profitait pour découvrir notre langue grâce à la méthode Berlitz que lui avait procurée le général Bridoux. Quant au maréchal, il m'arrivait de le surprendre marchant de son petit pas de chasseur dans le long couloir menant à ses appartements, multipliant les allers et retours, parcourant des kilomètres dans un ersatz de promenade. « On en est à notre quinzième voyage ! » triomphait la maréchale, qui tâchait de suivre sa silhouette rendue fantomatique par la pénombre.

Par nécessité plus que par goût, l'apprentissage de l'allemand était devenu l'une des activités favorites des émigrés. Des hôtes comme des domestiques. Les plus doués des ministres, qui en étaient probablement familiers depuis leurs humanités, s'exerçaient à traduire en allemand les lettres de Voltaire à Frédéric ; les autres s'y mettaient plus modestement, en se limitant au vocabulaire de tous les jours. Selon les niveaux, débutant, élémentaire et moyen, les cours étaient dispensés en ville par MM. Zimmermann et Fleischauer, ou au château par M. Roginski et Mme Schivo. Ils eurent l'idée de faire traduire des pages de journaux français au maréchal. Je me souviens que Mme Schivo avait été choquée par la manière dont certains rédacteurs y rendaient des citations de Nietzsche, auteur dont ils faisaient un grand usage. Pour le centenaire de sa naissance, l'un d'eux avait même publié en une cette phrase du *Crépuscule des idoles* : « Ce qui ne me tue pas me rend plus fort. »

Il arrivait que l'on m'interroge sur ces questions, ce que j'aurais moi-même fait volontiers à propos de certaines subtilités du français. J'aurais bien aimé savoir par exemple pourquoi l'entourage du président Laval disait de M. Luchaire qu'il avait toujours eu « pognon sur rue ». Les domestiques français, qui me demandaient parfois pour quelle raison j'aimais tant leur langue, étaient surpris de m'entendre répondre : « Sa musique. » Je crois bien que cela les dépassait. Il est vrai que le français du château n'était pas toujours harmonieux.

Le maréchal m'avait un jour mis à contribution alors que je lui apportais ses journaux du matin. La radio branchée sur le poste de Stuttgart, car les ondes suisses et la BBC étaient encore inaudibles, il reportait au moyen d'épingles de couleur l'avancée des troupes alliées sur une grande carte de l'Europe qu'il avait fait fixer au mur.

« Comment diriez-vous "patrie" dans votre langue, Stein ?

— *Vaterland*, monsieur le maréchal.

— Ah oui, je vois, le pays du père. Mais que faire alors du *Mutterland*, le pays de la mère ? Ça ne va pas. Et *Heimat* alors ?

— Cela renvoie à la maison comme une petite patrie locale et personnelle.

— Alors, va pour *Vaterland*... Et pour vous, c'est l'Allemagne ou le Bade, Julius ? »

Il m'appelait rarement par mon prénom. Cela lui avait peut-être échappé. À moins que, avec le temps, il ne se soit malgré tout si bien imprégné de l'esprit des lieux qu'il ait eu là une réaction de vieux maître.

« C'est le château, monsieur le maréchal. »

Il me regarda par en dessous, attitude facilitée par notre situation, lui assis, moi debout; mais à sa moue et à sa manière de se lisser la moustache, je sentis bien que le patriotisme d'un serviteur vis-à-vis d'une illustre maison princière le laissait perplexe.

La plupart méconnaissaient la pratique allemande du français. Je m'en aperçus un jour que le président Laval rentra particulièrement sombre d'une promenade; il en fut miné jusqu'au soir. Son secrétaire, qui l'avait accompagné, m'en donna la clé : en chemin, ils avaient croisé deux paysans allemands qui avaient lancé, sur son passage, en le désignant du menton, un sonore « Großfilou! ». Il ignorait que nous avions l'habitude de voir dans les Français des as du système D. Le président Laval y fut d'autant plus sensible que ce qu'il prenait pour une insulte venait de paysans, des gens qu'il estimait profondément. Les rares petits déjeuners qui le mettaient de bonne humeur étaient ceux qu'il partageait avec son ami

Paul Mathé, quand la conversation prenait un tour immanquablement rural, agricole, terrien.

Il m'arrivait parfois de disparaître. Pas longtemps mais suffisamment pour intriguer, notamment Mlle Wolfermann. Elle brûlait d'envie de savoir où mais n'osait pas demander. Prétextant une nécessité soudaine d'arranger les bouquets dans les vases, je la sentais dans mon dos, d'une pièce à l'autre, petit manège qui cessait de lui-même dès que j'empruntais le grand escalier menant au bel étage et aux salons d'apparat pour me rendre ensuite dans les combles.

Je prenais sur mes heures de repos pour me déclarer indisponible. Pourtant je ne quittais pas le château. Simplement, je me retirais dans une pièce nichée à un demi-étage d'une aile décrétée fermée à tous. Elle l'était effectivement, sauf à moi.

En surprenant une conversation de domestiques, j'avais su que la nature de mon refuge les troublait. Du moins les nouveaux; les plus anciens étaient dans le secret, qui n'en était pas un; disons plutôt : dans la confidence, que leur discrétion naturelle respectait. On sait que le secret peut dissimuler tout aussi bien de grandes choses que le néant. C'est affaire d'imagination. Nul n'aurait eu le front de me suivre tout en haut. Mais ceux qui croyaient que je me retirais pour méditer en solitaire sur l'avenir du monde au bord du précipice en furent pour leurs frais le jour où ils m'aperçurent un plateau-repas à la main.

Octobre s'achevait. Aix-la-Chapelle, première ville allemande à tomber aux mains des ennemis, n'était plus qu'un champ de ruines; mais chez nous, la campagne prenait ses plus belles couleurs. De la terrasse, on distinguait les silhouettes flottantes de quelques ministres en promenade du côté de la réserve des cerfs et des biches, et jusqu'à l'École de la douane. N'eût été l'écho lointain de terribles bombardements du côté d'Ulm, la guerre dans toute son horreur nous était encore par moments étrangère.

Depuis peu, à tous les étages du château, de l'Olympe à l'office, les Français recevaient enfin des nouvelles françaises selon leur cœur. Des informations fabriquées et diffusées par eux. Aux cuisines, nous eûmes droit à la lecture à voix haute par un valet de pied du premier numéro de *La France*, un nouveau quotidien du matin, afin que nul n'en ignore. Ainsi en connaissait-on le contenu sans avoir besoin de l'ouvrir. Comme au réfectoire des abbayes trappistes. Outre les chroniques diplomatiques et le compte-rendu des batailles sur tous les fronts, *La France* tenait registre des mandats d'amener, arrestations, condamnations, exécutions en France de l'intérieur. Dans son éditorial à la une, le ministre de l'Information Jean Luchaire reconnaissait que le journal paraissait « grâce à une délicate générosité allemande ». Ce qui fit sourire et provoqua naturellement un commentaire :

« Ouais, on peut aussi le dire comme ça ! »

Mais la radio jouait un rôle plus important encore. Ce n'était pas un hasard si deux postes se disputaient l'audience des Français en exil : Ici la France, ou Radio Sigmaringen, du même Luchaire, et Radio Patrie, fréquence du leader Jacques Doriot. Dans un cas comme dans l'autre, il n'y avait que des programmes musicaux entrecoupés de bulletins d'informations.

« Musique baroque, musique... baroque et... Mendelssohn ? Mais c'est qu'on vit dangereusement par ici ! »

Le commentaire permanent des actualités par le personnel, ironique sinon sarcastique, leur donnait un relief si particulier que l'on n'imaginait plus, après une telle expérience, les lire ou les écouter autrement. Mais que ce fût *La France* ou tout autre quotidien, je tenais chaque matin à lui faire subir le traitement que je réservais en temps normal aux journaux du prince. Ce qui ne laissait pas d'étonner les plus jeunes et les derniers arrivés de mes collaborateurs, souvent des amateurs peu au fait des devoirs d'un majordome général.

« Pardon, monsieur Stein, mais... que faites-vous ? s'enquit Werner, suspendant son heure de cirage, en

me voyant étaler le quotidien du jour sur la grande table de l'office, armé d'un fer,
— Je repasse, comme vous pouvez le constater.
— Le journal?
— Je repasse le journal.
— Ça se fait, ça? insista-t-il.
— Lire un journal froissé le matin, c'est risquer d'avoir pour la journée un faux pli dans le jugement. Ces feuilles doivent être livrées au maréchal parfaitement plates, sans la moindre pliure, afin également que l'encre ne lui tache pas les doigts. C'est la moindre des choses, non?
— Euh, probablement... », répondit Werner, qui ne parut pas convaincu pour autant, et se remit à lustrer les chaussures des ministres.

Je veux croire que le maréchal appréciait cette tradition anglaise, que tout majordome bien né doit honorer, même si, lorsqu'il partait en promenade, il lui arrivait de fourrer dans la poche de son manteau le journal plié en quatre.

Ce dimanche-là, Mlle Wolfermann ne put s'empêcher de faire un crochet par le petit salon attenant à ma chambre à l'étage ultime avant de se rendre à la messe. Elle avait pourtant bien remarqué que je n'y étais pas des plus assidus. Raison de plus. Elle voulait savoir. Elle voulait tout le temps savoir. Comme si la peur de l'inconnu et de l'ignoré la minait.

« Toujours pas, monsieur Stein ? risqua-t-elle en entrouvrant la porte.

— Toujours pas, mademoiselle Wolfermann.

— Mais vous êtes catholique, pourtant. Nous le sommes tous ici, je suppose.

— Voyez-vous, j'ai le défaut de distinguer le seigneur de ses serviteurs, et la foi, de l'Église. En fait, ne le répétez pas, mais je crois bien que je ne supporte pas que l'on s'exprime au nom de Dieu. Alors voilà, le dimanche matin, j'en profite pour écouter tranquillement de la musique. Sacrée, souvent, histoire de me mettre tout de même en accord avec mes contemporains. Et maintenant, si vous le permettez, dis-je en tournant le bouton de la radio, l'heure du concert de Richard Strauss approche. »

Un peu sec peut-être mais j'avais l'esprit encore chiffonné par un rêve dont je ne trouvais pas la clef. Or un rêve non élucidé est comme une lettre qu'on n'a pas ouverte.

Elle n'insista pas. Elle non plus, comme les autres, ne voulait rater la messe. Bien malin celui qui aurait su y distinguer les dévots des opportunistes, et les convaincus des insincères. Car la messe de onze heures était vite devenue la seule distraction régulière de tous les Français de Sigmaringen, ceux du haut et ceux du bas. Le premier salon où l'on cause. Le rapprochement qu'elle opérait entre les gens du château et les gens de la ville témoignait de sa capacité à créer de la grâce. Car, on s'en doute, ils n'étaient pas là pour le rituel qui la précédait, la cérémonie des couleurs au son du clairon de la Milice.

C'était probablement la seule occasion où la ville montait au château. Le rassemblement était touchant; on aurait cru que la religion reliait vraiment, bien que le lien fût éphémère et artificiel.

Ouverte à tous, l'église privée des Hohenzollern se trouvait en contrebas, à quelques dizaines de mètres de la poterne gardée en permanence par deux miliciens. C'était peut-être la plus belle pièce du château car elle avait moins subi que les autres les caprices de ses différents occupants au cours des siècles. Des vitraux rappelaient les nombreux mariages que la famille y avait célébrés. Le blason du Portugal y tutoyait le lys des Bourbon-Siciles.

Sauf exception, où l'on recourait aux services de l'abbé milicien Brevet, neveu de M. Darnand, l'office se déroulait en allemand par les bons soins d'un de nos prêtres. À ceux qui s'en étonnaient, on pouvait toujours opposer qu'étant située juste à la frontière extérieure du château, la chapelle n'était pas concernée par le statut d'extraterritorialité.

Ceux qui espéraient y apercevoir le maréchal en étaient pour leurs frais. Pourtant, il assistait bien à la messe chaque dimanche, mais nul ne l'y voyait jamais. Avec la maréchale et le docteur Ménétrel, il empruntait un discret passage suspendu, construit autrefois sur le modèle du corridor de Vasari à Florence, reliant par le haut le château à l'église, à l'abri des regards. Le maréchal bénéficiait du privilège du prince, qui accédait ainsi de ses appartements à sa loge au-dessus de l'abside ; mais elle était ainsi conçue qu'une fois installé, et bien qu'il pût tout voir, nul ne pouvait deviner sa présence. Ce qui correspondait parfaitement à son état d'esprit. Un homme invisible gardé prisonnier dans une forteresse. Un soldat qui tenait à son malheur. Un autre masque de fer. Sauf que sa cellule prenait le dimanche matin l'allure d'une loggia à l'Opéra.

On aurait donné cher pour observer sa réaction quand le prêtre exalta les vertus du rosaire, prières à la mère de Dieu par lequel la guerre pourrait être gagnée. Mais on sut, par Mlle Wolfermann, qui l'entendit distinctement, quel fut le commentaire de M. Déat à ces prônes :

« Crétinisme de Hottentot ! »

La messe achevée, les miliciens reprenaient leurs armes laissées sur la petite place et se reformaient pour rejoindre leur camp. Le personnel, lui, devait regagner son poste à la hâte car le déjeuner dominical favorisait les invitations tant à l'intérieur qu'à l'extérieur. Le baron von Salza, la comtesse Sailern et le conseiller Hoffmann étaient ravis de l'occasion qui leur permettait de côtoyer, à la table des ministres passifs, des écrivains, des intellectuels ou des musiciens de passage. D'autant qu'il était de règle de ne pas parler politique afin de ne pas donner de grain à moudre aux ministres actifs.

Après les déjeuners des ministres, alors que nous soufflions tous un peu en prenant l'air et le café sur la petite terrasse de l'office, moment traditionnel où la pause et les cigarettes favorisent la conversation, Mlle Wolfermann me rejoignit. Elle ne m'avait jamais paru aussi sereine. On la sentait prête à tout pour adoucir le cours du temps.

« Alors, ce concert à la radio, cela valait le coup, monsieur Stein ?

— Plutôt, oui. Et cette messe, toujours aussi mondaine ?

— C'est une expérience.

— Qu'entendez-vous par là ? »

Elle s'enfonça dans son fauteuil en osier, respira profondément et laissa son regard se perdre au loin vers la boucle du Danube. On eût dit qu'elle voulait y accorder la beauté de son paysage intérieur. Comme si elle avait vécu quelque chose d'inouï qui eût mérité qu'elle cherchât les mots les plus précis et les plus adéquats, de crainte d'offusquer cet événement bouleversant dont elle seule semblait avoir pris la mesure.

« On y est la proie de présences invisibles, dit-elle avec douceur pour ne pas bousculer son souvenir.

— C'est le moment ou jamais, et là ou nulle part, vous ne croyez pas ?

— Vous n'y êtes pas, monsieur Stein. Je parle d'autres présences. Lorsqu'on regarde vers l'autel et qu'on lève les yeux vers la loggia, en haut à gauche, on imagine le prince de Hohenzollern et on devine le maréchal Pétain assis dans son fauteuil. Et lorsqu'on se retourne vers le narthex et l'orgue, on est saisi par celle, tout aussi invisible, du chantre. La présence d'une voix sans égale, de celles qui vous laissent nu. Vous ne me croirez peut-être pas mais c'est si beau, si puissant, qu'on sent alors se manifester quelque chose comme... »

Le mot lui manquait. À moins qu'elle n'ait voulu parler de grâce ou de transcendance mais qu'elle n'ait pas osé tant cela eût paru grandiloquent. Elle avait visiblement été remuée par cette voix. Souvent la foi s'en va quand la théologie s'installe ; en va-t-il de même avec la musique ? À vrai dire, comme je le lui expliquais, un certain nombre de paroissiens de cette église assistaient à l'office plus en mélomanes qu'en fidèles. Ils ne s'en cachaient pas et n'en tiraient aucune gloire ; simplement, ils reconnaissaient qu'ils allaient à la messe comme on va au concert. Il fallait presque les prier de ne pas applaudir.

« Uniquement pour lui ? » demanda-t-elle, le timbre brisé par l'émotion.

Elle n'espérait pas de réponse tant cela s'imposait d'évidence. Une femme amoureuse n'aurait pas réagi autrement. À croire que l'on peut s'éprendre d'une voix comme d'une personne. Cette rencontre, car cela en était une, l'avait laissée en état de fascination. On en a connu qui ont sacrifié leur personne après avoir été envoûtés par la psalmodie monastique.

La curiosité de Mlle Wolfermann était piquée au vif, plus encore qu'à l'accoutumée. En vain : ce chantre se faufilait dans l'église bien avant l'arrivée de la foule ; il se postait aux côtés de l'orgue de manière à n'être vu par personne, pas même par les occupants de la loge princière, mais dans un angle étudié et choisi pour le faire bénéficier de la meilleure acoustique ; seul l'organiste savait son identité, mais il demeurait d'une discrétion absolue à ce sujet. Celui-ci ne prenait même plus ombrage de ce que l'aura du chantre invisible éclipsait sa propre virtuosité, l'éclat de son jeu d'anches ou la sonorité distinguée de ses flûtes et hautbois ; de toute façon il n'était pas ingénieur, jamais sa technique n'étouffait l'art.

Ce chantre, on ne lui savait même pas de surnom dans un petit monde où beaucoup en avaient ; seuls les rares connaisseurs évoquaient mystérieusement entre eux le « baryton de la messe ». On attribuait son invisibilité tant à sa discrétion qu'à sa détestation de toute la mondanité qui entourait la messe du château. Un prêtre assurait à mots couverts que c'était un moine de l'archi-abbaye bénédictine de Beuron, tout près de là, ce qui paraissait crédible.

« Il m'est impossible de vous décrire le mouvement

qui a agité l'assistance lorsqu'il a chanté le *Sanctus* soutenu par l'orgue...

— Au fond ce n'est pas plus mal. On entend mieux la musique quand on ne la voit pas. Regarder distrait l'écoute. On se perd dans les détails, on s'accroche aux apparences, vous ne croyez pas? »

Mlle Wolfermann demeura silencieuse. Elle était ailleurs, encore à l'église. Concentrée, presque grave, elle ne m'entendait même plus, tout entière tournée vers sa musique intérieure et la qualité première qu'elle reconnaissait à cette voix inconnue : une manière sans pareille de sculpter le silence. Je me sentis de trop et me retirai alors sur la pointe des pieds, l'abandonnant à son rêve éveillé, en prenant soin de ne pas choquer la porte-fenêtre de la terrasse.

Une agitation fébrile régnait à l'office. Pourtant, entre deux services, l'heure ne s'y prêtait pas. Seuls les domestiques allemands semblaient concernés ; d'ailleurs, les autres se reposaient à leur étage, sauf Éric, un valet de pied, qui s'empressa de quitter l'endroit comme si c'était devenu irrespirable. En me croisant, il désigna notre Nosferatu du menton et me murmura d'un ton sentencieux, en prenant l'air grave des annonces de décès :

« Non seulement il était mort dans la plus noire des misères, ignoré de tous, mais ça ne s'arrangea vraiment pas par la suite... »

Ils s'étaient tous regroupés autour de Nina, la gouvernante demeurant seule assise, un grand journal déplié devant elle, lisant à voix haute; il fallait que quelque chose d'important soit advenu pour qu'ils paraissent créer un cercle solidaire autour d'une personne qui n'avait rien d'aimable en elle. Comme lorsque l'annonce d'un grand événement réussit à rassembler les plus dissemblables des hommes. C'était le cas, il ne pouvait en être autrement, l'émotion était palpable. La tension se manifeste souvent par d'infimes détails, révélateurs pour qui sait les lire. Pour moi, en cet instant précis, c'était l'attitude de Werner, le front plissé par l'angoisse, la jambe tremblante, tapant du poing contre son menton de prognathe pour le faire rentrer dans sa cavité. Ce ne pouvait être la fête du remerciement pour la récolte car le Jour des paysans avait été célébré au début du mois. Peut-être la commémoration de la défaite des armées de Napoléon à la bataille de Leipzig?

« Que se passe-t-il ? » demandai-je à Erwin tout en faisant signe à Nina de se rasseoir.

Le chauffeur me répondit d'un mot. Le plus redouté de notre vocabulaire de tous les jours. Du moins craint par des gens comme nous. Des hommes de l'arrière et qui étaient prêts à tout pour y rester.

« *Volkssturm.* »

Puis, après un temps de silence, il reprit :

« On va tous finir par y passer. »

Il l'avait dit à voix basse, les yeux baissés, mais

sans en rajouter sur la gravité de l'instant. La mobilisation quasi générale des derniers civils, il en était question depuis quelques semaines, et l'on se berçait de l'illusion que plus on en parlerait, plus son spectre s'éloignerait de nous. La parole aurait-elle donc la vertu de repousser les mauvaises ondes ? Elle nous menaçait comme une épée de Damoclès suspendue au-dessus de nos faux cols bien amidonnés. Mais Heinrich Himmler n'était pas homme à lancer des projets en l'air. Le journal en parlait. Cela ne suffisait pas à convaincre les incrédules. Werner observa ma réaction ; nos regards se croisèrent ; un signe de tête me suffit à lui faire tourner le bouton de la radio de Berlin. Au bout de quelques minutes, le « Concert des auditeurs pour la Wehrmacht », si populaire depuis 1939, s'interrompit. Une voix, hélas familière, s'imposa. Après une évocation inévitable de la bataille des Nations, nous avions oublié qu'il était le maître absolu de la police et le ministre de l'Intérieur du Reich : nous n'écoutions plus en Himmler que le commandant en chef de l'armée de réserve. Celui qui promettait de mettre sur pied quinze nouvelles divisions en faisant la chasse aux planqués dans les administrations.

« Nous lèverons une armée de cinq cent mille hommes de seize à cinquante-cinq ans... en état de porter les armes sous la responsabilité des gauleiters... »

Un bruit incongru nous sortit de notre torpeur : on

frappait à la porte. Ce qui n'arrivait jamais à l'office car nul ne songeait à s'y enfermer tant le va-et-vient y était incessant. Sauf que là, quelqu'un l'avait spontanément fermée; eût-on voulu signifier à tous les autres domestiques que les Allemands constituaient sur leur sol une communauté à part que l'on ne s'y serait pas pris autrement. Ce n'était pas le but recherché mais c'était pourtant bien l'effet produit. Un visage apparut timidement dans l'entrebâillement : celui de Mlle Wolfermann.

« Oh, pardon, je crois que je dérange...

— Mais non, entrez, je vous en prie. »

En se joignant à nous, avec l'esprit de finesse qui était le sien, elle comprit dans l'instant de quoi il retournait et ne dit mot. La sidération l'emportait sur tout autre sentiment. Les cuisines et l'office avaient été le théâtre de bien des événements, certains des plus émouvants; mais jamais une minute de silence n'aurait eu la solennelle dignité du mutisme qui suivit cette allocution. Nous échangions des regards dans une gêne partagée, soudainement tous égaux, incapables de manifester la moindre réaction. Atterré, le personnel allemand du château ne trouvait pas les mots. Un parfum de panique flottait dans ses rangs.

« Mais pour quelle bataille, tout ça ? Elle est perdue, la guerre. Il veut nous fanatiser pour mieux nous envoyer à l'abattoir, c'est tout, trancha Ludwig, l'un de mes majordomes adjoints, que je n'avais jamais vu aussi désespéré, lui qui d'ordinaire contrôlait mieux ses sentiments.

— Il a raison, il faut leur dire que ça ne sert à rien de venir nous chercher, bafouilla Werner.

— Il paraît qu'on sera payés si on participe aux combats... »

Comme on s'y attendait, ils se firent aussitôt reprendre par le chauffeur. Car Erwin avait toujours eu du mal, lui, à réprimer ses instincts. Il appelait cela du patriotisme, du nationalisme, de la loyauté. Il se drapait volontiers dans l'honneur et la fidélité au drapeau, sans préciser que celui du pays était d'abord celui du Parti. Il ne détestait pas provoquer en affirmant, non sans humour, du moins je veux le croire, qu'il n'était pas à ses yeux de plus éclatant témoignage du génie de notre peuple que le *Manuel d'infanterie* prussien et l'indicateur des chemins de fer allemand. Cette fois, il ne se contenta pas de nous assener un slogan mal digéré : il nous proposa une sorte d'analyse politique nourrie d'Histoire :

« 1813 est indispensable pour éviter 1918, si vous voyez ce que je veux dire... »

Et, comme il se retournait vers Mlle Wolfermann à ses côtés, celle-ci le prit pour elle :

« Pas trop, mais il est vrai que je ne suis pas des vôtres.

— Vous n'êtes pas des nôtres ?

— Vous m'avez parfaitement comprise, Erwin. Je

ne suis pas allemande, nous n'avons donc pas nécessairement les mêmes références, mais je ne demande qu'à apprendre.

— En 1813, le décret Landsturm a encouragé les citoyens de la Prusse à prendre leurs fusils, et même leurs fourches et leurs haches, pour résister et se libérer des armées de Napoléon. Une vraie levée d'armes populaire qui nous a fait défaut en 1918 : les insurrections qui ont suivi la fin de la guerre et entraîné l'effondrement de l'Empire, le coup de poignard dans le dos de la gauche, des gens de l'arrière et des révolutionnaires qui furent les vrais responsables de notre défaite, on connaît la suite... »

Comme pour lui éviter de nous l'exposer à sa manière, Werner posa la question qui hantait chacun :
« Ça commence quand, ce *Volkssturm* ? »

Des cérémonies de prestation de serment eurent lieu en masse peu après à Sigmaringen comme sur tout le territoire du Reich. Des civils en habit civil, des jeunes et des vieux, portant un armement hétéroclite, du fusil de chasse au Panzerfaust en passant par l'antique Mauser M1898, et parfois ne portant rien car n'ayant rien trouvé. Parmi les badauds qui observaient la cérémonie sur la grand-place, il y en avait que cela faisait rire à gorge déployée, comme au spectacle : les enfants et les soldats en permission. De vrais soldats, eux.

Chaque jour amenait son lot d'événements et d'incidents souvent insignifiants, mais qui prenaient une importance disproportionnée selon la personnalité qui en était au centre. M. Déat était, parmi les ministres actifs, celui qui manifestait le plus d'exigences. Il passait beaucoup de temps dans le bureau du président de Brinon à contrer les initiatives de l'autre ministre hyperactif, M. Luchaire, celui de la Propagande et de l'Information. Il lui reprochait d'échafauder des constructions nuageuses, ce que je trouvais assez poétique, et d'embaucher beaucoup trop de personnel en les gratifiant de salaires faramineux. Ce n'était d'ailleurs un secret pour personne : tout émigré français ayant besoin d'un certificat de travail pour se loger était sûr d'en trouver un auprès de M. Luchaire; c'est ainsi que dans ses bureaux de la Karlstraße, on comptait paraît-il plus de deux cents employés alors qu'il n'y avait de travail que pour une poignée d'entre eux. Ce qui avait poussé M. Déat à convaincre le président de Brinon à accorder un traitement de 200 Deutsche Mark à tous les fonctionnaires sans distinction. Il se mêlait de tout. Il lui prit même d'exiger du président de Brinon le départ du valet roumain du couple Hoffmann, au motif qu'il était encombrant et que sa tenue laissait beaucoup à désirer! De quoi se mêlait-il? Il est vrai que seule l'indulgence de Mme Hoffmann pour un compatriote justifiait la présence de cet émigré peu doué, et qui n'aurait pas perdu sa main au travail. Mais de là à le renvoyer à la rue et à l'errance, il y avait une certaine perversité qui était bien la marque de M. Déat, un intellectuel assurément brillant et intelligent, mais dénué de toute qualité humaine.

Je n'osais l'avouer à mes subordonnés, les seuls auprès de qui j'aurais pu le faire, mais toute cette agitation administrative et politique dans nos murs avait quelque chose d'irréel. Nous en étions chaque jour un peu plus les témoins muets et interloqués. Seule Mlle Wolfermann tentait de comprendre, avant d'expliquer et, inévitablement, de justifier.

« Mais que croyez-vous, monsieur Stein ! La France doit continuer. Nul ne sait où l'on va. Après tout, le maréchal n'a pas agi autrement en juillet 40 quand il a consenti à être chef de l'État. Le sens des responsabilités, cela devrait vous toucher.

— Et aujourd'hui ?

— Le maréchal est plus que jamais au-dessus des partis. Il faut respecter son retrait, sa distance et sa hauteur. On ne force pas la main au maréchal. Et puis, vous ne mesurez pas le prestige dont il jouit auprès des Français de la France réelle. »

On l'écoutait car elle en parlait en connaissance de cause. Elle avait eu le temps de se forger une solide opinion, assez charpentée et argumentée, sur l'homme qu'il était vraiment, et parlait de lui avec ferveur mais sans exaltation.

J'imagine qu'elle discutait de bien d'autres choses avec Nina lorsque celle-ci, de plus en plus entreprenante, lui proposait de boire un verre sur la terrasse après le service. En réalité, je dois l'admettre, j'ignorais tout de la teneur de leurs conversations ; mais depuis une quinzaine d'années que Nina travaillait au château, j'avais suffisamment éprouvé la sournoiserie et les manigances de notre intendante pour savoir à quoi m'en tenir ; pour le reste, ses goûts et ses préférences — disons le mot : ses tendances — ne me regardaient pas. Mais cela me gênait de supposer que Mlle Wolfermann ait pu tomber sous son emprise. Les autres, pourquoi pas ; mais pas elle. Quand elle me vit les observer de l'autre bout de l'office, elle se détacha de Nina pour me rejoindre :

« Monsieur Stein, je repense à notre conversation. Vous connaissez bien le français, mais la France, au fond, vous ne la connaissez pas...

— En effet.

— Demain après-midi, nous avons je crois quelques heures de répit. Je vous emmène en France...

— Pardon ?

— Je vous emmène en ville ! C'est pareil désormais... »

Depuis le départ des Hohenzollern pour Wilflingen, je n'avais pas quitté le château. Trop de travail, trop de sollicitations. Il m'était souvent arrivé par le passé de ne pas descendre en ville pendant des semaines, sinon des mois, notamment lorsqu'une grande fête de famille ou un mariage princier devait se dérouler chez nous.

Sigmaringen ne me manquait pas, probablement parce que le château était une ville en soi. Mais à peine avions-nous passé les armes de rempart fichées dans la poterne, puis l'église, pour nous retrouver dans la Fürst-Wilhelm-Straße, que je fus saisi par le changement. Non que les rues ou les monuments aient subi de quelconques modifications. Tout était bien en place, à commencer par les statues du prince Léopold et sur la place centrale face aux Archives et plus bas, dans le jardin en contrefort du château, celle du prince Karl. La plaque du pharmacien Richter prétendait qu'il était là depuis 1579. Sur la Karlstraße, le Prinzenbau, bâtiment où les Hohenzollern avaient l'habitude de loger leurs membres les moins fortunés, était devenu le centre administratif de la colonie. Ça grouillait de gens en quête de passe-droit, *Ausweise*, tickets de rationnement, bons d'alimentation, emplois, subventions, argent...

Ce qui avait vraiment changé, jusqu'à bouleverser le visage de la ville, c'était la population. Dense, nombreuse, bruyante. On eût dit que le drapeau français y avait été hissé aussi. Les gens déambulaient avec une gaieté, une désinvolture et des mauvaises manières qui n'étaient pas les nôtres. Ils se révélaient par leur tenue même ; on sentait qu'ils avaient quitté leur maison précipitamment car ils portaient encore des vêtements d'été et n'imaginaient pas le rude hiver qui allait leur tomber dessus. Certaines vedettes de la collaboration parisienne avaient perdu de leur superbe en perdant leurs valises dans la fuite. Pas toutes, si l'on en jugeait par la variété vestimentaire de M. Luchaire ou du journaliste de *L'Illustration*, Jacques de Lesdain.

C'étaient les émigrés, ces gens dont on nous parlait depuis deux mois et que nous n'avions pas encore vus. Il y avait de tout : des collaborateurs bien sûr, mais aussi des zazous, des miliciens en armes bien que le port d'armes fût interdit en ville par crainte d'incidents avec les fidèles de Doriot, des mères de famille nombreuse, des dandys, des tueurs, des maréchalistes, des actrices, des politiciens, des enfants, d'authentiques fascistes et même des braves gens qui avaient suivi le mouvement, tombés dans le panneau de la panique en se jetant dans le flot des fuyards, craignant d'être à leur tour dénoncés par leur concierge s'ils restaient chez eux, persuadés que les gaullistes réservaient un mauvais sort à tous ceux qui n'avaient pas rejoint la France libre, et qu'en suivant le maréchal comme ils l'avaient fait pendant quatre ans ils se plaçaient sous sa protection naturelle, des gens qu'avaient trouvé dans cette ville un endroit où abriter leur terreur. Ainsi Mlle Wolfermann me décrivit-elle sans la connaître cette foule qu'elle sentait d'instinct. Des émigrés qui s'appelaient entre eux des « sigmaringouins ». Nous déambulions côte à côte : je lui racontais l'histoire de chaque commerçant, elle me racontait celle de chaque passant et il nous paraissait évident que nous ne nous trompions ni l'un ni l'autre.

Outre le physique et les vêtements, pour ne rien dire du fard épais et des cheveux teints des Parisiennes, de loin on pouvait facilement distinguer à l'allure un Allemand d'un Français : le premier allait du pas déterminé de celui qui ne marche que dans le but de se rendre d'un point à un autre; le second se laissait porter par ses pas, avec la lenteur du désœuvré.

Certains s'enfonçaient déjà dans la misère. Tout indiquait qu'ils étaient mal logés, sans travail et dénués de réserves. Des affamés traînant leurs enfants à qui il ne restait plus que la dignité de ne pas crier famine. En les croisant, une image me revint en mémoire : Mme Luchaire réveillée le matin au château par trois femmes de chambre qui lui faisaient la révérence en lui apportant le petit déjeuner, cérémonial qu'elle appelait « le petit ballet ».

Étrange expérience que de partir à la découverte de sa propre ville, celle où l'on est né et que l'on n'a jamais quittée, avec l'impression de s'y sentir étranger. Pour m'en être trop longtemps absenté, j'éprouvais pour la première fois comment le grain de la ville, la dimension de base qui en définit notre perception, peut se dilater.

Parfois, à ma grande surprise, Mlle Wolfermann m'attrapait par le bras pour attirer discrètement mon attention sur une silhouette quelconque et me glisser à l'oreille un nom, qui ne me disait rien mais qui avait dû compter dans la France du maréchal. Jusqu'alors, on ne s'était touchés que du regard, nous heurtant à demi-mots et nous affrontant à fleurets mouchetés. En privé ou au château, elle ne l'aurait jamais fait. Fallait-il que nous soyons dans la rue parmi la foule anonyme pour qu'elle ose ce geste intime et troublant, semblable dans son attitude à ces gens qui boivent en public et mangent en cachette.

Une fois, une seule, c'est moi qui me permis d'en faire autant avec elle. Non pour lui signaler une éminence allemande, il n'y en avait guère et elles ne m'intéressaient pas, mais parce que le spectacle m'avait sidéré : la silhouette d'un homme sans âge arc-bouté sur une poubelle à l'angle de Josefstraße et de Buchhaldenstraße. En nous rapprochant, nous distinguâmes une sorte de vagabond crasseux, flottant dans des loques, les poches de son veston pleines de journaux ; il lisait au-dessus de la poubelle une gazette qu'il y avait trouvée. Tout en lui était sombre, gris, noir, ce qui n'en rendait que plus remarquable l'éclat de ses yeux bleus quand il voulait bien les détourner de sa lecture. Il ne parlait pas car personne ne lui parlait. À quoi bon s'ouvrir à un monde si inamical ? Il ne parlait pas mais il prêtait l'oreille aux conversations alentour. Nul ne semblait faire cas de lui. Il me prit alors d'imaginer sa solitude, le pire étant non pas de n'avoir personne à qui parler mais personne à qui mentir. Je lui avais peut-être attribué une tristesse qui n'était pas la sienne. Il observait les gens en les plaignant de tout ignorer du bonheur de n'être rien ni même quelqu'un, même si au fond je n'en savais rien.

« On pourrait peut-être l'aider, le signaler à...

— N'en faites rien, monsieur Stein ! Il est là en permanence, près de cette poubelle ou d'une autre, occupé à lire. C'est son idée fixe. Sa béatitude, qui sait. Il se nourrit de ce que les passants lui donnent spontanément. Un pauvre hère. Il a dû perdre la tête dans la fuite. »

Impressionnant comme chacun s'y était manifestement habitué malgré ce que cette présence gardait d'incongru. Je devais être le seul pour qui cet homme n'était pas transparent. Je m'approchai ; après un temps, il se retourna vers moi, me sourit et nous échangeâmes quelques paroles en français avant que Mlle Wolfermann ne me ramène à la civilisation.

« Ne perdez pas notre temps avec lui ! Et maintenant, fit-elle mystérieusement, je vais vous faire découvrir un endroit... »

Quand nous fûmes rendus dans Antonstraße devant le Café Schön, je crus qu'elle se moquait de moi. Il n'est pas de lieu plus familier à un habitant de Sigmaringen. Mais une fois attablé, je compris : interdit aux

Allemands, réservé aux Français, ce n'était plus le même établissement. Il est probable que, sans elle, je n'aurais pu y trouver une table. Bruyant et enfumé, il était désormais comme occupé. Pas de meilleur poste pour prendre le pouls de la France en exil. Il suffisait de prêter l'oreille aux conversations des tables alentour. Certains s'exprimaient comme s'ils venaient de se réfugier à Coblence au lendemain de la Révolution ; d'autres comme s'ils fuyaient la révocation de l'édit de Nantes. Suffirait-il d'avoir traversé le Rhin pour échapper à une persécution ? En tendant l'oreille vers la table à notre gauche, je ne captais que des bribes de conversation dont l'intérêt m'échappait parfois :

« Il paraît que Jamet va diriger une maison d'édition du côté de Plauen, comme ça il pourra fournir des dicos français-allemands à tout le monde... On dit que Filliol est en ville...

— Le tueur de la Cagoule ?

— Lui-même... »

Elle disait être naturellement physionomiste, dotée d'une mémoire visuelle acquise dans ses différents postes. Une bonne partie de son savoir lui venait des récits que nous faisaient les valets qui fréquentaient le Café Schön, et qu'elle écoutait passionnément, sous ses airs de petite fille curieuse. Le regard de Mlle Wolfermann sur la salle fonctionnait comme un périscope en eaux troubles. Elle réussissait à identifier presque tout le monde. Même des anonymes, comme la petite organiste de l'église Saint-Louis-d'Antin à Paris qui, d'après elle, avait suivi sa mère jusqu'ici, laquelle avait suivi son employeur, l'Office de ravitaillement de la Wehrmacht à Paris, sans trop se poser de questions. Cette fois, je ne pus couper aux présentations, à distance fort heureusement :

« Là-bas, c'est le fameux journaliste Lucien Rebatet. Vous avez lu son livre *Les décombres ?* Non, bien sûr. C'est quelque chose... L'homme avec qui il s'engueule, on dirait bien que c'est Alain Laubreaux, le critique, quelqu'un qui faisait la pluie et le beau temps dans le théâtre à Paris il y a quelques mois encore... Toute la bande de *Je suis partout* a rappliqué à ce que je vois... »

Nous nous demandions ce qui pouvait bien provoquer une telle hargne entre eux. Mlle Wolfermann se renseigna. Elle revint le sourire aux lèvres : ils se disputaient la paternité de « Sigmaringen, c'est la communauté réduite aux caquets », mot qui avait fait le tour de la ville sans être encore remonté jusqu'au château.

« Et au fond à gauche, ce couple si élégant...

— Oui, je vois, le costume gris fil à fil, la pelisse de renard roux sur une robe haute couture, baisemain et tout, c'est Georges Guilbaud, le directeur de *L'Écho de la France*, avec Maud de Belleroche... »

Elle n'eut aucun mal à identifier un homme attablé seul dans un coin tant il correspondait à la description qui nous en avait été faite : l'Amiral, surnom d'un ancien chroniqueur militaire de *L'Action française* où il signait « Captain John Frog », occupé à monter des plans pour reconstituer la marine française. En fait, je crois que cela l'amusait et qu'elle trouvait une certaine excitation à reconnaître des visages aperçus ou entrevus ici ou là, sinon dans les gazettes.

Soudain, un individu de grande taille, voûté, maigre mais solide, frappant par son regard halluciné, entra dans le café, provoquant, par sa seule présence magnétique, des murmures et des regards par en dessous. Il est vrai que son accoutrement ne passait pas inaperçu, même dans cette ville qui en avait vu d'autres ces derniers temps : deux canadiennes superposées qui ne tenaient que par leur crasse fermées par une ficelle pour toute ceinture, des moufles attachées autour du cou par des épingles doubles, un pantalon trop large, une casquette de chauffeur de locomotive vissée sur la tête, une gibecière en bandoulière et dans une musette un chat, dont la tête émergeait de la boutonnière. Une dégaine qui valait bien celle de l'homme-poubelle.

« Vous l'avez vu, celui-là, dis-je à Mlle Wolfermann. Ne me dites pas que vous le connaissez aussi...

— Celui-là, comme vous dites, c'est un très grand écrivain.

— Ah...

— Louis-Ferdinand Céline. »

De toute façon, il ne déparait pas l'endroit. Mais à une table proche de la nôtre occupée par de jeunes miliciens également interloqués, l'un d'eux ne put réprimer son premier mouvement :

« C'est ça, le grand écrivain fasciste, le prophète génial ? »

L'homme en question se fichait manifestement des réactions qu'il pouvait susciter. Mais le fait est que rien de ce qui se disait de lui n'était modéré : il jouissait des honneurs de l'exagération. Il venait d'arriver en ville et cherchait quelqu'un. Une femme. Il la trouva attablée près de la fenêtre. Leur étreinte trahissait une vieille complicité. Des retrouvailles d'anciens amants liés par la réciprocité de leur regard chargé de souvenirs communs. Cela se devinait à leur sourire quand ils se parlaient. Ce qui s'en dégageait était de l'ordre de l'admiration et de la tendresse.

« Elle, c'est Lucienne Delforge, elle a tout fait et toujours au plus haut niveau. Pianiste, alpiniste... »

En sortant du Café Schön, nous avons encore marché mais plus près du fleuve. Une fois sur le chemin de halage, je ne pus m'empêcher d'inverser les rôles :

« Ces Allemands que vous avez croisés, vous les trouvez comment ?

— De braves gens, assez conservateurs et plutôt traditionalistes, non ? C'est encore l'Allemagne de

Mme de Staël ici. Pas nazis pour un sou. Un vrai rejet, autant que faire se peut, comme on rejette un corps étranger. M. Déat ne dit pas autre chose, vous savez.
— Ah...
— Il dit qu'en temps normal, ici, on doit pouvoir oublier sa valise dans la rue pendant toute une semaine et être sûr que si quelqu'un y touche, c'est pour l'abriter de la pluie. »

Ce qui était vrai. À une réserve près : la population n'était pas enchantée de cette émigration qu'elle subissait malgré elle. Les contacts n'étaient permis que lorsqu'ils étaient encadrés par l'attribution de logements chez l'habitant; sinon une Allemande était sévèrement sanctionnée lorsqu'elle ramenait un Français chez elle; ainsi on en avait vu « le faire » en pleine nature malgré le froid. Des réfugiés du nord de l'Allemagne, ceux qui fuyaient les bombardements d'Essen et de Dortmund, avaient dû sur ordre leur céder la place, mais il n'y avait pas que cela. Les habitants de Sigmaringen avaient nimbé la famille Hohenzollern d'une pellicule sacrée. Ils n'acceptaient pas leur éviction. Eux qui traitaient déjà de *Goldfasane*, de faisans dorés, les cadres du Parti aux uniformes neufs et galonnés d'or, comment auraient-ils pu considérer autrement que comme des traîtres cette foule de collaborateurs en déroute, même si de braves gens s'y étaient mêlés ? Ils se plaignaient même de ce que les miliciens mettaient des troncs entiers dans les fourneaux au lieu de les scier. De plus leur arrivée avait eu pour effet de diminuer leurs propres rations de vivres. Les gens qui occupaient le château étaient non seulement très bien nourris, mais ils étaient coupables d'un crime de lèse-principauté.

Quant à moi, cette excursion dans la France d'en bas m'avait ouvert des perspectives. Non sur la politique mais sur les Français. Drôle de peuple tout de même. Napoléon n'avait finalement pas tort : ils ont de l'esprit à défaut d'avoir du caractère. Certaines de leurs conversations ressemblaient à du bavardage coagulé dans le bâti de la langue. Un marquis français qui fréquenta autrefois le château appelait cela « l'esprit vieille Gaule »; mais je craignais que le son même de ce dernier mot ne hérisse ces gens, y compris M. de Brinon.

Il faisait nuit déjà. Vues de la ville, les hauteurs du château semblaient vides de toute âme humaine. Comme si depuis l'exil forcé de ses habitants historiques, leur remplacement par des intrus n'avait pas eu lieu.

On a marché le long du fleuve pendant une heure ou deux encore. Il faisait froid, très froid, mais cela n'avait plus d'importance. On parlait, on se taisait et le silence n'était pas une gêne dans cet entrelacs éblouissant des riens qui nous constituent, et que nous sommes. On était si bien. Elle me bouleversait. J'aurais voulu lui demander où elle s'était cachée pendant toute ma vie.

Quelques jours après, au dîner des domestiques,

l'un des majordomes au service des ministres actifs nous rapporta un incident qui s'était produit en ville la veille au soir, tel qu'il l'avait entendu de la bouche de l'un de ceux qui y assistaient. C'était au Deutsches Haus. M. Epting, qui avait dirigé l'Institut allemand à Paris, y organisait une « Journée d'étude des intellectuels français en Allemagne ». Les supposant déprimés par la situation, il voulait leur remonter le moral.

« Une place d'honneur y avait été réservée à Céline, vous savez, l'écrivain Céline...

— Nous connaissons, nous connaissons. Venez-en au fait, Ludwig! le pressai-je pour lui éviter, comme à son habitude, de se perdre, et nous avec, dans des digressions.

— Alors le type a pris la parole après les huiles, et il a hurlé : "Je considère tous ces bafouillages propagandistes comme odieux! Je considère que Sigmaringen est une banlieue de Katyn! Et vous allez bientôt tous faire les frais de cette ignoble connerie!" La tête des gens, il paraît que c'était quelque chose... »

La suite du dîner se passa à commenter cette démonstration de culot, encore que cela pouvait tout aussi bien relever d'un trait de caractère que j'aurais été bien incapable de cerner. Du courage? Peut-être. Ou de l'inconscience. Je n'avais rien lu de Céline, mais il m'avait suffi d'avoir longuement fixé son regard hors des gonds et de l'avoir observé évoluer au Café Schön pour me persuader qu'il avait un léger grain.

Le soir, je n'eus même pas le cœur à écouter la radio. Les jours de commémoration, je préférais m'en abstenir car la propagande polluait les ondes. Or en ce Jour des témoins du sang du Mouvement, on célébrait le putsch de la brasserie, coup de force de Hitler et des siens en 1923 qui avait élevé la Bürgerbräukeller de Munich au rang de monument national. Quant au programme musical, il ne me disait rien. En un sens, le pacte germano-soviétique avait eu du bon : il permettait d'écouter du Prokofiev. Depuis, il était devenu difficile d'échapper à Hans Pfitzner ou aux *Carmina Burana*. Dans ces moments-là, je passais un peu plus de temps là-haut, retiré dans la pièce qui intriguait tant le personnel, Mlle Wolfermann au premier chef, laquelle devait pester à me voir m'éclipser discrètement avec un plateau bien garni.

Mon oncle vivait là. Tout le monde l'appelait le vieil Oelker. Comme mon père, il avait voué son existence au service des Hohenzollern, ceux de la branche catholique de Sigmaringen, cela va sans dire. C'était un grand majordome. L'un de ceux dont on a pu dire dans les châteaux de Prusse et de Saxe qu'il était l'honneur du métier. Une figure dans ce milieu. Il m'a tout appris, à commencer par ce principe : un bon majordome se doit de partager avec le seigneur ce qui fait le fondement de la distinction, à savoir l'impassibilité. Surtout ne rien laisser paraître de ses sentiments. Ne pas abandonner son personnage professionnel au profit de sa personne privée. Ne jamais renoncer au premier, qui l'habite, pour céder au second, qui l'encombre. Rien ne doit l'ébranler ni même le perturber. Ni un choc ni une nouvelle. Le contrôle de soi est un absolu, quitte à paraître coincé, inhibé, inexpressif. Il doit avoir si bien intériorisé la retenue qu'elle lui est devenue une seconde peau. Lorsqu'il se trouve dans une pièce, elle semble encore plus vide. La présence de l'intendant d'une maison princière est aussi permanente qu'invisible.

À la mort de mes parents, Oncle Oelker s'était chargé de mon éducation. Il m'avait pris sous son aile avec d'autant plus d'affection qu'il n'avait pas d'autre famille. Depuis quelques années, la maladie ayant pris le dessus et l'empêchant d'être libre de ses mouvements, grâce à la générosité de nos maîtres, qui lui accordèrent leur protection jusqu'à ses derniers jours, j'étais devenu son serviteur car il ne quittait guère sa chambre. De semaine en semaine j'attachais plus de prix à notre conversation ininterrompue. Il m'interrogeait sur les travaux et les jours du château, m'engageait à lui en rapporter la chronique des événements courants. Non qu'il soit animé d'une curiosité malsaine; c'est juste qu'il continuait à vivre à travers lui comme s'il veillait sur ses secrets. Au-delà de ses conseils, la sagesse de mon oncle m'est infiniment précieuse depuis que j'ai su capter sa mélodie particulière. Il a un jugement sûr, éprouvé par un long et patient gouvernement des hommes.

« Ils s'en remettent à toi pour placer les gens à table ?

— Au début, non. Maintenant, si. J'ai dû gagner leur confiance.

— C'est bien, Julius. Et le maréchal, toujours coupé du monde ?

— Il ne veut voir personne hors son petit cercle. Ne reçoit personne. Il est le plus impénétrable de tous.

— Dommage, regretta mon oncle, dommage. S'il faisait l'effort de se rendre dans l'autre aile, au Wilhelmbau, à la rencontre de la princesse Louise von Thurn und Taxis, tu sais bien, la "petite tante", non seulement il pourrait parler avec quelqu'un de son âge ou presque, mais elle pourrait lui raconter Bismarck, qu'elle a connu, et Napoléon III, avec qui elle a dansé... Dis-moi, comment se comportent-ils à table, les Luchaire ?

— Des parvenus, mon oncle. Lui est un rastaquouère qui se croit un homme du monde au niveau national.

— Ça ne m'étonne pas. Les Déat ?

— Des petits-bourgeois.

— Mais il y en a qui t'impressionnent, parmi ces gens-là ?

— Ils soulèvent tous leur tasse en levant le petit doigt. Ils n'ont même pas remarqué que la salle à manger dans laquelle ils prennent leurs repas est française, conçue par l'architecte Lambert dans le style Louis XVI. Ces hommes-là, quand ils étaient jeunes, ils devaient être déjà ce qu'ils allaient devenir. Mais je dois reconnaître que le président de Brinon, avec ses manières aristocratiques, est celui qui détonne le moins. Même dans la concision il est brillant. Quant à M. Darnand, c'est quelqu'un, tout de même.

— Humm... Ne te laisse pas troubler, mon petit Julius. Ce sont des extrémistes. Des Français qui ont mieux vécu l'occupation de leur pays que sa libération. Le monde d'avant, rien que d'y penser, ils doivent s'en lécher les doigts. Ils sont plus...

— Nazis?

— N'emploie pas ce mot, Julius. C'est une abréviation, elle rend la chose que tu désignes familière et tu ne veux pas avoir de familiarité avec ces gens-là, n'est-ce pas, Julius?

— Non, mon oncle.

— Ils sont plus fascistes que la plupart des Allemands de cette ville. Comment ont-ils pu imaginer être reçus ici en martyrs et en héros alors que le peuple allemand se considère déjà comme martyr et héros? Ces gens nous ont apporté la guerre. Nous étions protégés, à Sigmaringen. Il a fallu qu'ils viennent nous apporter la mort. Oui, la mort. Il a fallu que l'on nous envoie les plus mauvais des Français, des Français proallemands dans le pire sens du terme, car rien n'est pire que ce qu'ils croient aimer en nous. Notre part maudite, notre folie collective...

— Vous avez raison, mon oncle. »

Oncle Oelker me connaissait mieux que quiconque. Il savait mes déchirements intérieurs. Comme moi, il considérait que l'armée n'avait pas le privilège de l'exil intérieur, pas plus que certains écrivains. Il disait souvent que l'ivresse des forêts est un appel auquel on résiste difficilement. Sa formule était aussi poétique qu'énigmatique : il entendait par là me mettre en garde contre la tentation du repli. Rien ne devait être fait qui mettrait en doute ma loyauté. Sa valeur suprême. Elle englobait selon lui le dévouement et la dignité, notion dont les *butlers* anglais font si grand cas. Mais nous avons en commun avec eux que nous nous reconnaissons davantage de devoirs que de droits, ce qui tend à nous isoler plus encore de la société. Qu'importe : il devrait y avoir en tout majordome un homme aux vœux indissolubles. Il disait souvent : « Ce sont les grandes maisons qui font les grands majordomes. Ils ont toujours intérêt à servir des maîtres de qualité, condition pour être tiré vers le haut et accomplir sa vocation loin des médiocres. » Prononcé d'un ton sans appel, ce jugement avait la vertu de clore le sujet. Sa manière bourrue et bienveillante de m'envoyer dormir.

Le lendemain était un 11 novembre ; je m'en souviens bien car la date n'est pas anodine. Un conseil des ministres devait se tenir à onze heures dans le bureau du président de Brinon. J'étais chargé d'y introduire chaque participant à son arrivée. M. Marion, à qui le couloir était interdit, comme à tous les ministres « passifs », était l'un des rares à braver l'interdit. Il l'arpentait en se moquant des membres de la Commission et en traitant à voix haute le président de Brinon d'usurpateur. Quand M. Darnand se présenta au bas du grand escalier, sa silhouette massive se fondant sur la grande tapisserie inspirée de David Teniers le Jeune, dont il aurait pu être l'un des personnages, scène dans un camp de Tziganes où il serait l'incongru policier, je fus frappé de stupeur. Je l'avais pris pour un Allemand. Et pour cause : il était revêtu d'un uniforme de la Waffen SS. Il venait à peine d'y être promu Sturmbannführer. Incroyable comme le goût des uniformes et le souci de la pompe peuvent rendre aveugle aux circonstances. Je n'osai le lui dire mais cela me parut déraisonnable. Je l'annonçai en ouvrant la porte du bureau du président de Brinon. Son entrée fit grande impression. Il y en eut pour s'offusquer. Il est vrai que c'était plus visible, plus spectaculaire qu'une autre réalité autrement gênante : le fait que la Commission gouvernementale ait eu un compte à la Hohenzollerrische Landesbank que les autorités approvisionnaient en permanence. Toujours se demander qui paie qui. D'où vient l'argent. Il n'est pas de plus sain réflexe. Merci, Oncle Oelker.

L'étau se resserrait sur le pays tandis que le château s'enfonçait dans sa glu. Au petit déjeuner, il y en avait toujours un pour se plaindre de sa nuit, troublée par le bruit continu de la chute d'eau du fleuve au barrage de l'usine électrique; nous, cela nous aurait bercés plutôt.

L'atmosphère était si naturellement portée à la paranoïa que le moindre incident prenait des allures d'événement. Il arrivait ainsi que les plombs sautent, du moins en partie. Chacun se résignait alors à dîner aux chandelles, avant de processionner derrière un porteur de bougies pour regagner ses appartements, ce qui était assez romantique. Jusqu'à ce que, excédé d'être appelé à la rescousse en pleine nuit, l'un de nos techniciens dénonce publiquement la coupable dans un couloir peuplé de pyjamas et robes de chambre :

« C'est *Frau* Déat avec son fer à repasser! On le lui a dit pourtant! »

Inutile de préciser que l'épouse du ministre repoussa l'accusation avec la dernière énergie. Il fallut trouver une autre explication. Elle s'imposa d'elle-même : le courant est régulièrement coupé au château pour le punir de sa mauvaise volonté à se camoufler... Pyjamas et robes de chambre commentaient encore l'affaire tandis que M. Marion, jamais en retard d'un mauvais tour ou d'un bon mot, achevait de convaincre

Mme Déat que les ministres « passifs » étaient plus favorisés que les ministres « actifs » :

« Voyez-vous, leur rationnement est identique mais, comme ils ne fichent rien, ils brûlent moins de calories que les autres, surtout votre mari, dont les méninges ne sont jamais au repos... »

Deux mois après leur arrivée, certains ne se faisaient toujours pas à l'immensité labyrinthique des lieux. Un soir très tard, alors que je préparais la salle du conseil des ministres pour une réunion prévue le lendemain à l'aube, veillant à ce qu'il ne manque rien sur la table de bois noir ornée de ciselures de cuivre, j'entendis des bruits. Il m'avait semblé apercevoir une silhouette vaguement militaire dans un couloir très faiblement éclairé. Béret, blouson de cuir, guêtres blanches, de loin dans la pénombre. Probablement un homme de la Franc-Garde, l'unité d'élite dont M. Darnand était si fier, jusqu'à l'évoquer avec des majuscules dans la voix, ce qui donnait une idée de ce que devait être le niveau du reste de sa petite armée. Je savais que la nuit, certains de ses hommes affectés à la garde du château y faisaient entrer clandestinement des Français pour le leur faire visiter. Surtout la salle d'armes, avec ses trois mille objets, ses harnois et ses arbalètes, ses grandes épées de sept kilos et ses fusils à crochet de 1450, ses boucliers d'assaut, ses sabres mamelouks, et ses impressionnantes armures, toutes choses qui faisaient rêver car l'Histoire y défilait. Lorsque j'entendis comme une voix demander de l'aide, je compris que c'était autre chose. Une plainte indistincte à la tonalité nettement angoissée. Je me dirigeai à l'oreille jusqu'au musée des Armes, au sous-sol; et là, parmi les armures et les pertuisanes, j'entendis un ministre manifestement égaré appeler :

« Y a quelqu'un?... Je veux dire : quelqu'un de vivant? »

Je le remis aussitôt sur le droit chemin en lui présentant nos excuses. Car il ne faisait guère de doute qu'il avait été délibérément induit en erreur par un domestique allemand qui ne portait pas les occupants dans son cœur. Je renonçai à mener une enquête car c'eût été peine perdue, mais je me promis de lancer un avertissement général pour que cela ne se reproduise plus.

À ma table, celle des domestiques, l'humeur était meilleure que dans les étages. On ne s'y faisait guère d'illusions sur la situation; on ne s'y prenait pas pour autre chose que soi-même. Au fond, nous étions plus lucides qu'eux, ce qui n'était pas difficile eu égard au monde de chimères dans lequel ils évoluaient.

Je ne sais plus lequel d'entre nous jeta ce soir-là l'homme-poubelle dans le feu des conversations. Ce qui ne me paraissait guère approprié. Mais les nouvelles excentricités de la ville avaient le don de nous égayer, et, faute d'informations sur Céline, ce ne pouvait être que sur l'homme-poubelle, ainsi que je l'avais baptisé par défaut.

« Pas très ragoûtant, à table...
— Quel âge peut-il avoir, monsieur Stein ?
— Il est tellement vieux qu'il doit posséder un exemplaire dédicacé de la Bible ! annonça Florent, ce qui déclencha une vague de rires. Sûr que quand il était petit, la mer Morte n'était encore que malade.
— Un Juif, probablement. Le Juif de Sigmaringen. Un pauvre type, trancha Erwin.
— Un pauvre hère, plutôt, dis-je. L'autre jour, on a un peu parlé. Il m'a offert une cigarette. Vous vous rendez compte ? La générosité de ceux qui n'ont rien vaut bien celle de ceux qui ont tout. J'ai connu ça pendant la guerre, à l'été 1916, dans les tranchées de la Somme, avec le prince...
— Il faut aussi de la générosité pour recevoir. »
Mlle Wolfermann avait dit cela d'une voix très douce, sur le ton propre aux moralistes, le regard perdu dans le vague, comme préoccupée par une pensée intense, avant de murmurer sa source :
« La Rochefoucauld. »
On aurait pu croire alors que la gravité de mon évocation, son accent involontairement pathétique avaient fait taire la frivolité ; mais ce ne fut qu'une pause.
« L'homme-poubelle, il est hors d'âge. Comme la vieille ! » dit Eugène.
Tous éclatèrent de rire. Sauf elle et moi.
« Un autre ton, je vous prie, pour parler de madame la maréchale.

— Mais c'est comme ça que l'appelle M. Déat..., bafouilla le valet.

— C'est son problème ! Mais vous, vous la servez et vous lui devez le respect. Que cela ne se reproduise plus. Et n'appelez pas non plus le président de Brinon l'usurpateur, comme je l'ai déjà entendu autour de cette table. C'est leur langage à eux, pas le nôtre. »

L'atmosphère se glaça et chacun vaqua sans un mot. Tant pis pour l'ambiance mais c'était indispensable. Sans quoi un jour ou l'autre un dérapage irréparable se produirait en présence de l'intéressé. Ma hantise chaque fois qu'un invité de marque était annoncé au château. Ce fut le cas le surlendemain. Léon Degrelle, le chef des fascistes belges, était annoncé à Sigmaringen. Il devait donner deux conférences en ville : l'une au Deutsches Haus, notre salle des fêtes, sur la situation au front de l'Est, d'où il revenait, à destination de militaires allemands ; l'autre pour les Français, ministres actifs et collaborateurs de tous poils, sur l'Europe nouvelle et le redressement de la France. Son Excellence l'ambassadeur Abetz, dont il était l'invité au château, m'avait demandé de veiller personnellement à la « perfection » de la table. Je m'exécutai, naturellement, passant et repassant derrière mes adjoints afin que rien ne manquât.

À l'heure dite, les invités étaient là, groupés autour de l'hôte de marque encadré par ses deux officiers de liaison, un Allemand et un Wallon, d'une jovialité qui contrastait avec le tragique de la situation, raide et rutilant dans son uniforme de SS-Sturmbannführer. Même assis à table, M. Degrelle réussissait à bomber le torse tant il était fier de son insigne de chevalier de la Croix de Fer et surtout, plus rare, de l'insigne en or des combats rapprochés, décerné à ceux qui ont eu au moins cinquante corps-à-corps avec l'ennemi :

« Dans le blanc des yeux ! insistait-il à l'intention des épouses de ministres, admiratives devant l'audace physique du guerrier.

— J'ai été en Belgique, vous êtes d'où ? demanda l'une d'elles d'un ton enamouré.

— De Bouillon, comme Godefroy, mon frère en croisade ! »

Il parlait, parlait, parlait. Ne reculant devant aucune fanfaronnade, il plastronnait comme s'il avait été le seul, lors de la bataille de Tcherkassy, à affronter les Soviétiques dans la forêt de Teklino. En tout cas, il était bien le seul à parler, mais nul ne s'en plaignait, même si un ministre glissa à l'oreille de son voisin au moment précis où je les servais : « Il nous ressert son discours de tout à l'heure. Espérons qu'on coupera à l'éloge de Darnand. » Son magnétisme était indéniable. Il électrisait son public. Convaincu d'une prochaine victoire de l'Allemagne, il disait nourrir un grand projet de fusion de la division Charlemagne et de la légion Wallonie en un corps d'armée Occident. Il dénonçait tour à tour les bourgeois, le conservatisme, l'Action française, l'Église et, avant que je ne fasse servir le fromage, avoua préférer le communisme au capitalisme. Cela avait l'air de passionner la table alors que de tels propos auraient normalement été qualifiés de délirants. Mais qu'est-ce qui était encore normal à ce moment-là dans cette partie-là de ce pays-là ? Encouragé par les regards et le silence, il se lança sur le sujet qui les agitait tous partout : les armes secrètes du Reich. M. Degrelle disait détenir des informations sur le sujet. Des informations secrètes, naturellement, dont il ne pouvait révéler la source. Il pouvait juste certifier que dans des laboratoires enfouis sous terre et des usines cachées, le génie scientifique allemand mettait au point de terribles armes de destruction :

« Les forges de Vulcain ! Vous verrez ! En attendant, voyez déjà les ravages causés par le Panzerfaust, l'arme du pauvre. Vous vous rendez compte ? Un tuyau de poêle de 50 Pfennig qui fait sauter des tanks de 25 millions ! »

Il exultait. Son public se retenait d'applaudir. Tous prenaient leurs aises chez les princes mais combien d'entre eux auraient été dignes de leur société ? À la fin de la soirée, une fois que les invités eurent regagné leurs appartements, je m'attardai en cuisines car deux valets racontaient leur version de ces conférences. Leur excitation était telle qu'il était difficile de savoir s'ils y avaient eux-mêmes assisté en leur qualité de simples Français émigrés, s'ils y avaient été envoyés par un ministre ou s'ils tenaient leur récit de seconde main. Toujours est-il qu'ils rapportaient un incident que M. Degrelle avait soigneusement passé sous silence.

« Imaginez qu'il était à la tribune avec tous les chefs, en train d'expliquer pourquoi l'Allemagne ne pouvait pas perdre la guerre, avec des "N'ayez pas peur d'être des vrais Français tout en étant des Européens... L'Europe périra ou elle vivra!" et des "C'est un soldat qui vous parle... Nous serons les premiers à Bruxelles, soyez les premiers à Paris... Vive la France!", tu parles, et alors est entré dans la salle... devinez qui?

— Céline! Lui-même. En retard, attifé n'importe comment. Il n'y avait de place de libre qu'au deuxième rang. Alors il a pris son temps pour chercher, tout le monde se retournait, ça murmurait. Et quand Degrelle disait quelque chose comme... il disait quoi déjà?

— Il disait : "Les ploutocrates ont perdu la guerre." Et puis quand il a remarqué que le Céline avait son chat sur le ventre, il a placé une remarque sur les planqués qui ne pensent qu'à sauver leur chat. Alors le Céline, qui était dans l'allée centrale, il s'est arrêté, il l'a regardé fixement dans les yeux, il a haussé les épaules puis il a rebroussé chemin, il lui a tourné le dos et il est reparti en disant très fort : "Quel est ce roi des cons qui ne fera même pas un beau pendu avec sa gueule de jean-foutre?" »

Effet garanti. Il est vrai que, par son arrogance, sa suffisance et le mépris avec lequel il s'adressait à eux, les membres du personnel qui avaient pu l'approcher ce soir-là ne portaient pas M. Degrelle dans leur cœur. Aussi étaient-ils tout prêts à faire de Céline leur champion. L'incident était crédible ; d'ailleurs Mlle Wolfermann elle-même, qui semblait bien connaître son œuvre, disait que ce langage lui ressemblait. Pourtant, je conservais quelques doutes car tout ce qui touchait au SS-Sturmbannführer Degrelle me semblait contaminé par sa propre mythomanie. À défaut d'être vrai, c'était vraisemblable, et l'on n'en sut pas plus.

La tension de la réception était retombée. Le meilleur moment à l'office. L'un des rares où il était vraiment permis de se relâcher. Les domestiques n'étaient pas pressés de se séparer. Ils ouvraient leur col, fumaient, buvaient, bavardaient. D'un œil distrait, ils surveillaient le tableau lumineux en espérant n'être appelés dans aucune des chambres pour y porter un journal, une orange ou de l'eau chaude. De mon bureau à l'entrée, il me revenait de veiller encore à ce que rien ne fût fait dans l'excès ni l'abus. Sur un fond musical le plus souvent tiré de Berlioz, chéri par le poste français de Sigmaringen, il y avait toujours un valet pour lire à voix haute une page ou deux de *La France*. Moins les éditoriaux politiques de M. Luchaire que les petites annonces auxquelles le lecteur, avec un art consommé de la synthèse, ajoutait son grain de sel en commentaire :

« Y a du boulot pour les couturières et les femmes de ménage... Doudou recherche Fernande de la ville Bédu, écrire au journal, n° 133... Objets les plus recherchés à l'achat : machines à coudre et appareils photo Leica et Contax ou Retina... Échange chaussures femme pointure 38 et demi contre bottes homme pointure 41, écrire au journal, n° 141... Volontaire SS français désirerait correspondre avec jeune fille française sérieuse, écrire au journal, n° 487 », « Faleur Gaston de la Waffen SS française veut avoir des nouvelles de sa marraine, écrire au journal, n° 144... Jean Peyretout sergent, 1er centaine SS, 2e cohorte, Sigmaringen, recherche son père... Y en a, franchement... Vous savez ce qu'on dit dans ces cas-là... perdre un parent, c'est du chagrin, en perdre deux c'est de la négligence... Ah, le feuilleton, quand même, *Catherine Bonnières* roman inédit de Renée Clary... et bientôt un récit fantastique de E.T.A. Hoffmann sur Mlle de Scudéry... Reportage sur Paris sous occupation américaine... Et puis... ce journal n'a vraiment que la France a la bouche, son nom apparaît dans presque tous les titres... »

Hans, notre Nosferatu, en paraissait encore plus accablé qu'à l'accoutumée. Il fallait toujours le secourir, ce dont chacun se chargeait à tour de rôle. Cette fois, ce fut mon tour :

« Cessez donc de prendre les drames au tragique et cela ira mieux. »

Il me regarda d'un air désespéré, hésita un instant, avant de reprendre sa position, la tête dans les mains, les coudes sur la table. Eugène s'en mêla mais sans guère d'effet :

« Il paraît que la dépression, c'est bon pour la peau... Fais-toi vivant, comme on dit en italien, *fatti vivo*! »

Rien à faire. Plus la guerre durait, plus il s'avachissait, et cela m'insupportait.

Au fur et à mesure que le château s'enfonçait dans l'hiver, et que les paysans annonçaient un froid encore plus terrible que les années précédentes, la tension montait dans les couloirs. J'en étais le témoin sinon l'acteur : de par ma fonction, on m'utilisait fréquemment comme messager ou intermédiaire, car de plus en plus de gens ne voulaient ni se voir ni se parler. Cela en devenait parfois problématique. D'aussi loin qu'il m'en souvienne, je n'avais jamais été jusque-là agent de la circulation dans ce château.

Les corridors n'en demeuraient pas moins une caisse de résonance sans égale. Du jour où j'y captai un échange entre le major Boemelburg et le président Laval, je compris qu'il était en danger. L'homme de la Gestapo se plaignait de sa femme :

« Elle ne nous aime pas, vous le savez bien. Elle-ne-nous-aime-pas! » martelait-il en serrant les dents.

Ce qui n'était pas faux. Des domestiques avaient dû lui rapporter ses propos ou ses attitudes. D'autant que Mme Laval n'était pas du genre à mourir d'une pensée rentrée. Elle ne faisait pas mystère de détester autant le maréchal que les Allemands. Sans la moindre prudence. D'ailleurs elle venait de décréter et d'imposer que le président Laval et elle prendraient leurs repas dans leurs appartements pour n'avoir plus à supporter la présence à table du « geôlier », l'ambassadeur Abetz. Ce fut rapporté comme il fut rapporté que, croisant l'écrivain Céline dans la rue au cours d'une promenade, elle avait lancé d'une voix forte à son mari : « Ah, il n'aime pas les Allemands, lui au moins ! » tandis qu'il essayait de la faire taire. Peut-être que le mot de trop, ce fut sa réflexion à table quand, excédée de se retrouver chaque jour à déjeuner face au buste de Bismarck, elle déclara ne plus le supporter : « Celui-là, je finirai par le balancer dans le Danube ! »

Je ne me suis jamais flatté de posséder un quelconque sens politique, mais j'eus l'intime conviction que les jours des Laval au château étaient comptés. S'en doutait-il ? Il ne le laissait pas paraître car son masque demeurait invariablement blême, sombre, triste. Il s'inquiétait du sort de sa fille Josée de Chambrun restée en France. Une rumeur la donnant en état d'arrestation provoqua sa colère avant qu'un démenti ne vînt le calmer. Comme pour se rapprocher d'elle, il se faisait parfois accompagner dans sa promenade par son amie l'actrice Corinne Luchaire, la fille du journaliste. Mais au retour, son angoisse revenait, et il devenait nerveux. Quand je voulus prendre son manteau éclaboussé par la boue pour la porter au nettoyage, il se crispa soudainement, et me l'arracha des mains : « Non, malheureux ! » Son valet m'expliqua qu'il ne quittait plus sa pelisse car il ne voulait pas rester trop longtemps éloigné de ce que la doublure dissimulait : une capsule de cyanure de potassium.

Même son entourage était visé. Le cercle des ministres « en sommeil ». J'en pris conscience lorsque le président de Brinon me fit venir dans son bureau pour « une affaire importante ». J'imaginais un manquement au service, l'impair d'un maître d'hôtel, l'oubli d'une femme de chambre.

« Il s'est passé quelque chose de grave, Stein. Malgré l'interdiction, quelqu'un a emprunté l'escalier menant à nos étages. Celui qui leur est justement interdit !

— Pas à ma connaissance, monsieur le président.

— À la mienne en tout cas. Tout est dans cette lettre. Vous allez la remettre à M. Laval. Il faut que cela cesse. »

Je m'exécutai dans l'instant. Stupéfait, le président Laval fit aussitôt venir son ancien garde des Sceaux :

« Vous vous rendez compte ? Il m'écrit parce qu'il prétend que vous auriez emprunté son escalier !

— Mais je n'ai jamais emprunté cet escalier ! se défendit M. Gabolde.

— Il dit qu'on vous a vu... Un huissier vous a reconnu... Je vais demander une enquête. »

Il me chargea de rapporter la réponse au président de Brinon, qui ne décolérait pas. M. Gabolde, injustement mis en cause, ne digérait pas, lui, le ton comminatoire de la lettre l'accusant. Fin juriste, familier de la procédure, il se rebella, exigea des preuves, des témoignages, et pourquoi pas un procès. La Gestapo s'en empara. L'enquête fut rapide : le témoin avait confondu un ministre avec un autre. Mis au courant, Son Excellence M. Abetz organisa une rencontre entre l'insulteur et l'insulté, et obtint du président de Brinon qu'il présentât ses excuses à l'ancien garde des Sceaux. On aurait pu déclarer l'incident clos, mais il me demanda de faire venir le conseiller Hoffmann pour le plaisir de lui demander :

« Par où dois-je donc passer dans ce château sans que cela provoque un scandale ? »

Ainsi s'acheva une dérisoire guerre de petites manœuvres où les couloirs font office de tranchées. Un signe parmi d'autres du pourrissement de la situation. Mes deux coups de gong rituels au bas de l'escalier n'y changèrent rien. La promiscuité au château était une notion toute relative. Le fait est qu'à Vichy ceux qui ne pouvaient pas se voir bénéficiaient d'un certain espace entre les hôtels, alors qu'ici ils avaient le sentiment d'être les uns sur les autres, ce qui n'était pas faux, et de se marcher dessus, ce qui était souvent vrai.

Au dîner des membres de la Commission gouvernementale, chacun se tenait sur ses gardes. La conversation roulait comme d'habitude, mais un climat de méfiance s'était installé entre commensaux. Florent, l'un de mes adjoints, portait un habit relâché, aux manchettes négligées. Je lui fis signe de se rapprocher discrètement :

« Vous vous croyez à l'Hôtel du Parc ?
— Quel hôtel, monsieur Stein ?
— À Vichy, bien sûr. Veillez à votre tenue. Vous savez, ici, on peut facilement renouveler le stock : il y a dans le pays au moins six cent mille Français qui attendent votre place... Tenez-vous-le pour dit. »

Soudain, je fus pris d'un doute, sous l'influence de l'atmosphère de suspicion générale :

« Vous êtes bien français, Florent ?
— Disons que je me sens de nationalité frontalière.
— Et vos parents ?
— Éloignés. »

Je n'insistai pas. Les invités parlaient d'une taupe gaulliste qui renseignait Paris du château. Divers indices leur étaient parvenus attestant que des informations de qualité partaient d'ici. Quand je me penchai vers Son Excellence Otto Abetz pour lui présenter le plateau, il me dévisagea d'un œil sévère :

« Stein, c'est vous l'espion ?
— Cela ne correspond pas à mes valeurs, Excellence.

— Mais vous écoutez aux portes, n'est-ce pas?
— Je n'en ai pas besoin.
— Besoin?
— Par ma fonction, Excellence, je me trouve le plus souvent en deçà de la porte, à trois pas derrière vous.
— Hum hum... »
Au regard plein de compassion que mes adjoints allemands m'adressèrent alors, je compris que cet homme ne me lâcherait pas. Le prince n'étant plus là pour me protéger, je me retrouvais aussi vulnérable que les autres. Même si l'on m'avait assuré que, par ma position dans le château, je demeurais le plus indispensable de tous pour assurer son fonctionnement et la bonne marche de l'intendance générale, je me savais menacé par le spectre de la mobilisation et de l'enrôlement dans les rangs du *Volkssturm*.

Le dîner s'achevait. Chacun se leva en emportant son flacon dans sa chambre. Cette détestable habitude avait été prise dès leur arrivée car le vin était rare. Tous ne buvaient pas par goût; certains savaient d'expérience que quand on ne boit pas, on est vite saoulé par ceux qui boivent. Toujours est-il que, rituellement, les petites bouteilles disparaissaient de la table à la fin des repas. C'est peu dire que je n'appréciais pas. Il m'était impossible de réprimer un léger signe de tête exprimant le regret devant ce qui ne se fait pas et la nostalgie de ce qui se faisait.

Il est vrai qu'au château aussi il nous arrivait de manquer, mais c'était très provisoire et sans commune mesure avec la pénurie qui affectait en permanence ceux d'en bas. C'est pourquoi je fermais les yeux quand je constatais qu'une fois encore M. Marion avait volé des petits pains, car je savais que c'était pour les donner aux Destouches et surtout à leur chat, un certain Jeannot, Paulo ou Bébert, quelque chose comme cela. Grâce à Paul Neyraud, le marchand de vin auvergnat, qui avait poussé l'amitié pour le président Laval jusqu'à le rejoindre volontairement au volant de sa Simca 8 alors qu'il n'avait rien à se reprocher sinon qu'il avait distribué les eaux de Chateldon, les ministres étaient même ravitaillés en sucre et en kirsch ; enfin, certains ministres. Chez nous, même le tabac ne faisait pas longtemps défaut. Beaucoup se fournissaient auprès du sympathique play-boy qui faisait office de secrétaire de l'ambassadeur du Japon ; car M. Titahara, lui-même gros consommateur, avait le bon goût de faire venir son stock de cigarettes de Suisse par la valise diplomatique.

À côté de ces mesquineries, qui me mobilisaient au-delà du raisonnable, certaines affaires requéraient toute mon attention quand des principes étaient en jeu. Des principes dont le respect, je l'ai constaté à mon grand regret, fut l'occasion d'un sévère différend avec Mlle Wolfermann.

Après l'épisode irréel de l'escalier, qui avait fait le

tour des étages, nous vivions dans une ambiance de folie douce, nous demandant ce qui allait nous tomber dessus. Quelque quatre-vingts personnes participant à leur insu à un spectacle de marionnettes. Une maladie inédite qui se manifestait par un léger dérèglement mental. Jamais en retard d'un mot, M. Déat avait baptisé cela la « sigmaringite » et le néologisme fit rapidement fortune.

Un matin, alors que j'avais mobilisé une partie de mes troupes pour le nettoyage de l'argenterie, Mme Bachmann, notre impérieuse cuisinière, demanda à me parler. À la manière embarrassée dont elle s'assit dans mon petit bureau, je compris que ce serait délicat. Elle se tordait les doigts comme une enfant prise en faute, laissait son regard se perdre sur les photos encadrées et accrochées aux murs. Installée dans son mutisme depuis quelques minutes, elle attendait un encouragement pour en sortir, comme s'il allait lui ôter toute responsabilité dans ses propos.

« Eh bien, madame Bachmann, que se passe-t-il ?

— C'est que... il s'est passé des choses... mais voyez-vous, monsieur Stein, on m'a appris à ne pas dénoncer, jamais, sous aucun prétexte, mon père était intraitable à ce sujet et...

— Et ?....

— Voilà, dit-elle en se dénouant enfin. Il manque des fourchettes.

— Il manque des fourchettes ?

— Parfaitement. Plusieurs, du grand service.
— Et avez-vous la moindre idée de ce qu'elles sont devenues, madame Bachmann ?
— En fait, j'en ai une, très précise, monsieur Stein. Elles ont été volées par la femme d'un ministre. En plusieurs fois.
— En plusieurs fois, répétai-je comme pour atténuer le choc de la nouvelle. Et avez-vous des sources ? des témoins ?
— Un maître d'hôtel l'a vue faire, quand elle pensait être seule. Puis un valet peu après. Et une femme de chambre l'a vérifié sans faire exprès en rangeant ses affaires. Ils me l'ont confié. »

Cette fois, c'est moi qui restais sans voix. La perspective de nuages bien noirs assombrissait brusquement mon ciel. Les ennuis s'annonçaient à nouveau, en regard desquels les dégâts du *Volkssturm* dans nos rangs paraîtraient minimes. Le fait est que, parmi les priorités de ma mission, le prince m'avait demandé de veiller au respect de l'intégrité du château. Ses murs, son mobilier, ses trésors. Ce qui constituait son patrimoine historique inaliénable. Il va de soi que le moindre couvert en argent aux armes des Hohenzollern en était le fleuron au même titre que les tapisseries de la galerie portugaise.

« Pouvez-vous me donner les noms des témoins de ces délits ?
— Non.

— Pardon?

— Non, monsieur Stein. Je ne peux pas. J'ai promis. »

Je la libérai. Après avoir longuement mûri ma réflexion, je décidai de convoquer le personnel après le service. À l'heure dite, ils étaient tous là, debout dans l'office, parfaitement au courant des motifs de cette réunion extraordinaire, la mine de circonstance, grave, à l'exception de trois femmes de chambre tout émoustillées d'avoir vu Mme Déat dans sa dernière excentricité, c'est-à-dire prenant une douche tout habillée.

« Allez, allez, on arrête la papotine! » leur enjoignit Mlle Wolfermann.

Quand elles cessèrent de glousser et que le calme revint, je m'adressai à tous avec un regard circulaire :

« Sans témoignage, je ne peux rien faire. Et si je ne fais rien, je suis gravement en faute vis-à-vis de Son Altesse. Nous le sommes tous. Je vous demande donc de m'aider. »

Un épais silence chargé d'attente s'installa, sans la moindre lézarde, sans la plus petite fissure qui aurait permis à l'un ou l'autre de s'y risquer. On n'entendait plus que le pouls de l'horloge de la cuisine. Une ampoule clignota sur le tableau lumineux, mais ce n'était que la femme d'un ministre : elle pouvait attendre. C'est le moment que choisit l'un des jeunes Hohenzollern pour faire son entrée. L'adolescent venait quelquefois de Wilflingen jusqu'au château avec un chauffeur rendre visite à la princesse Louise. Il aimait traîner à l'office pour y prendre des friandises tandis que son grand frère choisissait des livres à la bibliothèque. Il tournait autour de nous à la recherche de quelque chose. Malgré mes regards appuyés et mes raclements de gorge, il continuait à tourner; c'était d'autant plus exaspérant que l'atmosphère n'inclinait ni à la patience ni à l'indulgence. N'y tenant plus, Erwin attendit qu'il repasse devant lui pour l'attraper et le corriger. Je me précipitai pour retenir son bras et le tenir si fort qu'il dut lâcher prise sous la douleur :

« Non, Erwin. Un domestique ne lève pas la main sur un prince. Jamais. Cela ne se fait pas », dis-je en serrant les dents, le regard vissé sur le sien.

Je dus être convaincant car il desserra aussitôt son étreinte. J'imaginai la leçon d'éducation qu'il eût voulu lui administrer. Mais comment aurait-il pu comprendre que le même enfant ne se serait jamais permis de s'adresser à ses parents autrement que debout quand eux demeuraient assis? Un peu sonné tout de même, le jeune Hohenzollern quitta lentement la pièce à reculons et disparut. Je profitai de l'incident pour reprendre la parole.

« Sachez bien tous que je comprends les cas de conscience, l'impératif de discrétion. Il ne s'agit pas de dénoncer mais de...

— De dénoncer, reprit sèchement Mlle Wolfermann à mes côtés.

— De renseigner, et pour la bonne cause, permettez-moi de le rappeler. En ne disant rien, vous vous rendez complices d'un vol. »

Étais-je allé trop loin ? Leur murmure de réprobation le laissait croire. Il était temps de clore cette séance des plus pénibles.

« Que celles et ceux qui se sentent concernés me retrouvent dans mon bureau. »

Quand je le regagnai, quelques instants plus tard, je n'y trouvai qu'une personne, hiératique, fixant le paysage par la fenêtre. Mlle Wolfermann. À peine eus-je refermé la porte qu'elle laissa exploser sa colère.

« Vous vous rendez compte de ce que vous leur demandez ? De violer leur conscience, rien de moins.

— Vous exagérez... Je veux juste un nom. Quand on dénonce pour une cause supérieure, ce n'est plus... Oh, et puis quoi, sur cette question-là, je ne crois pas que les Français aient été en reste dans la France du maréchal, non ?

— Pas tous les Français, monsieur Stein, pas tous. Tout ça pour une histoire de fourchettes ? Je ne vous permets pas de traiter ainsi des domestiques français qui sont sous ma responsabilité.

— Je vous rappelle qu'ils sont tous sous la mienne.

— Et moi, je vous rappelle, monsieur Stein, que nous sommes ici en France, sous statut d'extraterritorialité. Levez un peu les yeux et vous verrez flotter le drapeau français...

— Ah, non, mademoiselle Wolfermann! Pas vous! Vous n'allez pas vous aussi vous y mettre...
— Mais réveillez-vous! Dehors, c'est la guerre! La guerre! Vous ne l'entendez pas au loin? Je vais vous dire ce qui me gêne avec vous : c'est que rien n'est plus haut que votre service et l'idée que vous vous en faites.
— Je le prends pour un compliment...
— J'ai dû mal m'exprimer. »

J'aurais voulu me retirer sans que cela apparût comme une fuite aux yeux de la personne qui, désormais, avec mon oncle, m'importait le plus. Celle qui m'avait deviné si clivé, qui m'avait senti en négociation permanente avec ma part d'ombre et qui avait réussi à me mettre de la clarté au cœur. Me retirer, me rassembler, m'observer. Rentrer en moi dans l'espoir d'y démêler mes ténèbres. Il n'est pas toujours indispensable de lever le menton pour se lancer un ultimatum.

Je n'en aurais pas le temps. Elle brûlait de savoir à quel camp j'appartenais. Mais à quoi bon lui expliquer? À Sigmaringen, si l'on n'est ni du château ni de la ville, on n'est rien. Elle n'était ni de l'un ni de l'autre. Elle n'était rien alors que j'appartiens au château, depuis toujours et pour toujours. Toutes choses inintelligibles à un étranger. Quant à la politique, mon Dieu... Si je suis apolitique, c'est aussi que mon éducation l'a voulu, comme beaucoup d'Allemands, au point que cette donnée est intégrée à nos gènes. Elle me reprochait de ne pas jouir de moi-même, de ne pas coïncider avec ce que j'étais profondément. Quand je m'efforçais d'adoucir nos rapports, elle revenait à la charge, me reprochant de ne jamais me déboutonner le col, de m'être fait une armure de mon habit pour ne pas céder à la tentation, d'oublier que les fils devaient être dénudés pour que le courant passe. Sa voix se faisait alors cendreuse pour me plaindre de mourir un jour sans avoir connu la volupté de la désobéissance. Mais qu'en savait-elle ? Je me suis si souvent retrouvé au cœur d'injonctions paradoxales, écheveau d'exigences plus contradictoires les unes que les autres...

À l'entendre, ma conception de l'obéissance relevait d'une pathologie. Elle ne comprenait pas, elle ne pouvait comprendre que chez nous, dès lors qu'on endosse un uniforme, on se croit délesté d'une certaine responsabilité. On n'a plus à décider. On fait une croix sur l'imagination. On s'estime dispensé de penser. On revêt l'autodiscipline comme une seconde peau. On obéit, que l'uniforme soit celui d'un soldat, d'un officier, d'un postier, d'un pompier ou d'un maître d'hôtel. Sous l'uniforme, obéissance fait vertu. Il évite même de s'opposer à l'autorité. Il y a ceux qui commandent et ceux qui obéissent, et pas seulement chez les Prussiens. Or je ne me connaissais d'autre maître que le prince, d'autre loyauté que les Hohenzollern, d'autre maison que le château. D'où la nécessité de tout mettre en œuvre pour retrouver ces fourchettes.

Mais comment une Française aurait-elle pu le comprendre ? Elle devait être un peu nerveuse, ce jour-là particulièrement. La radio venait de nous apprendre la libération de Strasbourg.

Désormais, « l'espion » était de toutes les conversations, à table, dans les couloirs, dans les appartements, dans les promenades, à l'office. Un véritable épouvantail. Le personnage alimentait tous les fantasmes. Juste de quoi généraliser le climat de suspicion. Rien de plus funeste à la vie en société dans un petit monde évoluant en vase clos.

Certains en perdaient leur sang-froid. Agathe, l'aide de Mme Bachmann aux cuisines, nous rapporta au dîner qu'un dimanche à la messe Son Excellence Otto Abetz avait essayé de monter à l'orgue du narthex pour interroger le mystérieux chantre ; mais comme la porte d'accès avait été soigneusement fermée à clef, il avait tenté de la forcer et l'avait brutalisée si fort que l'organiste s'était arrêté de jouer et que les fidèles s'étaient retournés vers lui pour lui faire cesser ce boucan.

Les soupçons se portaient de plus en plus sur le docteur Ménétrel, ancien chef du secrétariat particulier du maréchal à Vichy. S'il est un Français à qui il avait accordé sa confiance absolue, c'était bien lui. On disait que le maréchal voyait en lui le fils qu'il aurait aimé avoir. Proches, ils l'étaient depuis la naissance du docteur. À Sigmaringen, plus encore qu'à Vichy, il était l'ombre de son grand homme. Son confident de tous les instants. Sa présence évitait au maréchal le tête-à-tête pesant car permanent avec sa femme. Ses colères étaient interprétées comme des émanations de l'humeur du maréchal puisque celui-ci refusait de s'exprimer. À l'office, tous se souvenaient de son indignation lorsqu'il découvrit l'exemplaire de *La France* sur la table, sa une ornée d'une photo du maréchal dédicacée à M. de Brinon : « À mon fidèle interprète auprès des autorités d'occupation », sans préciser qu'elle datait de 1941... Il ne décolérait pas, hurlant à l'escroquerie morale, se promettant de démentir; et quand des valets lui dirent que cela ne passerait pas, il se promit de faire imprimer des tracts par un ami, un notaire de Joinville, prisonnier dans une entreprise du coin, pour les distribuer dans les stalags.

On attribuait à Ménétrel tant de pouvoir et d'influence qu'on en oubliait parfois qu'il était d'abord le médecin du vieillard. D'après un ministre qui l'avait coudoyé pendant ses études, il avait été formé en cardiologie avant de se retrouver assistant à l'hôpital Beaujon, d'interrompre sa thèse et de dire adieu à ses recherches sur le carbone thérapeutique pour mieux se consacrer à son illustre malade, bien qu'il n'eût pas pratiqué la chirurgie depuis son stage d'internat, une dizaine d'années auparavant. Le maréchal souffrait d'un adénome de la prostate, entre autres maux de son âge. Quelques semaines après son arrivée, le docteur

Ménétrel avait demandé et obtenu à son seul usage un appareillage spécial fabriqué par la firme Siemens & Halske fait d'électrodes permettant l'envoi de courant à haute fréquence sur le front, le cou et les mains. Avec sa machine à écrire, il avait ainsi la haute main sur deux des plus rares et des plus précieux objets du château.

À Sigmaringen plus encore qu'à Vichy, il n'hésita pas à éconduire des importuns, ou jugés tels par lui. Une fois même, il surprit Mme Luchaire et sa fille Corinne en train de visiter clandestinement les appartements du maréchal à l'heure de la promenade. Il les vira sans ménagements.

Il s'était fait peu d'amis. Forcément : il narguait tout le monde. Mlle Wolfermann ne s'entendait pas avec lui. Il est vrai qu'il la court-circuitait, elle comme les autres, sans états d'âme. Le président de Brinon, qui lui attribuait la défiance du maréchal à son endroit, cherchait à l'éloigner pour mieux circonvenir le vieil homme. Quant à Otto Abetz, il faisait l'unanimité à table lorsqu'il disait : « Ça fait longtemps qu'il aurait dû être fusillé. » Mais le docteur s'en fichait, sûr de sa puissance, garantie par son malade. Tant que le maréchal était vivant, il se croyait intouchable. Il faisait tout pour accréditer l'idée que sa survie passait par lui, sa présence permanente à ses côtés. Chaque jour, en passant devant le bureau de la Gestapo, au rez-de-chaussée, il les défiait : « Alors c'est aujourd'hui que vous m'arrêtez ? » Lors d'une visite, l'ambassadeur

Scapini avait tenté de le prévenir des menaces pesant sur lui. Mais chaque fois qu'elles se précisaient, il allait voir les autorités allemandes du château :

« Il est préjudiciable de m'éloigner de mon malade, son état ne le lui permet pas.

— Pourquoi?

— Secret professionnel. »

Tel était l'homme que l'on disait par ailleurs agent de l'Intelligence Service, voire encore agent infiltré par la Résistance française. Ce qui paraissait déraisonnable. Jusqu'au jour où, alors que je guettais à la fenêtre le retour de promenade de l'après-midi, je vis un détachement de SS mené par le capitaine Detering entourer la voiture par laquelle rentrait le docteur Ménétrel lorsque le maréchal regagnait le château avec son chauffeur et sa propre automobile. Ils l'arrêtèrent dans la rue et l'emmenèrent.

L'affaire fit grand bruit. On apprit le lendemain qu'il était placé en résidence surveillée dans une auberge de Scheer, à une dizaine de kilomètres. Le maréchal en était aussi scandalisé que peiné. Malgré les vertiges, bouffées de chaleur et ennuis intestinaux dont il se plaignit alors, et bien que son état exigeât une saignée, il demeura inflexible. Car on lui avait mis un marché en main : s'il voulait récupérer son médecin, il devait faire des concessions au président de Brinon.

Il n'en était pas question. Or, s'il devait bien être soigné, celui qui se considérait comme un prisonnier de guerre français ne supportait pas l'idée de l'être par un médecin allemand. Là encore, c'était un non irrévocable. Mais les autorités ne pouvaient prendre le risque de voir cet homme de quatre-vingt-huit ans tomber gravement malade au seuil d'un hiver rigoureux et mourir entre leurs mains, faute de traitement. Il y avait urgence.

C'est alors qu'on demanda un médecin.

À l'office, Martial, son valet, et Mlle Wolfermann, son intendante, étaient bombardés de questions. Vraiment, le maréchal a besoin du toubib en permanence ? Ou n'est-ce qu'une manœuvre pour récupérer son Ménétrel ? Et de quoi souffre-t-il, d'abord ?

Il y avait bien deux médecins français en ville. Mais ce n'était pas possible, non, vraiment pas envisageable. Le premier s'appelait le docteur Jacquot : il venait de Remiremont, adhérait au parti de M. Déat et avait fait carrière dans la coloniale. Quant au second, je découvris à cette occasion que sous son vrai nom de docteur Destouches, l'écrivain Céline avait une profession. Je veux dire : un vrai métier. Cela ne collerait pas, même s'il n'aurait pas demandé mieux : médecin attaché au maréchal, il abandonnerait ainsi sans regret l'hôtel et vivrait au château avec sa femme et son chat. De toute façon, Jacquot et Destouches étaient déjà responsables de la colonie française de la ville. Quelque deux mille personnes sur la santé desquelles veiller, avec des moyens limités et une pénurie de médicaments.

« Eh bien, ils n'ont pas perdu de temps, eux, au moins. Venez voir ! »

Posté sur notre petite terrasse, Werner avait repéré l'arrivée d'un inconnu au château. Un inconnu très attendu si l'on en jugeait par les sollicitudes dont il faisait l'objet. Il faut croire que Son Excellence l'ambassadeur Abetz et le président de Brinon mûrissaient la chose dans l'ombre depuis quelque temps car le nouveau médecin arriva le jour du départ de l'ancien. Je n'en jurerais pas mais il n'est pas impossible qu'ils se soient croisés.

Je me rendis aussitôt à l'entrée pour l'accueillir.

« Docteur Schillemans ? Suivez-moi, je vous prie. »

Une trentaine d'années à peine, la démarche déterminée, l'allure de l'homme qui sait ce qu'il veut, même s'il ne semblait pas trop savoir ce qu'il faisait là. Dans les étages, tandis que je lui faisais reconnaître les lieux, le lieutenant s'ouvrit un peu. Il semblait avoir vocation à remplacer : parti volontairement pour l'Allemagne en 1943 afin de relever un confrère prisonnier au stalag V-C d'Offenburg, il venait juste d'y être réquisitionné par les autorités françaises pour effectuer un mystérieux remplacement quelque part dans le pays. On ne lui en avait pas dit davantage.

Je le présentai au personnel. À la poignée de main et au regard qu'il échangea, longuement et chaleureusement, avec deux valets français que l'on avait sortis d'un camp, je compris, au-delà de leur complicité scellée en un instant, ce que pouvait être la solidarité entre des hommes qui subissent le même exil. En l'amenant enfin à sa chambre, je ne pus m'empêcher de lui poser une question :

« Pardon, docteur, mais qu'est-ce qui vous a poussé à la relève ?

— Oh, cela va vous paraître insignifiant. Une toute petite chose. J'étais allé rendre visite à la mère d'un ami disparu. C'était un 1er mai à Lyon. Son mari était prisonnier de guerre en Allemagne. Dans le salon, sur le buffet, il y avait sa photo, et tout près du cadre, deux brins de muguet qu'elle venait de mettre dans un pot à moutarde. Voilà, ça a suffi. »

Le président de Brinon lui avait réservé la chambre de son chauffeur au premier étage, juste à côté de son bureau, au-dessus de la porte principale. Une belle chambre à rotonde, dont les trois fenêtres surplombaient la chapelle des Hohenzollern. En se penchant, il pouvait assister à la relève au clairon de la garde milicienne, bien que le spectacle ne fût pas vraiment de son goût. Mais il n'allait pas se plaindre, et le moelleux du lit compensait le fait de vivre à l'étage du président de Brinon. Celui-ci lui avait promis, si tout se passait bien, de le muter plus tard à l'Olympe, dans la chambre même du docteur Ménétrel, communiquant avec celle de « l'illustre malade » ainsi qu'on le lui avait présenté. Mais cela ne pouvait bien se passer car le maréchal refusait même de rencontrer ce jeune médecin, par principe; l'eût-il fait qu'il n'aurait jamais revu son cher protégé, qui se morfondait dans une auberge de Scheer; et il n'était pas question de donner le moindre gage à la Commission gouvernementale.

Les premiers temps, le docteur Schillemans ne savait que faire de ses journées. On ne lui disait rien. Et pour cause : on n'avait rien à lui dire tant que le maréchal demeurait muré dans son intransigeance. Ne lui restait plus qu'à attendre et à tromper l'ennui, à la bibliothèque le plus souvent, où il coudoyait un confrère, le docteur Destouches, plongé dans la collection de la *Revue des Deux Mondes* des années 1875-1880, dont il louait le sérieux : « Fouillé, profond, instructif... Du bon style, à la main... Pas de blabla... »

Difficile de savoir si son caractère feutré dissimulait de la modestie ou une ironie supérieure qui préserverait l'autre d'un tranchant inutile. J'éprouvais de la sympathie pour lui. Inexplicable, comme le sont les vrais mouvements du cœur. Sa franchise n'y était pas étrangère, sa manière de ne pas se laisser piéger par les honneurs ni embobiner par les puissants. Je la lui manifestais à ma façon en lui faisant porter pain blanc, croissant, miel et confiture au petit déjeuner. Pour autant, il n'était pas dupe et ne cessait de me demander : « Alors, c'est pour quand ? » car on avait tout de même fini par lui révéler l'identité de son unique patient.

Il partagea vite la principale activité des habitants du château : tuer le temps. À son arrivée, il avait exprimé la même curiosité que la plupart des ministres deux mois auparavant, sur l'illustre famille Hohenzollern et sur l'aristocratie allemande, laquelle leur paraissait bien plus mystérieuse que la leur. Aussi, après que je m'en fus ouvert auprès de notre bibliothécaire, M. Bracht proposa très gentiment de prononcer une sorte de conférence à leur intention dans la bibliothèque. Ravi de s'y joindre, le nouvel arrivant prêta main-forte à l'heure dite pour aligner quelques fauteuils face à celui du conférencier, assis derrière une petite table. Plusieurs ministres les occupèrent ainsi que quelques Français de la ville, journalistes et écrivains, des habitués qui venaient là travailler en paix. Bien que les ministres appartinssent tous au camp des passifs, ils toléraient ces présences non sans quelque moue de mépris. Mais peu après que M. Bracht eut formulé en présentation les paroles d'usage, quand un ministre actif entra sans frapper par inadvertance dans la bibliothèque, ils l'interrompirent d'un geste de la main, se retournèrent vers la porte et attendirent que l'intrus veuille bien sortir avant de permettre à M. Bracht de reprendre. Une manière expéditive mais dénuée d'ambiguïté de signifier qu'ils avaient privatisé l'endroit et que la pièce se jouait à guichets fermés. Le plus extraordinaire était qu'ils toléraient plus facilement à leurs côtés des intellectuels collaborateurs qui avaient écrit des horreurs sur eux que des ministres collaborateurs qui racontaient des horreurs sur eux.

Bien que je fusse à l'origine de cette réunion, je n'avais donné aucune consigne à notre bibliothécaire. J'entendais encore mon père dire à l'un de ses adjoints aux prises avec un valet : « Laissez-le faire ce qu'il veut si vous voulez qu'il fasse ce que vous attendez de lui. » Le brave Bracht prévint d'emblée qu'il ne lui serait pas aisé de résumer sans la réduire l'histoire d'une dynastie dont l'influence avait commencé à se faire sentir au XIe siècle et qui avait régné durant neuf cents ans. Comme s'il voulait par avance se faire pardonner ses oublis alors que nul n'en savait autant que lui. Il multiplia les détails, les noms, les dates, les titres, en nous épargnant les digressions, l'essentiel étant à ses yeux de bien distinguer les deux branches de la même maison :

« Vous avez d'abord la branche protestante de Franconie qui régna avec Frédéric Ier de Brandebourg sur la marche de Brandebourg à partir de 1415, ce qui lui permit d'être prince-électeur du Saint Empire romain germanique, puis sur le duché de Prusse à partir de 1525, et c'est de la réunion de ces deux fiefs qu'est né le royaume de Prusse, les rois de Prusse succédant aux empereurs d'Allemagne jusqu'à Guillaume II, qui abdiqua en 1918, ce qui conduisit à l'abolition de l'empire et à la proclamation de la république. À noter, messieurs, que 1918 marque une rupture pour la noblesse allemande : la fin tant de son pouvoir politique que de sa croissance démographique. Ce fut un *Umsturz*, un véritable écroulement. Quant à l'autre branche, la nôtre, si je puis m'exprimer ainsi, la branche catholique de Souabe, elle s'est éteinte en 1869, mais une lignée subsiste sous le nom de Hohenzollern-Sigmaringen. Tout à l'heure en sortant, vous remarquerez sur le manteau de la cheminée qui se trouve dans la salle des canons, au-dessous d'une scène représentant la visite des anges chez Abraham et Sarah leur prédisant la naissance de Jacob, une inscription : elle signifie que l'homme ne doit ni gaspiller ni négliger ce que Dieu lui a donné. Au xixe siècle, le représentant de cette lignée avait volontairement cédé sa souveraineté sur la principauté au royaume de Prusse, ce qui a constitué la province de Hohenzollern. Voilà, nous sommes encore une enclave prussienne en Pays de Bade. En résumé, l'essentiel est de savoir que, malgré nos liens de famille, nous ne sommes pas responsables de l'empire, mais que rien ne distingue mieux nos deux branches que de se souvenir que l'une est protestante et l'autre est catholique. »

Le public semblait ravi mais pas comblé. En fait, le passé de cette haute noblesse l'intéressait moins que son présent. Les premières questions en témoignaient. Bras tendu, doigt levé, comme à l'école. Ils brûlaient d'en savoir davantage sur le regard que le national-socialisme portait sur l'aristocratie. Car des théoriciens nazis la considéraient comme une élite rivale de la leur. On avait encore en mémoire les déclarations de Robert Ley, l'un des hommes forts du Parti, vouant aux gémonies la « crasse idiote dégénérée ».

Hors du strict terrain historique, notre bibliothécaire n'avait pas la partie facile quelques mois à peine après l'attentat raté contre Hitler, car les aristocrates avaient été nombreux parmi les conjurés. Avec la Gestapo, la SS et le SD occupant le rez-de-chaussée à l'entrée du château, il se sentait ligoté. Juste avant le début de la conférence, il avait eu un doute :

« Êtes-vous sûr, Julius, que c'est une bonne idée ?
— Ils vous réclament !
— Et s'il y a des questions à la fin ? Vous savez bien que je ne peux dire la vérité. »

Il me l'avait murmuré à l'oreille de crainte d'être entendu. La vérité ? À savoir que les nazis avaient volé ses manières et ses usages à la noblesse, comme s'il pouvait y avoir transfusion de valeurs d'une élite à l'autre. Que les SS recrutaient dans les châteaux en empruntant l'idéal chevaleresque au passage. Que cela avait été pitié de voir tous ces grands noms à particule accourir au mariage de Goering en 1935, les Hessen à la table d'honneur, naturellement, et un an après le même avec les mêmes ou presque, en grande pompe à l'Opéra de Berlin réquisitionné pour son anniversaire. Que l'on pouvait d'autant plus regretter que des princes se soient résignés et accommodés du régime, qu'ils jouissaient d'un vrai capital de sympathie sous la république de Weimar. Que beaucoup s'étaient fait instrumentaliser pour leurs réseaux par Hitler, qui les jeta après usage. Que nombre de familles princières ne songeaient qu'à sauvegarder leurs biens. Et que la noblesse catholique du Sud, où nous nous trouvions, demeurée fidèle à la monarchie, était globalement moins contaminée par l'antisémitisme et l'idéologie nazie.

« Croyez bien que je le regrette mais il ne m'est pas possible de répondre à votre question. »

Précisément interrogé, M. Bracht ne pouvait rien dire du mouton noir de la famille, le prince August Wilhelm von Hohenzollern, même s'il était de « l'autre » branche. Auwi, comme on l'appelait familièrement, membre du très élitiste groupuscule conservateur Deutscher Herrenklub, s'était fait complice fanatique du nazisme dès son adhésion à ses sections d'assaut en 1930, engagement confirmé quatre ans plus tard avec son adhésion au NSDAP. La princesse Ilse Margot von Hohenzollern et le prince Franz Josef von Hohenzollern-Emden étaient également membres du Parti. Et même s'il s'agissait d'autres branches, c'était leur nom qui résonnait là encore.

M. Bracht n'était pas davantage en mesure de certifier que Goebbels, qui tenait les aristocrates pour des paresseux et des inutiles aussi peu dignes d'intérêt que les bulles d'un monde englouti, avait utilisé l'atroce expression de « mort-réclame » pour désigner les jeunes princes morts au combat afin de servir d'alibi à leurs parents.

« Croyez bien que je le regrette mais il ne m'est pas possible de répondre à votre question. »

Un qualificatif aurait suffi à éclairer les ministres présents : *salonfähig*. Car cela avait été la première faute de certains princes que de rendre Adolf Hitler « socialement acceptable » par la haute société et le patronat, les Thyssen, Bechstein, Krupp ; ils étaient responsables d'avoir « mondanisé » les nazis, de leur avoir facilité le travail en les faisant pénétrer dans des cercles où ils n'auraient jamais pu mettre les pieds autrement. Entre un tiers et la moitié des princes s'étaient inscrits au NSDAP. Loyauté envers leur famille, désaffection vis-à-vis de la république de Weimar, sens du devoir jusqu'à la complicité avec les criminels nazis... Les nazis avaient été en outre financièrement bienveillants avec ces grandes familles. Les princes avaient eu quelque retour profitable sur investissements : outre l'accès aux dirigeants et à leur cour, l'assurance que leurs biens ne leur seraient pas confisqués. Les princes conservaient un souvenir édénique du monde d'avant ; issu d'un XIXe siècle où leur empire subsistait, ils en avaient la nostalgie et les nazis avaient su jouer là-dessus.

Notre bibliothécaire savait parfaitement tout cela, comme il savait que Hitler avait été effrayé d'apprendre que quelque cinq mille personnes avaient suivi le cortège funéraire d'un Hohenzollern à Potsdam, celui du prince Wilhelm, tué au combat en mai 1940. Il y voyait une ombre à sa propre popularité. Plus la guerre s'intensifiait, plus l'Allemagne reculait, plus la paranoïa de Hitler augmentait. Le cosmopolitisme naturel des grandes familles aristocratiques, qui comptaient des cousins riches et puissants dans toute la vieille Europe, le faisait douter de leur loyauté nationaliste. Or les Hohenzollern-Sigmaringen étaient si parfaitement alliancés, grâce à des stratégies matrimoniales habilement mûries, qu'ils étaient liés par le sang aux cours régnantes de Belgique, du Portugal, de Roumanie... Lorsque l'empereur déchu Guillaume II rendit son âme à Dieu en 1941 dans son exil néerlandais de Doorn, bien qu'il eût expressément demandé qu'aucun drapeau à croix gammée ne figura à ses funérailles aux côtés de l'étendard blanc et noir de la maison Hohenzollern, le Führer imposa tout de même sa couronne de fleurs avec son nom en bandeau

« Croyez bien que je le regrette mais il ne m'est pas possible de répondre à votre question. »

Le bibliothécaire n'affrontait pourtant pas l'hostilité d'un public de bolcheviques, loin de là. Mais ces Français voulaient savoir, vérifier, confirmer, démentir. Était-il vrai qu'en 1943 Hitler avait lancé un ordre secret, dont seule la bureaucratie connaissait l'existence, décret portant le soupçon légal sur tout membre de l'appareil d'État, du Parti ou de l'armée qui avait des connexions internationales ? Oui, c'était vrai, et qui d'autre que de grandes familles de la noblesse pouvait être visé ? Une liste fut établie. La plupart des princes furent renvoyés de l'armée, à l'exception notable du prince Josias zu Waldeck und Pyrmont, Höhere SS und Polizei Führer de Weimar. Après le complot raté du 20 juillet, les proches des conjurés furent inquiétés en vertu de l'ancienne coutume germanique de la *Sippenhaft*. Oh, il n'y eut ni massacres ni exécutions sommaires mais des internements dans des camps avec un statut privilégié. Qu'en fut-il au juste ?

« Croyez bien que je le regrette mais il ne m'est pas possible de répondre à votre question. »

Et cette rumeur concernant le prince Christoph von Hessen, une légende aussi ? Il était bien le pilote du Messerschmitt Bf 110 qui attaqua Buckingham Palace le 13 septembre 1940, six bombes qui faillirent tuer George VI : vous imaginez ? un régicide, car c'est son cousin, les Windsor ayant d'abord été des Saxe-Cobourg-Gotha, ce que les Allemands n'oubliaient pas si les Anglais l'avaient jamais su... Mais il faisait exception, surtout au poste élevé auquel il accéda dans la SS, dirigeant un des plus importants organismes de renseignements du Reich, au ministère de l'Air. Pour ne rien dire de la réussite de son frère, le prince Philip von Hessen-Kassel, arrière-petit-fils de la reine Victoria, gendre du roi d'Italie, le plus haut placé des princes dans l'entourage du Führer et de Goering.

« Alors, cher monsieur Bracht, tenta un ministre, si nous avons bien compris, c'est "À tort ou à raison, mon pays"? »

Mais là, notre cher bibliothécaire ne pouvait même pas répondre qu'il lui était impossible de répondre à cette question. Il referma le dossier contenant ses notes et se leva sous les applaudissements polis mais prolongés de l'assistance. Celle-ci, par ses nombreuses questions, et les petits débats qu'elles avaient entraînés, s'était plus exprimée que l'orateur. En passant devant moi, il s'épongea le front avec son mouchoir blanc, réajusta sa veste de forestier et gonfla ses joues en lâchant un soupir de soulagement :

« Je vous avais dit que ce n'était pas une bonne idée, Julius.

— Détrompez-vous! Ils sont ravis. Vous leur avez appris tant de choses en en disant si peu. »

Une fois dans l'escalier au bout du couloir, je fus attrapé par le bras. C'était un ministre, car jamais une personnalité allemande ne se serait permis une telle familiarité.

« À propos, Stein, d'où vient votre nom?

— Le berceau de ma famille est en Souabe, monsieur le ministre.

— Mais est-ce bien allemand ?
— Il n'y a pas plus allemand, en vérité.
— Mais votre religion, au juste, quelle est-elle ? insista-t-il.
— Je suis catholique de naissance et de conviction.
— Évidemment, ici, évidemment... Mais c'est curieux : on ne vous voit jamais à la messe...
— La religion n'est pas la spiritualité, le sacré est partout, même dans une chaise... »

Je n'avais aucune envie de m'appesantir, et encore moins d'expliquer qu'au dos de chaque chaise de la salle à manger, outre les armes des Hohenzollern, on trouvait leur devise « *Nihil sine Deo* ». Heureusement le docteur Schillemans m'entreprit sur la conférence et je le suivis. Le président de Brinon avait donné pour consigne de lui témoigner de la considération car il comptait bien en faire son agent auprès du maréchal. D'ailleurs, privilège remarquable, il l'invitait à partager avec lui la table des ministres.

Au début, il n'y était pas très à l'aise. J'ignorais ses opinions politiques mais je les devinais peu favorables à la collaboration. Maréchaliste ? certainement, mais pas au-delà. Disons maréchaliste mais pas pétainiste. À table, il écoutait attentivement mais ne prenait pas part à la conversation. Non qu'elle le dépassât. Juste un sursaut de prudence. Par la suite, l'atmosphère de mondanité aidant, il se détendit. D'autant qu'étant plutôt bel homme, il ne laissait pas les dames indifférentes. Pendant que M. Luchaire dédramatisait la situation, au moment où Stuttgart subissait à nouveau de violents bombardements, une convive assise en face de lui ne cessait de lui demander tout sourire dehors : « Cela vous plaît-il ? » sans qu'il sache au juste de quoi elle voulait parler. À la fin du dîner, « Jacqueline », qui occupait une chambre-bureau voisine de la sienne, l'y conviait, bien qu'elle le jugeât trop jeune. Il faut croire que ce handicap fut vite surmonté puisqu'elle mit au point un code afin qu'ils puissent se retrouver la nuit sans éveiller les soupçons : la voie était libre quand on sifflait *La Marseillaise*, elle ne l'était plus quand on sifflait *L'Internationale*. Petites musiques de nuit dont j'étais témoin lors de mes rondes. Et dire que ces couloirs archaïques croyaient avoir déjà tout entendu...

Au cours des dîners suivants dans l'immense salle à manger des Hohenzollern, contre toute attente, le docteur Schillemans sympathisa avec M. Darnand. Rien de politique ou d'idéologique. Il est vrai que ce soldat tout d'un bloc, au physique comme au moral, tranchait par sa franchise assez rugueuse sur le reste des commensaux, plutôt policés, hypocrites et mondains. Cela dit, les circonstances n'expliquaient pas tout : d'aucun de ces hommes on n'aurait imaginé qu'en d'autres temps ils eussent choisi le désert plutôt que la cour.

Ils s'entendaient comme larrons en foire pour se moquer du couple Luchaire. Lui, superficiel, beau parleur, épateur de galerie. Elle, parfaite en virtuose de la gaffe, convaincue de dire la vérité parce qu'elle disait ce qu'elle pensait, persuadée qu'il suffisait de prononcer de grands noms pour ennoblir un commérage. Le ministre n'hésitait pas à interrompre sa femme pour couper court à ses stupidités. Elle se consolait avec le petit général Bridoux, baderne posant à l'officier de race, toujours prêt à exécuter des ronds de jambe devant une femme minaudant comme une collégienne. Tout le monde riait aux bourdes de Mme Luchaire, sauf son mari. Tout le monde redoutait les ragots vipérins de Mme Déat, sauf son mari, toujours très calme quand tout s'agitait autour de lui, muré dans son orgueil et sa supériorité. Sans leur comique involontaire, l'humour de l'une et la verve de l'autre, le dîner aurait évoqué un banquet de spectres. Tous s'envoyaient tant de piques et de regards en coin qu'on se serait crus à l'ambassade du Pontevedro de la *Veuve joyeuse*, entre Popoff et le prince Danilo. Il n'y avait guère que Mme Darnand, parmi ces femmes, pour manifester un semblant d'humanité, d'empathie, de chaleur. Assise à côté de lui, elle entreprenait le docteur Schillemans sur la situation des prisonniers. Elle était bien la seule, ce qui le touchait, les autres étant même indifférentes à la situation de leurs compatriotes à 100 mètres de là. Parfois, une gaffeuse regrettait :

« Je n'aurais peut-être pas dû parler. »

Alors M. Déat, pour lui-même :

« "Ô mes mots, mes mots, retournez à ma bouche !"

— Vous dites ?
— Moi ? Rien. Racine... »

Prié, le docteur Schillemans raconta à l'intention de toute la table le sort des habitants du stalag V-C à Offenburg, jusqu'à ce que M. Luchaire l'interrompe :

« À propos de prisonniers, j'en connais une bien bonne... »

Il riait déjà de ses propres mots, ce qui ne se fait pas. Sa blague provoqua des réactions grasses. Le médecin, peu au fait de cet art de la table, en fut comme soiffleté. Mme Darnand reprit son aparté avec lui, mais ce fut de courte durée car le général Bridoux, en sa qualité de commissaire aux prisonniers de guerre français, tenait à faire connaître son grand projet :

« L'idée, ce serait de les faire rester en Allemagne comme travailleurs civils, libres et payés. Car, naturellement, il n'est pas possible ni même souhaitable, surtout avec ce qui se passe actuellement, que ces prisonniers retournent en France. Certes nous voudrions de tout cœur qu'ils puissent bientôt voir les leurs... »

Et, comme il se proposait de bientôt effectuer une tournée pour le leur expliquer, il se pencha et, du haut de son buste si bref, il interpella le docteur Schillemans à travers la table :

« Voulez-vous venir avec moi, docteur ? Je serais ravi que vous acceptiez de m'accompagner. »

Je le vis blêmir. Je m'avançai aussitôt pour remplir

son verre de vin. Il le vida d'un trait, façon de se donner du courage :

« Mon général vous ne semblez pas très bien connaître la mentalité des prisonniers de guerre et je suis à même de vous renseigner à ce sujet puisque depuis de longs mois je vis parmi eux ; ce qu'ils souhaitent, c'est la fin de la guerre. Et donc, vu la situation, la victoire des Alliés dans les meilleurs délais. N'oubliez pas ceci : pour le prisonnier qui s'est battu contre les Allemands, qui a été gardé dans des camps par des Allemands, l'ennemi est avant tout allemand. Ce qui est logique.

— Oh, vous savez, l'ennemi d'hier peut devenir le meilleur soutien d'aujourd'hui. Quant à la victoire des Alliés, nous sommes là-dessus mieux renseignés que les gens qui vivent en marge des événements par la force des choses. Après tout c'est notre métier... »

Le lieutenant ne s'en laissait pas compter pour autant par le général. Dans ces moments-là, visiblement, il redevenait médecin pour se donner la puissance de la repartie :

« Alors, disons qu'ils sont vieux jeu et qu'il leur faut du temps pour évoluer mais dites-vous bien que pour eux, l'ennemi est allemand. Je connais mon petit secteur des kommandos et des stalags. J'y étais il y a huit jours encore. Aussi, mon général, je vous engage à ne pas aller leur dire ce que vous nous avez confié car vous seriez certainement très mal reçu. »

Un ange passa. Froid. Dans ces moments-là, lorsque le repas se déroulait entre le salon vert, le salon noir et le salon bleu, mes adjoints et moi adoptions la tactique qui consiste à traduire les inscriptions latines figurant au plafond : « Rester à la maison convient aux bienheureux », « La maison qui nous appartient est la meilleure », « Chacun est roi chez lui », « Le but n'est pas de conduire mais d'accompagner », « Si tu ne pardonnes pas aux autres, nul ne te pardonnera », sans oublier du côté de la fenêtre la plus indispensable d'entre elles : « La patience vient à bout de tout. »

Un silence velouté menaçait de s'installer, que seul brouillait le cliquetis des couverts. M. Darnand, ravi, réprimait discrètement son fou rire et, d'autorité, remplit le verre du médecin. La petite brune en face lui faisait les yeux doux. Le président de Brinon, en parfait maître de maison, toussait délicatement et relançait la conversation sur les chevaux, sujet sur lequel ce fils d'un officier des haras possédait une réelle expertise, afin que l'on oublie l'incident entre gens de bonne compagnie. Au café, servi dans le petit salon aux fauteuils profonds, chacun souhaita bon voyage au général Bridoux, qui partait pour Berlin, sauf le docteur Schillemans, qui s'était discrètement éclipsé. On le chercha. Il fut sauvé par le gong. Non le mien mais celui de l'aviation alliée qui n'allait pas tarder à nous survoler. À ce signal, les domestiques, armés de lampes et de bougeoirs, organisaient aussitôt la transhumance des invités vers les abris creusés dans le flanc de la montagne sur laquelle le château avait été édifié. Tous sauf un : le maréchal. Non seulement le hurlement des sirènes ne troublait en rien son sommeil, mais il interdisait qu'on le réveillât pour si peu. Il me fallait alors m'assurer que la maréchale n'était pas perdue dans les couloirs et que quelqu'un l'aidait à braver le froid pour se mettre en sécurité. Après quoi, tel le capitaine d'un navire, je mettais un point d'honneur à vérifier dans les étages que chacun était descendu. Un prétexte pour ne pas me rendre aux abris. Mon seul point commun avec le maréchal, mais pas pour les mêmes raisons. Pourtant, les forteresses volantes nous survolaient régulièrement; mais outre que, ne possédant aucune industrie, Sigmaringen ne constituait pas une cible stratégique, j'avais toujours été convaincu que les Alliés n'auraient pas le mauvais goût d'endommager le château et ses richesses artistiques.

Le lendemain soir, en l'absence du général, le dîner fut plus détendu. Le relâchement semblait total si l'on en jugeait par le niveau des bons mots. Un ministre, toujours le même, ne savait pas s'exprimer autrement, ce qui tuait l'effet dans l'œuf, d'autant que son humour en devenait nécessairement répétitif.

Son Excellence Otto Abetz, qui arrivait de là-haut, annonça solennellement que le maréchal était mal.

Consulté, le docteur Schillemans suggéra de lui administrer des sédatifs et des tonicardiaques, tout en regrettant de ne pouvoir l'examiner. La soirée se poursuivit dans les fauteuils du salon de conversation, entre café et alcools. C'est le moment que choisit M. Luchaire, toujours prompt à se mettre en valeur dès qu'un cercle se formait, pour faire la lecture « en avant-première ! » de son éditorial de Radio Sigmaringen esquintant Leclerc, qui venait de libérer Strasbourg avec sa 2e division blindée. Misère de celui qui se veut si divers et qui n'est que lui-même. Dès qu'il se lança, on sut, en observant son effet sur le visage du président de Brinon, qu'il eût mieux fait de s'abstenir. Sans le laisser aller jusqu'au bout, celui-ci lui intima l'ordre de supprimer la diffusion de son article. Sidéré, M. Luchaire manifesta son incompréhension. Il lui arrivait certes de dire n'importe quoi pour le seul plaisir de briller, mais pas sur n'importe qui. Alors le président de Brinon, qui savait mieux que quiconque qu'il avait voulu être « ministre à tout prix », peu importait de quoi, se leva. Nous étions les deux seuls debout. En serrant les dents, la tasse tremblant si fort entre ses doigts que je craignais pour le tapis, il se tourna vers son ministre :

« Non, Luchaire, le général de Hauteclocque n'est ni un aventurier ni un piètre militaire comme vous le dites. J'ai connu autrefois cet officier et le considère comme un magnifique soldat et même un excellent

Français, bien que, je vous l'accorde, il ait été abusé par une bande de voyous et qu'il se soit trompé sur les événements. Votre papier est inepte, inutilisable, et je vous interdis de vous en servir. »

Abasourdi, M. Luchaire en bégayait. Alors le président de Brinon, qui se mettait si rarement en colère, lui asséna le coup de grâce avant de se rasseoir théâtralement :

« Vous n'avez pas le droit de salir ainsi le général de Hauteclocque, surtout vous, Luchaire ! »

Peu importait que l'on eût fixé alors le regard de l'un ou de l'autre car les deux reflétaient la même promesse d'une haine au long cours. En posant mon plateau sur le grand buffet contre le mur, je fis face au miroir. Un instant, je fus saisi par l'image de l'assemblée que je crus y percevoir : il renvoyait le souvenir d'un autre temps, celui d'un faste ébréché de femmes en diadème et d'hommes en habit, où l'on distinguait les silhouettes légendaires du couple impérial en visite au château en 1889 pour le mariage du prince héritier Wilhelm von Hohenzollern et de Maria Theresia, princesse de Bourbon-Siciles.

Ces dîners n'avaient pas seulement la vertu de dessaler le jeune Schillemans sur l'atmosphère du château. Ils le révélaient chaque jour un peu plus aux yeux des autres. Chacun essayait de le circonvenir. On lui envoya une belle infirmière pour lui faire visiter l'infirmerie de la Milice, bientôt suivie par une secrétaire aussi bien de sa personne pour lui faire découvrir les réserves de la bibliothèque. Jusqu'à ce que le président de Brinon le convoque dans son bureau. Son Excellence l'ambassadeur Abetz s'y trouvait déjà :

« Le général Bridoux m'a écrit de Berlin... Vous savez que vous lui avez beaucoup plu ? Non, vous ne savez pas. Eh bien, il a un poste pour vous : adjoint au commissaire général aux prisonniers de guerre...

— Non, franchement, répondit-il sans même prendre le temps de la réflexion.

— Réfléchissez, c'est plein d'avantages et, en prenant en main les services de santé, vous pourriez encore mieux défendre vos camarades...

— C'est impossible, voyez-vous, le général et moi avons des positions trop opposées sur la question. Je suis venu ici pour m'occuper du maréchal. À propos, j'aimerais rencontrer le docteur Ménétrel pour avoir quelques informations sur notre patient... »

Soudain, le visage du président de Brinon s'assombrit. Il n'était plus question de cela. L'attitude du maréchal s'avérant inflexible, le plan était désormais de l'isoler progressivement en éloignant son entourage afin qu'il soit à la merci de la Commission gouvernementale. Mais le docteur Schillemans n'était pas dupe. Il se retira sans avoir rien signé. À peine était-il parvenu aux premières marches de l'escalier que le président de Brinon le rattrapa :

« J'oubliais : vous êtes libre d'aller et venir en ville et au château. Mais pas dans les appartements du maréchal et de sa suite, ni dans ceux de Laval, ni dans ceux des personnalités du deuxième étage. D'ailleurs, mis à part quelques-unes, les autres pièces ne présentent aucun intérêt. »

Je me trouvais alors juste derrière eux par le hasard du service. Le président de Brinon me jeta un regard sombre. J'avais été le témoin de sa déconfiture ; il pouvait lire sur mon visage le reflet comique et ridicule de l'affaire de l'escalier, et c'était impardonnable.

La température changeait vite au château. Le docteur Schillemans en eut la preuve définitive lorsque le lendemain matin, en lieu et place d'un prisonnier de guerre en tenue de valet, il reçut la visite dans sa chambre d'un sous-officier de la Phalange africaine chargé de lui apporter le plateau du petit déjeuner...

Le docteur se sentait en confiance avec moi. En attendant d'être fixé sur son sort, il vivait au château. En rentrant d'une promenade en ville, il me raconta la conversation qu'il venait d'avoir son confrère le docteur Destouches, dans la rue, à la hauteur du petit jardin sous la rampe du château :

« Il trouve que j'ai eu une drôle d'idée de venir ainsi me fourrer dans ce guêpier. Mais quand on lui retourne le propos, il lève les yeux et secoue la tête en prenant un air accablé. On a parlé de la situation. Il pense que les Allemands sont, comment dit-il ? "stratifiés ! cristallisés !". Il a de ces formules, avec sa gouaille : "Fini les replis élastiques, le caoutchouc est sclérosé !"

— Vous lui avez posé d'autres questions ?

— Une, oui : je lui demandé s'il soignait la sigmaringite ! Après tout, il a de l'expérience, et pas seulement avec le petit peuple d'en bas. Il a un peu soigné Laval, Bichelonne et aussi la mère de Bonnard. Il connaît le sujet ! »

À la fin de son récit, il prit un air attristé. Le docteur Destouches n'y était pour rien. En rentrant au château, il venait de faire une autre rencontre, dans l'escalier. Un homme pour lequel il nourrissait une certaine estime sur un plan purement humain, sentiment scellé par leur complicité à table contre les petits marquis de la collaboration. Le ministre milicien Darnand, qui montait quand le médecin descendait. Ils n'avaient pu s'éviter. Le médecin fut éberlué de le découvrir en grand uniforme de Waffen SS. Ils échangèrent un regard pesant et M. Darnand, embarrassé, se justifia : « Oh, je ne l'ai pas mis souvent... deux ou trois fois à peine... pour le serment... »

Vraiment il était temps pour lui de quitter cet endroit et rejoindre son stalag. Il n'aurait pu rester sans se compromettre. Encore quelques jours et il serait capable de mettre son plan à exécution : exciper de raisons strictement médicales pour soustraire le maréchal à la surveillance policière et lui faire quitter le château. Quand il m'en parla, je le tançai pour sa naïveté, comme un père peut le faire avec un fils. Une certaine brusquerie aussitôt assortie de regrets. Mais il n'en prit pas ombrage. Bien décidé à partir de son propre chef, je craignais qu'il ne s'ouvre de son projet auprès de ses camarades au sein des domestiques. Ce qu'il fit en sachant qu'il pouvait compter sur leur discrétion. Mais il commit l'erreur de se confier également à son nouvel ami, M. Darnand. Celui-ci réagit par un tonitruant « Je vous l'interdis ! » Ainsi, son sort était scellé. Aussitôt informé, le président de Brinon le tint pour un traître et un déserteur. Il le mit aux arrêts de rigueur, une sentinelle en faction devant sa porte.

Le jeune médecin se retrouvait piégé. J'essayais de l'aider dans la mesure de mes moyens. Mais à part une amélioration de son ordinaire et des livres empruntés à la bibliothèque, que pouvais-je lui apporter ? À la réflexion, un seul homme pouvait débloquer la situation. L'un des rares à vivre dans la France d'en bas dont le nom et le prestige avaient de l'influence dans la France d'en haut. Ce ne pouvait être que le docteur Destouches. Ou plutôt Louis-Ferdinand Céline.

Sans en parler à personne, pas même à Mlle Wolfermann, je me fis remplacer quelques heures et descendis en ville, seul cette fois. L'homme-poubelle était toujours penché sur les ordures à lire les journaux, mais dans une autre rue ; il me reconnut et me salua discrètement de loin ; j'étais trop pressé pour traverser, mais de là où je me trouvais, je pus voir deux Belges de la division SS Wallonie qui le hélait en riant à gorge déployée : « Alors, Philippulus, ça vient, l'apocalypse ? » Je passai par le Café Schön, bondé, car le jeudi soir, outre la permanence qu'y tenaient les anciens combattants du front de l'Est, des prisonniers français travaillant dans des fermes allemandes y négociaient à prix d'or des denrées au marché noir. Quelques minutes suffirent à me mettre sur la trace du docteur Destouches. S'il n'était pas au cabinet dentaire qu'il sous-louait au docteur Gerhardt Güntert mobilisé, ni au couvent Fidelis, qui avait été transformé en maternité, on le trouvait chez lui, à l'hôtel.

Vu l'heure tardive, il me paraissait logique de commencer par là. Je n'avais pas mis les pieds à l'Hôtel Löwen depuis l'avant-guerre. Le spectacle y était effrayant. Cette foule, cette odeur, ce bruit. Un chaos permanent où l'on ne parlait que français. Comment pouvait-on y dormir ? On m'indiqua sa chambre. La 11, au premier. Des patients, parmi lesquels j'avais pris place sans le faire exprès, attendaient dans le couloir ; d'ailleurs, il me prit pour l'un d'eux et s'apprêtait à me soigner de la gale, d'une phtisie, d'une chaudepisse ou d'une crise de foie, tous fléaux des Français de Sigmaringen nourris principalement du *Stammgericht,* un terrible brouet de choux rouges qui faisait office de plat du jour. J'avais appris qu'il s'était toujours voulu médecin des pauvres : la situation lui permettait de s'adonner à sa vocation au-delà de toute espérance. Dans la file d'attente, on m'avait dit qu'il ne faisait pas payer les consultations, qu'il intervenait souvent auprès du pharmacien Richter pour obtenir de la morphine, de la pommade au soufre, de la pénicilline ou de l'huile camphrée, et qu'il n'hésitait pas à secouer sa canadienne, dans la doublure de laquelle il avait cousu sa réserve d'or, pour se procurer auprès d'un passeur suisse des médicaments introuvables en Allemagne. La présence dans cette file de quelques Waffen SS de la division Charlemagne en bonne santé m'apprit qu'il délivrait également des certificats de complaisance pour éviter une mort certaine à des jeunes promis au front.

La porte de sa chambre n'était pas fermée. Un courant d'air l'ouvrit totalement sans qu'il y prêtât attention. Il était assis à côté d'une dame, une journaliste qui l'interviewait manifestement, et dont mon voisin dans la queue me dit qu'elle s'appelait Karin Hatker et qu'elle travaillait pour *La Toison d'or*, un nouveau journal rexiste publié à Berlin. Le docteur Destouches, ou plutôt Céline, se plaignait :

« Je ne peux pas travailler. Il me faut au moins une table et une chaise. J'ai un lit et un lavabo. J'ai besoin de me sentir à l'aise et je ne peux pas me sentir à l'aise dans un pays où je ne suis pas venu de plein gré. Je suis venu ici parce que les terroristes m'ont foutu la mitraillette au cul... Je suis un poète, moi, j'travaille pas le bout de gras... J'écris quand j'ai quelque chose... Je n'ai pas besoin de me répéter, il y en a assez qui me répètent. »

Puis il lui conseilla d'aller poursuivre son reportage dans la rue, eu égard au nombre de patients qui l'attendaient. Étant le suivant, je m'avançai. Il me présenta son épouse et son chat. Ils s'entassaient à trois dans ce réduit minuscule dont la porte faisait face à celle des toilettes de l'étage. Le froid pénétrait par un carreau cassé.

« Alors, môsieur le majordome, quelqu'un est malade là-haut ?

— C'est le docteur Schillemans. Il a des ennuis. Il a pensé que vous pourriez peut-être intervenir... »

Il tint absolument à me faire d'abord visiter les toilettes bouchées, pour me donner une idée des vertus laxatives du *Stammgericht*, ce dont je me serais bien passé. Puis il planta là tout le monde en promettant de revenir. Quelques râleurs s'attirèrent aussitôt une repartie sans appel :

« Ça vous aurait pas gercé la glotte d'y aller d'un p'tit mot aimable, non ? »

L'instant d'après, nous étions en route pour le château. Le docteur Destouches n'eut aucun mal à circonvenir le milicien de garde devant la porte du docteur Schillemans ; il l'avait soigné, ainsi que son frère. Je lui emboîtai le pas.

« Mon petit vieux, lui dit-il sans détour, j'ai l'impression que tu as déconné avec ton histoire de vouloir jouer la fille de l'air. Ce ne sont pas des choses à faire et ils n'ont pas apprécié la plaisanterie. En principe cela devrait t'attirer des emmerdements. Je crois que le mieux que tu puisses espérer, ce serait d'aller servir de partenaire à la belote au gars Ménétrel.

— Tout ce que je veux, c'est ne plus rester ici.

— Comme je te comprends... Mais il y a un hic. Partir d'ici les pieds devant, c'est pas une solution, mon p'tit pote. Faut éviter de faire des bêtises. T'as une idée de l'endroit où tu aimerais te retirer pour tes vieux jours, en dehors de la France, *natürlich?*

— Si je faisais des projets de vacances en rapport avec mes moyens, un retour à mon stalag ne me déplairait pas.

— Bon, assez giberné, c'est tout ce que je voulais savoir. Je vais voir Brinon pour lui faire part de notre conversation et je te souhaite de retrouver tes chers barbelés. »

Puis le docteur Destouches se leva, enfila sa canadienne avant de se retourner :

« Mais vu que ça danse le tango et que c'est en plein repli élastique, ce sera peut-être pas ton stalag, tu piges ? »

Le lendemain, le docteur Schillemans quittait le château. On ne le revit jamais.

Depuis peu, les étages les plus politiques bruissaient des intrigues de l'habile M. Doriot, le seul à disposer de troupes, de cadres, d'un journal, d'une radio, tout en conservant un certain prestige. Il plaçait ses hommes partout, dans les réunions, au château, à la Commission. Il était le seul à mouiller vraiment sa chemise : dès qu'il parlait, il ruisselait. Il s'était installé avec l'état-major de son parti dans l'île de Mainau sur le lac de Constance, manière de prendre ses distances avec tout ce qui grouillait à Sigmaringen. Le château bruissait du complot qu'il ourdissait avec M. von Ribbentrop pour prendre le pouvoir sur l'ensemble de la colonie française émigrée en Allemagne. Ce matin-là, alors que je lui apportais ses journaux, je ne m'attendais vraiment pas que le président Laval me questionnât à son propos :

« Alors, Stein, que pensez-vous du projet de Doriot ?

— Je n'ai pas eu à le connaître, monsieur le président.

— Allons, vous en avez bien entendu parler...

— Mes fonctions ne me permettent pas de m'exprimer sur ces questions.

— On est entre nous, que diable !

— Dans ce cas, je dois vous avouer que m'est revenu en mémoire un conseil de sagesse de notre professeur de gymnastique à l'école : placer la barre trop haut, c'est courir le risque de constater qu'on a les bras trop courts.

— Voilà un excellent jugement politique ! »

De toute façon, à quoi bon ? Le président Laval était un homme politique, peut-être un homme d'État ; mais la plupart des ministres n'étaient que des politiciens ; comment pourraient-ils comprendre qu'ils ne suscitaient que de l'indifférence auprès de quiconque a toujours vécu dans l'ombre de princes qui se font une haute idée de l'ordre naturel des choses ?

Encore ne s'agit-il que des étages du haut. En bas, inutile d'en parler. De toute façon, la domesticité n'a pas ces prétentions. Ce qui ne signifie pas qu'elle soit moins lucide. Elle voit l'Histoire en marche de l'œil avec lequel elle voit la vie comme elle va.

Pour l'heure, à l'office, l'urgence était de faire front contre une amertume antifrançaise qui menaçait de dégénérer si l'on n'y mettait pas un frein. Les réflexions désagréables se multipliaient. La moindre faveur vis-à-vis de nos hôtes était prétexte à des insinuations. Mlle Wolfermann se retrouvait naturellement en première ligne. Vexée comme si elle était la seule victime désignée, elle prenait toujours la défense des Français. De *tous* les Français de *tout* Sigmaringen. Par principe. Même quand l'enjeu était anodin, elle n'avait pas le dernier mot. Werner n'était pas en reste :

« C'est quoi, Chateldon ?

— On ne dit pas "C'est quoi" mais "C'est où". Pourquoi posez-vous la question ?

— Laval, ses promenades l'amènent souvent à l'Hôtel Löwen. Il a écrit sur le livre d'or, j'ai regardé : "Sigmaringen est très joli mais je préfère Chateldon, ne m'en veuillez pas. Le 14 septembre 1944. Pierre Laval."

— Mais ce n'est pas une eau minérale, aussi, Chateldon ? demanda un autre.

— Parfaitement. »

Werner la reprit sèchement :

« Alors on peut dire "C'est quoi". De toute façon, vous les Français, déjà quand vous vous tutoyez, c'est comme si vous juriez ! »

Qu'aurait-elle pu répondre à cela ?

Inutile d'espérer de lui une force d'âme dont il était dépourvu. Elle baissa les yeux la honte au front, et lui abandonna le dernier mot. Mes efforts se retrouvaient bêtement ruinés, moi qui depuis des semaines tentais de lui faire oublier que, par-delà toutes les fictions et tous les masques, ils étaient des Français obéissant à des Allemands qui les dominaient encore. Le rire était devenu rare au château, ce rire d'autrefois qui rendait l'existence douce et moelleuse.

Je la retrouvai un peu plus tard, après le service, dans un boudoir du rez-de-chaussée que le prince avait concédé aux domestiques. Elle cousait près de la fenêtre. La pièce baignait dans la lumière d'un doux soleil d'hiver. Une image s'en dégageait qui rappelait un Vermeer. Son sourire me souhaitait la bienvenue mais le cœur n'y était pas. Atteinte, à coup sûr, elle n'avait pas encore encaissé le choc, ce ton cassant et supérieur de Werner, un valet de pied que sa simple qualité d'Allemand *autorisait*. Cela n'avait jamais été le cas avant, preuve que la dureté des temps commençait à exacerber les relations. Un détail, un mot de trop, un oubli suffisaient à crisper les rapports entre ceux qui donnaient les ordres et ceux qui les recevaient et, parmi eux, entre Français et Allemands.

« Pas de conversation aujourd'hui, mademoiselle Wolfermann ?

— C'est vous qui dites cela ? Mon Dieu, il ne sera pas dit que je refuserai de parler, surtout avec vous, monsieur Stein. N'allez pas croire que le bavardage m'est vital. Je ne saurais vivre en compagnie de qui ne se suffit pas à lui-même. Mais enfin, la conversation... Je vous croyais un peuple de taiseux réfractaire à ce genre de passe-temps.

— Ce n'est pas faute d'avoir essayé, voyez-vous, mais nous avons une impossibilité majeure...

— La légèreté ?

— La syntaxe. Trop contraignante. La position du verbe à la fin des phrases nous oblige à soliloquer. On ne peut pas nous interrompre si on veut comprendre de quoi il retourne. Comment pourrait-on échanger des paroles ? Votre impatience donne du piquant à la conversation, mais nous... On ne peut pas car on attend que cela se termine. Voilà pourquoi je préfère parler dans votre langue avec vous. Le français autorise la connivence. »

Bouche bée, Mlle Wolfermann reposa son matériel à coudre sur ses genoux ainsi que le chemisier de dentelle qu'elle reprisait. Manifestement, elle avait reçu une révélation.

« Je comprends..., murmura-t-elle. C'est pour cela que vous parlez comme des sermons de la Bible.

— On m'a appris à m'exprimer en *Hochdeutsch*, une langue vidée de ses affects, un allemand... comment dire?...

— Pur? »

Avait-elle conscience de me mettre dans l'embarras? Elle leva les yeux vers moi en esquissant un sourire malicieux. Mal lui en prit : en voulant me piquer, elle s'était piquée. Je l'observais suçant son doigt rapidement puis si langoureusement qu'elle cessa dès qu'elle croisa mon regard.

Son ironie m'avait arraché le mot qu'un ultime réflexe m'empêchait de prononcer. Mais l'idée était bien là et je n'en étais pas fier. Il me manquait des siècles à rattraper avant d'oser la conversation.

Une goutte de sang troublait la pureté de son chemisier blanc.

Oncle Oelker se tenait assis près de la fenêtre de sa chambre lorsque j'y pénétrai. Quel effort cela avait dû lui coûter de se traîner jusque-là sans l'aide de quiconque ! En posant son plateau sur la table, je ne pus m'empêcher de lui en faire la remarque, mais il semblait au-delà de telles contingences, perdu dans un rêve éveillé où je pouvais deviner sans me tromper les grandes heures du château, le mariage de 1913 entre la fille du prince et le roi du Portugal... On l'eût dit enveloppé de sa mélancolie. Je compris mieux lorsque j'identifiai le disque tournant à vide sur la platine de l'électrophone encore chaud. Des lieder de Schubert parmi les plus poignants.

Je restai un moment debout derrière lui, puis à ses côtés. Emmitouflé sous deux couches de couvertures en laine, il ne disait rien et je m'en serais voulu de troubler sa méditation ; j'aurais juste voulu la partager, et qu'il m'interroge en retour non sur eux tous mais sur elle seulement. Je sortis tout doucement ; toutefois, au moment de refermer la porte, je revins sur mes pas. Il sentit ma présence sans se retourner.

« Qu'y a-t-il, Julius ?

— Oncle, parfois, à table leurs questions me prennent au dépourvu...

— Tu sais ce que ton père t'aurait répondu : *Rem tene, verba sequentur,* tiens ton sujet, les mots suivront.

— Il n'y a pas que cela. Mes conversations avec Mlle Wolfermann sont troublantes. Peut-être que...

— Quoi ?

— Il y a des moments où il ne suffit plus de ne pas être nazi. »

Il se retourna enfin, me fixa sans ouvrir la bouche et pour toute réponse regarda sa montre. Il devinait d'instinct que l'heure du service approchait.

Il me fallait effectivement redescendre sans tarder. Ça grognait déjà en cuisine. Nous étions vendredi. Ce jour-là, on ne mangeait pas gras; les autres jours non plus d'ailleurs, ou de moins en moins. Au regard d'Agathe, l'aide de Mme Bachmann, j'imaginai qu'elle avait eu des mots relatifs à son art. Avec qui? Je préférais ne pas le savoir même si je m'en doutais. M. Déat était, de toutes les personnalités, celle qui se plaignait le plus continûment de tout. Il avait fait savoir que, pour être copieux, les mets manquaient de raffinement et que les plats du soir étaient trop lourds. C'était le mot même qu'employait souvent M. Marion lorsqu'il évoquait les habitants du château : « Mais qu'est-ce qu'ils sont lourds!... » M'ayant aperçu, moi, le réceptacle et le conservatoire de toutes les plaintes, Mme Bachmann m'interpella sans lâcher ses casseroles :

« Trop lourds! Vous vous rendez compte? Trop lourds! Vous savez ce qu'ils mangent, en ville? Je sais bien que la colère n'est pas un argument, monsieur Stein, mais tout de même! Qu'ils aillent faire un tour au Löwen, au Bären, au Ochsen, à l'Alten Fritz et au Café Schön et ils verront ce que c'est! »

Je la calmais de loin, en apposant mes mains dans sa direction, ainsi que j'avais vu faire l'arbitre dans les combats de boxe. Comme souvent lorsque je craignais d'être en retard, j'avais demandé que l'un ou l'autre membre du personnel se charge à ma place d'un petit travail technique : l'impression des menus. Hors de question que cela ne soit pas fait et que nos hôtes ignorent ce qu'ils allaient manger.

Quand j'entrai dans la salle à manger des ministres passifs, un coup d'œil panoramique suffit à me rassurer : les menus tenaient leur rôle en lieu et place, comme chaque jour. Mais c'est lorsque les convives s'assirent que j'eus un doute. L'un d'eux m'intercepta d'un mouvement de tête :

« Vraiment ? »

Il me tendit le menu.

Pâtée de choux rouges
Rutabagas
Misérables pommes de terre
Eau du robinet glacé

Confus, je leur présentai mes excuses et retirai aussitôt les menus en priant Florent de les remporter en cuisine. Les convives en rirent d'autant plus volontiers que le repas était des plus fins.

À la fin du service, lorsque je regagnai l'office, chacun s'y tint coi à mon arrivée. Quelques-uns pouffaient mais la plupart se tenaient sur leurs gardes. Je ramassai les menus pour les ranger dans une enveloppe, en souvenir. Nulle réprimande, pas un mot, rien. Au fond de moi, je n'étais pas mécontent que la France d'en haut prenne connaissance des affres de la France d'en bas. Pour un peu, j'aurais félicité Mme Bachmann de son initiative. Le sourire en coin, elle cajolait sa grande fierté avec la tendresse que l'on mettrait à caresser la bête, son four au poêle signé, telle une œuvre d'art, « Hildesheim 1872 », qui trônait au beau milieu de la cuisine, comme dans les grands restaurants ; elle tourna autour, nettoya une infime tache et s'assura une fois encore que la fumée s'évacuait correctement par le conduit souterrain ; puis elle en fit autant avec l'armoire chaude dans laquelle ses merveilles patientaient en attendant d'être envoyées dans les étages par un monte-plat. Tout pour éviter de croiser mon regard. Qu'importe puisque mon silence amusé valait approbation. La vocation d'un majordome n'est cependant pas d'encourager la sédition au sein de ses troupes.

Il arrivait que certains tombent en disgrâce sans que l'on eût même le temps de l'apprendre. Un jour, on ne les voyait plus aux repas et chacun comprenait. Ce fut le cas de Son Excellence Otto Abetz, destitué par M. von Ribbentrop pour avoir échoué à convaincre le maréchal et le président de se mettre au travail. Il fut remplacé par un autre diplomate, Otto Reinebeck. Son Excellence Abetz n'avait cessé de me soupçonner, de me harceler, d'exercer des pressions malsaines, de m'humilier. La dernière fois, c'était à table. L'ombre de « l'espion » planait encore sur la conversation. Imaginant que nous finirions par l'attraper après une course-poursuite dans les dédales du château, il lui promettait le pire châtiment, puis, l'œil menaçant, il me demanda :

« Vous connaissez la règle du jeu, Stein, n'est-ce pas ?

— Pardonnez-moi, Excellence, mais je ne vois pas de quel jeu il s'agit.

— Enfin, Stein, vous n'entendez pas les guillemets : la "règle du jeu" !

— Je regrette, Excellence », fis-je, confus, en regagnant ma place trois pas en arrière de la chaise.

La table partit dans un éclat de rire et la conversation passa à autre chose. Je mentirais si je disais que son départ m'a affecté. Je ne l'avais jamais supporté et il avait dû le sentir. Grisé par son pouvoir, il en avait oublié qu'il ne faisait que passer alors que je faisais corps avec cet endroit.

En revanche, le départ du président Laval ne passerait pas inaperçu, car, sans guère de doute, ils finiraient par se débarrasser de lui. M. Gabolde avait appris par le conseiller Hoffmann que Berlin envisageait de l'envoyer en Silésie en compagnie de plusieurs de ses ministres en inactivité. Non dans un camp mais dans un château : celui de Logau, non loin de Görlitz et de la frontière polonaise. Il lui en avait même montré une carte postale. Ce qu'elle n'exprimait pas, c'est qu'en ce mois de décembre 1944 il y faisait encore plus froid qu'à Sigmaringen et que c'était encore plus près de l'avancée russe. Par les indiscrétions du personnel, on apprit que le proscrit s'était adressé directement à M. von Ribbentrop et non à ses saints afin qu'il contacte le sculpteur Arno Brecker pour que lui-même intercède auprès du Führer. Il faut croire que l'intervention fut efficace puisque peu après on apprenait que le couple Laval et sa suite, le carré de ses fidèles MM. Gabolde, Guérard, Rochat, Marion, seraient finalement exilés tout près de Sigmaringen, à Wilflingen, à une dizaine de kilomètres à peine. Non pas au château mais dans le pavillon de chasse où, dans une bonne logique de chaises musicales, le baron von Stauffenberg, oncle du comploteur et propriétaire des lieux, s'était réfugié avant l'arrivée des Hohenzollern.

Un pis-aller. De toute façon, il était temps.

« Écoutez dehors ! »

L'appel d'Agathe nous précipita tous aux fenêtres de l'office. On prêta l'oreille. On les ouvrit et l'on assista à une scène que l'on m'avait déjà racontée mais que j'avais mise en doute :

« Médor ! »

Le président Laval se promenait sur les terrasses surplombant le Danube accompagné de sa femme qui, déprimant loin de Chateldon, appelait ses chiens comme si elle était à la maison.

« Médoooooor ! Où êtes-vous, mes chéris ? »

Sa voix retentissait probablement jusqu'aux jardins de la ville; comme il n'y avait pas d'aboiement en retour, sa voix s'éteignait progressivement en une plainte mélancolique. Le spectacle devenait pathétique. Nous en étions les spectateurs silencieux jusqu'à ce qu'un valet français réchappé du STO se serve au robinet et lève son verre :

« Allez, tous en chœur : mon royaume pour un Laval ! »

Faut-il préciser que, pour une simple question de dignité, je le remis à sa place ?

En train

Le train vient de s'arrêter à Donaueschingen. Le couple qui me fait face en profite pour sortir son déjeuner. Ces pique-niques improvisés ont quelque chose d'embarrassant pour le voyageur démuni convié à un spectacle dont il ne récoltera même pas les miettes. Ne lui reste plus qu'à détourner le regard, encore que dans un train à l'arrêt le paysage fasse défaut.

J'admire une telle prévoyance, moi qui n'anticipe jamais ce genre d'événement domestique, même quand je dois passer une partie de la journée en train. Je n'emporte pas davantage de guide de voyage lorsque je pars pour l'étranger. Peut-être en serait-il autrement si je partageais la vie d'une femme.

En un sens, je les envie, même si je ne suis pas prêt à sacrifier mon indépendance. Elle a tout prévu. Ce qui ne m'étonne pas car tout dans sa mise, sa coiffure, son maquillage, ses bagages révèle un sens puissant de l'organisation. On sent que, si d'aventure elle devait tenir une grande maison, elle saurait établir un plan de travail, donner des ordres, distribuer les tâches. Elle a même emporté des couverts. Non de vulgaires couverts en bois mais de vrais couverts. Ceux de la maison. C'est bête mais ils me ramènent à l'affaire des fourchettes volées. L'un des scandales du château du temps des Français.

Une discrète enquête personnelle m'avait permis d'identifier la coupable : c'était bien l'épouse d'un ministre. Pour éviter tout esclandre, j'avais demandé à la gouvernante d'opérer sans que sa main tremble. C'est ainsi que Nina s'introduisit dans ses appartements en son absence et que, sur les indications des femmes de chambre, elle subtilisa les couverts pour les remettre à leur place dans la grande armoire vitrée.

La coupable s'en rendit compte dès le lendemain mais n'eut pas le culot de crier : « Au voleur ! » Encore qu'elle était du genre à n'aller au théâtre que sur invitation et à être la première à se plaindre en cas de médiocrité en criant : « Remboursez ! »

Quant à son nom, étrangement, je l'ai oublié.

2
L'illusion

Sur un rocher, le froid monte. Pour nous qui avions toujours vécu ici, l'hiver 1944 fut sans aucun doute l'un des plus terribles que nous ayons eu à affronter. Au-delà de 20 degrés sous zéro, on ne regardait plus le thermomètre. On endurait en silence. Les vieux disaient que les mois d'hiver ne valent pas d'être vécus car ce sont autant de petites morts. Le maréchal était âgé mais il en avait vu d'autres. Il se contenta de déménager de sa chambre dans une autre pièce de ses appartements, plus petite et munie d'un poêle en faïence.

En bas, on souffrait en silence.

Et pourtant, malgré cette promiscuité, deux femmes venaient régulièrement de la ville au château pour s'y consacrer à leur art comme si de rien n'était. Elles en avaient obtenu l'autorisation officielle. Deux Françaises. L'une, la plus petite, avait une allure incroyable : elle portait un pantalon de charpentier et un gros pull de laine. L'autre était plus classiquement vêtue. C'étaient Lucette Destouches et Lucienne Delforge. La première, épouse du médecin, danseuse professionnelle, fermait les yeux en arrivant car les massacres de cerfs fichés dans le mur de la salle Saint-Hubert l'effrayaient; la seconde était une pianiste de métier fort brillante dans bien des disciplines. Elles faisaient leurs exercices de concert, si je puis dire. La galerie portugaise, cette folie de 40 mètres de long, s'y prêtait admirablement car elle était dotée d'un magnifique piano à queue et d'un grand miroir. De quoi compenser l'absence de chauffage. Comme cette salle des fêtes glaciale ne pouvait être alors éclairée qu'à la lumière naturelle, ce qui ajoutait à son aspect lugubre, elles s'entraînaient vers midi. Mme Destouches était toujours de bonne humeur. Son chat Bébert l'accompagnait. Il la regardait s'adonner à ses exercices d'assouplissement puis, pris de lassitude, il s'en allait explorer les couloirs, non sans faire un saut dans la fontaine de Neptune, son pelage ressortant étrangement sur la mosaïque de coquillages, de cristaux et de cailloux bleus.

Le spectacle était d'autant plus réjouissant que, comme me l'avait décrypté Mlle Wolfermann, elles étaient en quelque sorte rivales, l'une étant l'ex-maîtresse et l'autre l'épouse du docteur Destouches. Celui-ci avait d'ailleurs prévenu Lucette de ne pas se rendre à l'invitation d'aller faire une randonnée en montagne avec Lucienne : « N'y va pas, elle va te foutre dans le ravin ! »

À un bout de la galerie, Mme Delforge chantait en s'accompagnant au piano. À l'autre bout, Mme Destouches dansait pieds nus, le plus souvent castagnettes aux doigts, car elle s'était éprise du flamenco au détriment du classique. C'est à peine si les ministres de la Commission gouvernementale leur prêtaient attention lorsqu'ils sortaient de leur salle de réunion attenante à la galerie portugaise ; ils passaient devant elles sans les voir, continuaient à tirer des plans sur la comète, à se donner des rôles et à s'octroyer des postes. Seul le général Bridoux, parfaitement sanglé dans son uniforme, s'arrêtait, grognait des « Dehors ! Dehors ! » non pour les virer mais parce qu'il tenait que la discipline du corps ne pouvait se pratiquer qu'en plein air. Plusieurs fois d'ailleurs, il invita Mme Destouches à danser sur la terrasse gelée, ce qui achevait de donner sa touche fantastique au tableau. Mais avaient-ils jamais eu le sentiment de danser au-dessus d'un volcan ?

Depuis un peu plus de trois mois qu'ils étaient là, les Français s'enfonçaient dans la mélancolie, tandis que les Allemands désespéraient d'en sortir. Les hôtes du château se détestaient tant, ils vivaient si mal cet immobilisme, cette attente, cet ennui, cette angoisse que c'était à se demander s'ils n'étaient pas déjà en train d'expier leur châtiment.

La guerre se rapprochait de nous : Ulm, à 76 kilomètres de Sigmaringen, venait d'être terriblement bombardée ; un déluge de feu avait, semble-t-il, pulvérisé la vieille ville, trouée de cratères par des pilotes qui prenaient la cathédrale comme repère de navigation, ce qui l'avait sauvée du pire — mais pour combien de temps ? En visant les casernes de la Wehrmacht et les usines de camions Magirus-Deutz et Kässbohrer, ils avaient fait des milliers de morts et de blessés, et réduit la ville à un champ de ruines. Telles étaient les nouvelles qui nous parvenaient et rien ne venait les démentir, au contraire. À l'office, nous disposions d'une nouvelle source d'information, et de première main, si je puis dire : un ancien de la Légion des volontaires français contre le bolchevisme du nom de Germinal Chamoin, un personnage particulièrement débrouillard, capable de tout trouver, notamment des médicaments pour le docteur Destouches, auprès de qui il s'était fait infirmier ; or il s'était également institué masseur, et c'est en soulageant de leurs douleurs tant le président de Brinon que sa secrétaire Mme Mittre et le major Boemelburg, qu'il réussissait à en savoir plus que les autres dans deux microcosmes juxtaposés, celui du château et celui de la ville, où chacun brûlait de savoir. Juste savoir ce qu'il en était de la situation tant tous se méfiaient des bulletins de toutes les propagandes.

Oh, il y en avait bien des deux côtés pour s'activer dans la perspective du grand soir. Ils y croyaient encore comme au premier jour. Ceux-là assistaient à la soirée donnée au Deutsches Haus par l'acteur Robert Le Vigan sur « Les poètes de Sigmaringen » quand nous parvint la confirmation de la nouvelle qui mettait le château en émoi depuis quarante-huit heures : la réussite des débuts de l'opération Wacht am Rhein, vaste offensive menée par le maréchal von Rundstedt en Ardenne belge et dans le nord du grand-duché de Luxembourg. À l'office comme dans les étages, nous étions tous suspendus à la radio.

« Pourquoi *Wacht am Rhein*? » demanda un valet, un Français naturellement, sinon il aurait su que c'était l'hymne national officieux du Reich jusqu'à ce que le *Deutschlandlied* ne le remplace.

Il y avait quelque chose de quasi religieux dans le silence du personnel. C'est à peine si, entre deux bulletins d'informations, on entendit l'un des nôtres, Erwin probablement, non pas fredonner mais psalmodier tout doucement :

> *Es braust ein Ruf wie Donnerhall,*
> *wie Schwertgeklirr und Wogenprall.*
> *Zum Rhein, zum Rhein, zum deutschen Rhein!*
> *Wer will des Stromes Hüter sein?*

D'autres le refrain :

*Lieb' Vaterland, magst ruhig sein,
Fest steht und treu die Wacht, die Wacht am Rhein*[1].

Les employés français se regardaient, troublés par une émotion qui leur demeurait étrangère, tout en manifestant une véritable empathie à notre égard. L'office avait rarement été le théâtre d'un saisissement collectif si intense. Depuis quatre mois que nous vivions ensemble, il leur était impossible de rester insensibles à notre désarroi et de se vouloir extérieurs à ce désir de communion. C'est que nous participions à l'un des ces rares moments où se diluent les antagonismes afin que se rassemble ce qu'il y avait d'humain en nous. Cela n'avait rien de politique, et moins encore d'idéologique, et ce n'était même pas une question de morale. Juste une commune volonté de survivre et d'en réchapper. Nul ne songeait plus à tenir son rang.

Mais que souhaitions-nous au juste : la victoire de l'Allemagne, vraiment ? On savait ce qu'elle signifierait. Une guerre totale. Une guerre sans fin. Or nous étions

---

1. « Un cri gronde comme un coup de tonnerre,
comme le bruit des épées et des vagues écumantes :
Au Rhin, au Rhin, au Rhin allemand !
Qui veut être le gardien du fleuve ? »
Refrain :
« Chère patrie, sois calme.
Ferme et loyale est la garde, la garde au Rhin. »

tous pris dans la nasse. Notre solidarité allemande n'avait même pas à être interrogée : elle était, de fait. Nous n'avions plus le choix. Non tant à Sigmaringen, îlot à peu près préservé dans un océan déchaîné, mais ailleurs dans le pays. Au vrai, la population était prise entre deux terreurs : celle de la Gestapo et des SS, ultimes troupes fanatisées du régime, et celle de l'Armée rouge annoncée comme une horde de nouveaux barbares. D'un côté une répression impitoyable, de l'autre viols, pillages et assassinats.

Il y avait des raisons de croire à un retournement de situation. Après tout, en septembre, aux Pays-Bas, les forces britanniques avaient gravement échoué à prendre des ponts à Arnhem, alors que cela leur aurait permis de contourner la ligne Siegfried afin d'accéder plus rapidement à la Ruhr.

L'offensive enflammait les esprits, même si les éclaircies dans le ciel de Bastogne permettaient désormais à l'aviation alliée de multiplier ses sorties. Soudain les réfugiés se permettaient d'envisager leur retour en France. Ils osaient. Ils y croyaient. Les quinze derniers jours de décembre furent, malgré le froid, un moment d'espoir et de grande effervescence pour les Français de Sigmaringen. Ceux d'en bas comme ceux d'en haut. Un ministre (était-ce M. Luchaire ?) donna le signal de la bonne humeur le matin où on le surprit dans les escaliers chantant : « Revoir Paris... ».

Ce qui n'allait pas de soi. Pas encore. Tout triomphalisme paraissait prématuré. La guerre n'avait pas été avare en retournements. Car il fallait plus qu'une victoire tactique pour altérer la noirceur du docteur Destouches. Le dernier pessimiste, c'était lui. La noria des bombardiers, dont les rotations se multipliaient au-dessus de nos têtes, le rendait mélancolique.

Sait-on jamais... À l'office, on se répétait ces mots-là sans préjuger de l'issue. Avec ces simples mots, juste ces trois-là, dans cet ordre-là, on en connaissait qui avaient tenu bon toute une vie.

À la table des ministres, on n'était pas mieux informés mais on voulait y croire.

« Il y aura d'autres coups de bélier, vous verrez.

— Et puis soixante-dix divisions SS et deux millions d'hommes de l'armée de réserve n'ont pas encore été engagés, sans parler des armes secrètes... »

Ah, les fameuses armes secrètes! Les V1, les V2 et toute la suite. Le grand fantasme collectif, la bouée de sauvetage à laquelle tout un pays en partie en ruine se raccrochait dans le fol espoir de détruire l'adversaire. Ils en parlaient tous comme de l'arme miracle, la parade absolue à tous les malheurs de l'Allemagne. Je les écoutais, trois pas en arrière, et je croyais vivre dans un territoire hors du monde; car au même moment, leurs voix étaient partiellement couvertes par le bourdon des forteresses volantes en route pour écraser Stuttgart, Nuremberg, Munich et Ulm sous un tapis de bombes sans la moindre opposition de la Luftwaffe. On pouvait éprouver alors in vivo cet étrange phénomène : la puissance du déni.

M. Déat ne décolérait pas. Il venait d'apprendre que le pamphlétaire Henri Béraud était condamné à mort pour ses articles suintant la haine de l'Angleterre publiés par *Gringoire* tandis que Horace de Carbuccia, patron dudit journal, n'était pas inquiété. « C'est énorme ! » allait-il en répétant dans les couloirs devant des Allemands davantage préoccupés de fêter le solstice d'hiver ou de lire des horoscopes qui n'avaient jamais autant promis de vallées merveilleuses.

Dans cette ambiance d'euphorie retrouvée, alors que les nouvelles des Ardennes faisaient état de combats au corps à corps à Stoumont entre les SS et les parachutistes américains, le château s'apprêtait à vivre un Noël inoubliable. Dans la journée, on avait procédé à une distribution de jouets et de vêtements, une séance de cinéma avait été organisée, mais chacun se préparait surtout pour le grand moment : Lucienne Delforge devait donner un récital dans la galerie portugaise, là même où elle répétait depuis plusieurs semaines. Je l'avoue, ce qu'elle faisait de la musique n'était pas de mon goût. Les échos qui m'étaient parvenus de son concert Bach-Frescobaldi peu avant au Deutsches Haus me confirmaient dans mes réserves. Son éloge de Honegger dans *La France* m'avait paru faible, anecdotique. J'ignorais pourquoi M. Rebatet avait jugé bon de l'insulter au cours d'un concert de bienfaisance, et céder à un pugilat, mais il devait avoir ses raisons.

Mlle Wolfermann avait tendance à la défendre, position que j'attribuais à sa défense de la France tous azimuts. Quand j'affichais mon mépris pour ses « chanteurs », ceux qui se contentaient de pousser la ritournelle, les Sablon, Trenet, Rossi, elle me renvoyait à la figure les chansonnettes de Zarah Leander, qu'elle jugeait « ridicules ». Pourrait-on jamais se comprendre si on ne s'entendait pas là-dessus ? Si deux sensibilités ne s'accordent pas sur cela, le reste ne compte pas.

Le Tout-Sigmaringen se pressait. Les ministres de la Commission gouvernementale et les épouses au premier rang. Seul le maréchal avait décliné l'invitation ; Mlle Wolfermann m'avait confié que, tout à sa mélancolie, il avait promis à ses proches qu'à leur retour en France il les inviterait tous à dîner au Café de Paris... Le docteur Destouches et sa femme en étaient, naturellement. Lui, se souvenait des concerts parisiens où il avait applaudi Lucienne Delforge avant guerre, à la salle Gaveau et à la Salle des concerts de l'École normale de musique. Il disait même que sa manière d'aborder l'*Étude révolutionnaire* de Chopin l'avait aidé à achever un chapitre de *Mort à crédit*, qu'il écrivait alors. Son admiration était intacte. Je l'aurais partagée si la dame s'était contentée de jouer du piano ; mais elle chanta aussi ; alors j'eus la nostalgie du silence.

Un incident se produisit qui me laissa un goût amer dans la bouche. À l'entracte, le premier rang fut troublé par un échange dont la teneur m'échappait ; et pour cause : me trouvant debout au fond de la salle, de manière à conserver un regard panoramique afin de m'assurer que nul ne manquait de rien, j'aurais eu du mal à la capter. Plusieurs ministres se retournaient ostensiblement vers moi, m'adressaient des mouvements de sourcils censés m'interpeller, mais dans quel but ? Plus ils grimaçaient et s'exprimaient à coups de menton, plus je faisais mine de ne pas comprendre. En vérité, je craignais de comprendre et m'y refusais. Afin de mettre un terme à ces clowneries, je me décidai à transhumer jusqu'au premier rang, quelques instants avant que ne reprenne le récital.

« Mais enfin, Stein, vous voyez bien le problème ! Les domestiques, là-bas debout au fond, ils n'ont pas à être là ! Vous comprenez, ce n'est pas leur place.

— Mais c'est une tradition dans cette maison, monsieur le ministre. Cela a été institué par le prince et...

— Le prince, le prince ! Il est à Wilflingen, le prince. Et puis les temps changent, n'est-ce pas ? Alors faites-nous le plaisir de les dégager. »

Il se retourna aussitôt sous l'approbation de ses collègues du premier rang, l'un d'eux applaudissant même du bout des doigts. J'en étais stupéfait. Mais que croyaient-ils donc ? que la musique devait être réservée à une élite dont ils étaient forcément ? En regagnant ma place, je fus attrapé au bras par la princesse Louise von Thurn und Taxis, qui vivait au château ; elle n'avait rien perdu de la vivacité de l'échange et avait remarqué mon état de sidération.

« Savez-vous, Julius, que la magnificence et la galanterie n'ont jamais paru avec tant d'éclat que depuis le dernier bal Hohenzollern ? C'est aussi à vous qu'on le doit. Alors quoi que vous fassiez, surtout, continuez. »

Son encouragement valait soutien. Il me fut précieux car j'étais mal placé pour tenir tête à des hommes que j'avais pour mission de servir. En parcourant les 40 mètres de la galerie, je pris le temps d'un examen de conscience où la morale le disputait à la déontologie. Une fois rendu au bout, il me parut indigne de ne pas résister à une telle injonction. Eussé-je baissé les bras que je n'aurais plus pu regarder mes subordonnés en face, ni affronter la colère d'Oncle Oelker devant une telle démission. Je repris donc ma place parmi les domestiques, qui ne se doutaient de rien. C'est alors que le premier rang m'envoya l'un de mes adjoints français. Dans un grand embarras, il me bafouilla un message d'où il ressortait que je devais prendre des mesures, ce à quoi je me refusai à nouveau en vertu des traditions du château; et comme il avait pour mission d'insister, je me postai ostensiblement devant le groupe des domestiques, bien au milieu, les bras croisés, comme si j'allais faire rempart de mon corps.

Je fus sauvé par la reprise du récital. Lorsqu'il s'acheva, une petite heure plus tard, l'assistance était tellement enchantée de ce qu'elle avait entendu ou écouté, c'est toujours selon, que l'incident semblait oublié. Elle s'égailla dans les salons. Alors que je servais le cognac, je fus hélé par quelques membres de l'entourage du président de Brinon qui se tenaient debout près de la fenêtre.

« Ah, tiens, Stein, vous qui devez souvent assister à ce genre de concert... À votre avis, Furtwängler était-il fondé à prendre la défense de Paul Hindemith quand votre gouvernement a interdit son opéra *Mathis le peintre*?

— Je regrette, mais ne suis pas en position d'exprimer mon opinion, monsieur le ministre. »

Un autre prit aussitôt le relais.

« Dites, par quel mystère en musique le mode mineur est-il universellement identifié comme mélancolique?

— Je regrette mais je ne suis pas en position d'exprimer mon opinion, monsieur le conseiller.

— Dans ce cas, savez-vous quel compositeur a eu

l'idée d'introduire le cor de chasse dans sa messe ? Mais si, parfaitement, messieurs, pour l'*Ave Maria*...

— Je ne suis pas en position d'exprimer mon opinion, monsieur le ministre... »

Le fait est que je ne voulais pas savoir. Surtout face à des gens un rien pervers qui n'avaient d'autre but que de m'humilier, et le personnel à travers moi. J'allais me retirer quand ils m'assénèrent le coup de grâce :

« Dites-nous au moins quel Bach vous préférez : Jean-Sébastien ou son fils, Offen ? »

Rarement des éclats de rire m'ont abaissé, dégradé même, comme ceux qu'ils libérèrent alors, toute gorge dehors. Leur plaisir fut bref, mais leur satisfaction totale. Leurs commentaires en témoignaient : vous voyez bien que la musique doit être réservée à une élite de l'esprit et du goût...

L'un de mes majordomes adjoints me manifesta sa solidarité en me rejoignant près du buffet où je posais mon plateau pour le garnir à nouveau. Il avait observé la scène de loin et en avait saisi l'esprit à défaut de la lettre :

« Qu'ont-ils à se gondoler comme ça ?

— Voyez-vous, Florent, un bon majordome se doit de garder son sang-froid, de ne jamais extérioriser ses sentiments, de ne pas céder à ses impulsions. La maîtrise absolue des gestes et des paroles. Sous contrôle permanent, le sien propre, plus exigeant encore que celui d'un maître.

— Mais que leur avez-vous répondu, monsieur Stein ?

— Rien car la plus grande musique sort du silence. »

Puis ils s'en allèrent tous par petits groupes à la messe de minuit, les ministres français et leurs maîtres allemands bras dessus bras dessous. Tant d'hypocrites parmi eux ! Des gens qui se disent chrétiens alors qu'ils lisent avidement des journaux dans lesquels on écrit v.d.Z. (*vor der Zeitenwende*) c'est-à-dire « avant le tournant d'une époque » pour ne pas avoir à écrire « v. Chr. », c'est-à-dire « avant Jésus-Christ ».

Je restai quelques instants avec des domestiques pour ranger la galerie portugaise. Une heure et demie après, alors que je regagnais ma chambre, je m'aperçus que la porte en était entrouverte. Mlle Wolfermann s'y trouvait, debout devant mon petit bureau, tripotant un paquet de fiches que j'étais en train de rédiger. Elle sursauta à mon entrée et se justifia maladroitement aussitôt :

« La porte était... le courant d'air probablement... la fenêtre du couloir... enfin, j'ai cru que vous étiez là, fit-elle, gênée, esquissant déjà un pas vers la sortie.

— Je vous en prie, mademoiselle Wolfermann. Mais que cherchiez-vous au juste ? »

Il me fallait vérifier devant elle qu'aucune fiche ne manquait, au risque de l'embarrasser davantage encore. Sa curiosité était vive. Elle brûlait de savoir, elle croyait savoir. Ces fiches, c'est sur des ministres, des choses vues ou entendues, du renseignement ou quelque chose comme cela, n'est-ce pas ? sinon pourquoi y passerait-on ses soirées à les noircir en écoutant la radio, monsieur Stein, dites-moi donc ce qui vous retient... Mon premier geste fut de les ramasser, d'en faire un paquet et de l'empocher. Elle était désormais si près de moi que je sentais son souffle, mêlé de ce léger parfum parisien qu'elle n'utilisait que pour les grandes occasions ; apprêtée mais sans affectation, fardée mais pas trop, le regard plein de malice, elle était irrésistible. Elle posa ses deux mains sur les revers de mon habit, paumes bien à plat, qu'elle fit doucement descendre jusqu'à une poche intérieure, spécialement aménagée pour y conserver des plans de table, des listes de manies et autres régimes particuliers à tel ou tel invité. Ses doigts y pénétraient déjà quand elle me demanda :

« Je peux ?... Juste une, au hasard... »

Elle n'attendit pas ma réponse, retira plusieurs fiches du lot et s'empressa d'en lire une à mi-voix tout en restant à portée de mon haleine :

> Affiches concert Haendel : oratorio *Judas Maccabaeus* rebaptisé *Héros d'un peuple*... Hanning Schröder exclu : épouse juive ; joue de l'alto dans un petit théâtre de Berlin... 20 avril 1938 anniversaire du Führer : *Fidelio* à Aix-la-Chapelle direction Karajan... Orchester Berliner Musikfreunde 30 décembre 1941 : 150 ans mort de Mozart : quatre *Danses allemandes* + extraits de *Titus* direction Celibidache...

Interloquée, elle retourna les fiches pour vérifier qu'elles ne disaient pas autre chose que ce qu'elles disaient :

> Départ du violoniste Adolf Busch avec sa famille et son quatuor. Rudolf Serkin, son pianiste, jugé indésirable... Refus de se produire de la cantatrice Lotte Lehmann... abandon du Gewandhaus de Leipzig par Bruno Walter... *Or du Rhin*, scène III, formule magique d'Alberich qui rend invisible : « *Seid Nacht und Nebel gleich*[1]. »

Ce n'était que cela ? Elle n'en croyait pas ses yeux ; je ne me serais pas étonné si elle avait examiné les fiches en transparence au plus près de la lampe du bureau, mais leur épaisseur avait dû l'en dissuader. C'est peu dire qu'elle était déçue : elle s'attendait à tout autre chose. De l'ordre du militaire ou du politique. Elle eut alors une réaction touchante de naïveté, bien dans sa nature :
« Mais... cela n'a rien à voir avec la guerre !
— Détrompez-vous. Il ne s'agit que de cela et de rien d'autre : la guerre. Parfaitement : la guerre, mademoiselle Wolfermann. »
J'avais dû user d'un ton assez grave à mon insu car elle en fut comme saisie. Je commençai à lui expli-

---

1. « Soyez semblables à la nuit et au brouillard. »

quer : le directeur de la musique à Dresde Fritz Busch chassé de l'opéra Semper dès 1933, « chassé » étant bien le mot dans toute sa violence carnassière. Et la récupération par les nazis de l'*Hymne à la joie* et de *Fidelio* en hymne *völkisch*, celle de la marche funèbre du *Crépuscule des dieux* dans les cérémonies officielles. Ou l'épuration à tout-va, la haute main de la chambre de la Culture du Reich sur les nominations et les évictions, le bannissement des Juifs Mendelssohn, Mahler, Meyerbeer, Offenbach. Exclus aussi Franz Schreker, Alban Berg, Anton Webern et Arnold Schönberg. Et derrière toute musique sacrée, dès lors qu'« ils » s'en emparaient, cette volonté sournoise, revancharde, orgueilleuse de paganiser le christianisme. Face à tout cela, la musique n'a pas dit non, mademoiselle Wolfermann, vous vous rendez compte ? La musique n'a pas dit non lorsqu'ils sont allés jusqu'à investir les sociétés d'amis de Bach pour y surveiller la mentalité nationale ou la bonne application de la législation raciale, vous imaginez ? Ces gens-là ne soupçonnaient pas que lorsqu'ils vomissaient sur Mendelssohn, ils vomissaient sur leur propre mère qui fredonnait des romances de Mendelssohn.

Il fallait vivre en Allemagne pour comprendre l'absence de vie musicale digne de ce nom depuis onze ans. Comme si une grande partie de notre intelligence de la musique avait été jetée dans les flammes de l'incendie du Reichstag. Encore que jusqu'à l'Anschluss,

Vienne compensait Berlin. La musique pouvait encore respirer en Autriche. Nos artistes qui s'y étaient réfugiés lui faisaient honneur. Le centenaire de la naissance de Brahms y fut magnifiquement fêté. Après...

Après, le pouvoir mena une guerre contre l'esprit, la sensibilité, l'intelligence, la culture. Voilà pourquoi parler de musique comme je l'entendais, c'était parler de la guerre. Je m'employais secrètement à inventorier les crimes de guerre perpétrés contre la musique dans ce pays depuis 1933. À me faire le conservateur de la mémoire de musiques et de chants appelés à disparaître si le Reich devait durer mille ans, pour que l'on sache un jour à quoi cela ressemblait, le jour où plus personne ne saurait ce que c'était. La musique m'avait tant donné, il me fallait lui rendre. Ne lui devais-je pas d'avoir connu la grâce ?

Je voulais déminer la musique allemande. La dédommager des mauvaises manières que lui avaient infligées les nazis. La reconnaissance de dettes s'imposait. Idée fixe, manie, obsession, névrose, qu'importe : c'était moi en ce temps-là. Son Excellence Otto Abetz devait s'en douter car il avait envoyé un séide fouiller dans mes affaires ; il avait découvert une boîte presque vide intitulée « MTI » que je venais fort heureusement de transférer temporairement dans mon bureau à l'office, moins accessible que celui de ma chambre. Il me suffisait de penser à ma boîte de fiches pour sentir déjà dans ma nuque le souffle des chiens du major

Boemelburg lancés à ma poursuite. Elles ne traitaient de rien d'autre. La guerre, la guerre, la guerre.

Mlle Wolfermann s'était échouée dans le fauteuil pour m'écouter. Elle, toujours si impatiente et si prompte à m'interrompre, cette fois s'en était bien gardée. Les coudes sur les reposoirs, les mains jointes devant la bouche comme en prière, elle donnait l'impression de découvrir une réalité qu'elle croyait ignorée de tous. Elle commençait à entrevoir que mon horizon ne se bornait pas au service d'une grande maison et que la musique ne m'était pas étrangère. Mais était-elle seulement *musikalisch*?

« Ils vous ont humilié tout à l'heure et vous n'avez rien dit, fit-elle doucement.

— Je n'étais pas en posi...

— Je sais. Mais qu'auriez-vous répondu si vous l'aviez été? Le cor de chasse dans la messe?

— C'est Schubert qui a introduit la trompe, et non le cor de chasse! dans sa *Messe en la bémol majeur*, et pas petitement puisqu'il lui a fait sonner le *Sanctus*!

— Mais vous aimez Schubert? »

La question me fit sourire, ce qui ne put lui échapper. Mon dieu, Schubert! Je me sentis soudain comme engoncé dans un ancien moi-même tant elle me ramenait sur les rives de ce que j'avais de plus intime.

« Un vrai gentil, lui. Pas un faible : un homme profondément bon. Incroyable, ce qu'il a pu donner, pour rien, naturellement. Le problème avec la gentillesse, c'est qu'elle est aussitôt prise pour une manifestation de faiblesse, surtout en temps de guerre, et plus encore quand des brutes sont au pouvoir. Quand comprendront-ils que la vraie force est celle qui protège, non celle qui oppresse et détruit? Voyez-vous, mademoiselle Wolfermann, j'aurais pu les entretenir de sa combinaison du *Volkslied* et du *Kunstlied*, de la simplicité de l'un et du raffinement de l'autre. Ou de ce que le voyage chez Schubert a quelque chose de fantastique, de surnaturel et même, osons le dire, de religieux. J'aime son culte de la nuit. Schubert, voyez-vous, mademoiselle Wolfermann, c'est mon autre religion. Mais voilà : je n'étais pas en position de m'exprimer. »

Je m'interrompis un instant, nous servis deux verres de cognac, hésitant à m'ouvrir davantage. Mais c'était déjà trop tard. Je devais aller plus loin, d'autant qu'elle demeurait muette. Comment me confier à elle sans avoir l'air de me confesser? Je ne me sentais pas en faute et je ne voulais pas me justifier. Alors je résolus de raconter, tout simplement : une voix reçue comme un don du Seigneur, le privilège de la voir reconnue très tôt par mon Oncle Oelker, sa résignation et son ouverture d'esprit à la perspective qu'un membre de sa famille échappe à l'ancestrale tradition du service dans les châteaux; mon don pour le chant n'était pas évident, on avait remarqué ma voix à l'école quand je déclamais des poèmes dans la cour, mais l'amour de la poésie allemande l'emportait ; ce n'est qu'à l'armée, lorsqu'un soir j'ai chanté pour les soldats, que j'ai compris en les voyant ensanglotés. Puis il y eut la présentation par Oncle Oelker à un chef de chœur local qui m'enseigna les rudiments, le soutien matériel du prince, des études supérieures de musique tôt engagées, une formation complémentaire à l'école de chant de Cologne, les encouragements de maîtres qui mettaient autant de cœur à recevoir et célébrer qu'à transmettre, et la présence permanente érigée en modèle absolu du baryton Vogl pour qui Schubert écrivit tant de lieder, mes premiers concerts et mes deux enregistrements, la promesse d'une grande carrière, jusqu'à ce qu'en 1933 ma vie prenne un tournant différent. Un soir, à un concert, je refusai de me produire car le piano de l'accompagnatrice était un Bechstein. C'était plus fort que moi, je ne pouvais pas. Comme paralysé par l'effort à fournir. Il était évidemment trop tard pour changer d'instrument. Le directeur de la salle, mon producteur, l'un de mes maîtres, leurs visages m'interrogeaient, m'espéraient, me suppliaient. Or je savais qu'aucun son ne sortirait de ma bouche. Un souvenir atroce. En découvrant ce nom incrusté dans le couvercle au-dessus de la barre de dièse, des images m'avaient assailli : Hélène Bechstein, sympathisante nazie de la première heure, celle qui avait appris à Hitler à se tenir en société, l'avait présenté aux personnalités les plus influentes, celle qui finança le journal de son parti le *Völkischer Beobachter*. En lisant ce nom incrusté dans le cylindre, j'entendais la voix de cette femme l'appeler « Wolf ». Or on ne peut pas transmettre ce qu'on entend à partir d'une phrase obscure. Le visage livide, je me suis enfui de la salle de concerts sans un mot d'explication. Ce soir-là, j'aurais voulu m'échapper par une brèche du temps pour ne pas avoir à m'expliquer publiquement. Il faudrait cesser de voir de la lâcheté en toute fuite : je ne voulais pas me compromettre, voilà tout. Toute une nuit à marcher dans Dresde en ruminant ma position. Une résolution en émergea à l'aube : je ne chanterais plus tant qu'« ils » seraient là. Tout concert public en dehors d'une enceinte religieuse est un hommage au pouvoir qui accorde le droit d'exister à *ses* conditions. Ils apprécient la musique, eux ? Disons qu'ils aiment le bruit qu'elle fait. On pouvait toujours essayer d'assassiner le Führer mais nul ne pouvait l'empêcher d'être fasciné par *Le Vaisseau fantôme*, la mort d'Isolde et le finale d'*Aïda*, de goûter *La Veuve joyeuse* et d'apprécier les lieder de Strauss et de Schubert. Seule la musique aurait pu dire non, mais elle n'en eut pas le courage.

Oncle Oelker tenta de me faire fléchir. Il me rappela la vivacité de l'échange entre Thomas Mann et Wilhelm Furtwängler, l'écrivain s'indignant : Comment pouvez-vous jouer Beethoven au pays de Himmler? et le chef d'orchestre s'indignant en retour : C'est parce que c'est le pays de Himmler qu'il faut justement y jouer Beethoven! Et toi, Julius, qu'en penses-tu? Je crois qu'on peut toujours faire autre chose. Alors, comprenant que ma décision était irrévocable, Oncle Oelker m'apporta son soutien et me confia sa fierté. Le prince également. Ces deux hommes avaient pourtant tout fait pour ma réussite, mais ils étaient les premiers à m'accueillir au château pour me remettre l'habit même de mon père lorsqu'il était majordome général des Hohenzollern. Juste pour me permettre d'attendre selon mon vœu que « ça » se termine. Comment ne serais-je pas fidèle à ces deux hommes qui m'avaient permis d'être en paix avec ma conscience? La musique, le seul art qui à mes yeux aide à croire à la fraternité des vivants et des morts, me rémunérait d'un obscur manque à être. J'avais poursuivi des études supérieures; je m'étais arraché à ma destinée naturelle; j'avais effectué une sortie de route. Le nazisme me ramena à ma condition première.

« Tout ce que je viens de vous raconter, Jeanne, c'est *streng vertraulich...* vous comprenez? strictement confidentiel.

— Pourquoi êtes-vous si secret?

— Ces choses-là m'appartiennent. Et puis, quand on n'a rien à cacher, on n'a plus rien à dire.

— Continuez à m'appeler Jeanne, je vous en prie. »

Le récit l'avait clouée dans son fauteuil. Elle n'osait pas s'en emparer, ni même y toucher. Après tout, secret sonne comme sacré. Un mot enveloppé d'une pellicule invisible. Ma sortie l'avait surprise autant que moi. Il n'était pas dans mes habitudes de me livrer, mais j'avais installé le vide et la lenteur nécessaires pour que les mots puissent libérer une matière silencieuse bien plus vaste qu'eux-mêmes. J'en avais déjà trop dit. La réserve de cognac du général Bridoux y avait aidé. Je remplis les verres à nouveau. Elle le sentit et intervint de crainte que je ne me referme. Il fallait rétablir l'équilibre, ne pas donner l'impression qu'elle prenait quelque chose de moi sans rien m'offrir en échange. Alors elle me raconta ses années d'apprentissage au piano, les coups de règle sur le bout des doigts réunis en bouquet administrés par son professeur, la plantureuse blonde oxygénée Mme Pétito, l'espoir social que ses parents mettaient dans ces leçons particulières qui leur coûtaient, parallèlement au Conservatoire. Pour autant, elle ne se haussait pas du col. Une chose est de faire de la musique, une autre d'être musicien. Elle savait ses limites. L'admiration qu'elle portait à son professeur l'avait longtemps inhibée. Celle-ci lui avait tout donné mais rien transmis. Vous ne pouvez pas comprendre, me répétait Mlle Wolfermann en secouant la tête, car si les Allemands sont peut-être rétifs à la conversation, nous les Français, nous avons des problèmes avec l'admiration car nous sommes toujours dans la position de celui à qui on ne la fait pas, celui qui ne s'en laisse pas conter, comme si nous avions peur de paraître inférieurs, de nous abandonner à l'admiration, alors que cela embellit la vie...

Je l'écoutais passionnément, non que son récit fût extraordinaire, mais il me révélait un pan de sa vie qui m'était inconnu. J'aurais voulu à cet instant précis faire partager mon bonheur à tous ceux pour qui la musique est d'abord ce qui nous aide à être un peu mieux malheureux. Ce n'était pas là ma sensation du monde. Pour avoir tôt perdu mon père je me croyais immunisé contre le malheur.

Nous n'avions jamais autant parlé. Jamais aussi longtemps ni aussi profondément. L'atmosphère de la nuit de Noël n'y était pas étrangère. D'autant que Mlle Wolfermann disait avoir été à nouveau envoûtée par le chantre invisible.

« La musique prouve que la vie ne suffit pas, dit-elle, même si j'imagine qu'on peut préférer la vie aux raisons de vivre. »

Il se faisait tard. Comme je souhaitais vérifier si mes consignes avaient bien été suivies dans le rangement de la galerie portugaise, elle proposa de m'accompagner. Enveloppé dans sa nuit, le château paraissait désert malgré la petite centaine de personnes qui le peuplait. Les couloirs sombres offraient un contraste saisissant avec les terrasses enneigées. Tout n'étant pas disposé à l'identique, je mis la main à la pâte. Soudain une douce musique s'insinua du fond de l'immense salle. Quelques notes de piano esquissées. Mlle Wolfermann renouait avec la jeune fille qu'elle avait été, gauche au début puis de plus en plus assurée. L'écho des *Gymnopédies* se précisa. Son toucher était délicat. Et moi qui la croyais faite pour explorer le monde des sentiments à coups de hache! Je ne m'approchai pas pour ne pas la troubler. Quand j'eus achevé ma tâche, je revins enfin vers elle, la félicitai.

« Vous chanteriez à nouveau sans attendre ? » demanda-t-elle, le regard légèrement ivre, et, prévenant mes réticences, elle enchaîna aussitôt : « Si vous le faites, faites-le pour moi, Julius. »

Un réflexe stupide me fit me retourner pour m'assurer que personne ne nous observait et que nul ne serait témoin de ce manquement à la règle que je m'étais fixée. Nul autre qu'elle. La galerie portugaise faiblement éclairée était déserte. Elle chercha des partitions, je lui indiquai le buffet tout près, non pas le premier tiroir, qui contenait celles des enfants du prince, mais le tiroir du bas, qui n'abritait que les miennes. Elle s'agenouilla, sortit un paquet de feuilles et se mit à y piocher.

« Mais il n'y a que des lieder de Schubert !
— Je vous l'ai dit : mon autre religion. »

Je n'ai jamais eu honte de préférer le lied à l'opéra. Il recèle une pureté cristalline introuvable ailleurs. Le récital de lieder procure des bonheurs sans pareils car il oblige à plonger au cœur de la poésie. Et puis je voulais réparer l'affront fait à Schubert, ses lieder chantés à une grande soirée organisée par Goebbels pour lui et les siens au ministère de la Propagande, où nombre d'artistes lyriques s'étaient précipités à son invitation.

« Guidez-moi, Julius, je m'adapterai. »

Son embarras était compréhensible : Schubert en a écrit près de six cents... Je lui suggérai *An den Mond* ou *Auf dem Wasser zu Singen*, ou encore *Nacht und Traüme*. Des chants qui ont le pouvoir d'ouvrir largement l'âme, toutes passions abolies. Elle soupesa les partitions avec un geste de marchande de poissons, hésita un instant et choisit la dernière, probablement en raison du titre, qui se prêtait à la circonstance. Elle s'affronta à quelques mesures, troublée par la crainte de ne pas y arriver; la musique n'est pas difficile quand on ne sait pas, mais quand on sait, mon Dieu... J'appelai Bach à la rescousse : il suffit de frapper la note juste au bon moment et l'instrument fait le reste, allez, Jeanne, lancez-vous!

Se sentant prête, elle m'adressa un signe de tête. C'est moi qui ne l'étais plus. Je ne sais ce qui me prit alors mais je ne pus m'empêcher de citer le cri de Claus von Stauffenberg au moment de son exécution quelques mois auparavant, son « Vive la sainte Allemagne! », et d'évoquer le sort de ceux qui n'eurent pas sa chance : nombre d'officiers aristocrates mouillés dans le complot furent pendus à des cordes à piano afin que dure leur agonie, le Führer y avait personnellement veillé, avant de finir suspendus par la gorge à des crocs de boucher.

« Ne vous inquiétez pas, Julius. De toute façon, il ne vient pas de Berlin mais de Stuttgart, ce n'est pas un Bechstein mais un Schiedmayer. S'il vous plaît... »

Tout en elle m'implorait de chanter. D'un geste de la main, je lui signifiai : *Sehr langsam*, pour ce qui devait être moins un chant qu'une confidence. Elle vit là une attitude de maître car elle parut alors sage et obéissante comme une disciple. Je fermai les yeux dès les premières notes.

> *Heilige Nacht, du sinkest nieder ;*
> *Nieder wallen auch die Träume*
> *Wie dein Licht durch die Räume,*
> *Lieblich durch der Menschen Brust.*
> *Die belauschen sie mit Lust ;*
> *Rufen, wenn der Tag erwacht :*
> *Kehre wieder, heil'ge Nacht !*
> *Holde Träume, kehret wieder*[1] *!*

1. Sainte nuit ton ombre gagne,
   Avec toi se lèvent les rêves,
   Comme ton clair de lune sur le monde,
   Illuminant les cœurs apaisés des hommes.
   Ils s'en bercent avec délice
   Et s'angoissent du lever du jour.
   Reviens, sainte nuit,
   Revenez, doux rêves.

C'était fini. Lorsque je rouvris les yeux, je découvris son visage humide de la puissance muette de ses larmes. Je les dissipai avec mon mouchoir et la calmai, car à pleurer trop longtemps on risque de rouvrir le passage à ses deuils anciens. Elle demeura un long moment silencieuse face au clavier, les mains reposant sur ses cuisses, le regard fixe, jusqu'à ce qu'elle se tourne enfin vers moi, le timbre voilé par l'émotion :

« C'était vous, à l'église... »

Pour la première fois, sa voix était l'âme faite chair. Une voix de derrière le masque. Je lui répondis que je n'étais pas en position de m'exprimer, mais je le fis avec un sourire dont je veux croire qu'il était plein de malice. Elle éclata de rire tout en essuyant ses joues. Comme je m'emparais de son châle, elle se leva ; je l'enveloppai et la gardai un instant d'éternité dans mes bras avec plus de tendresse que d'amour. Les discrets fantômes de la galerie portugaise furent témoins d'un long baiser.

« Ne rentrez pas trop tard, Jeanne, surtout ne prenez pas froid. »

La vie au château suivait son cours. Mme Hoffmann, scandalisée d'apprendre par les cuisines qu'il manquait des soucoupes, décréta que pour faire pièce aux « mal élevés », comme elle les appelait, l'armoire à tasses serait désormais fermée à clef en permanence.

Pendant ce temps, M. Déat faisait raccommoder son store défense passive et préparer un texte d'ordonnance créant la direction de l'Enseignement...

Tandis que de nouveaux réfugiés arrivaient en ville (on parlait de cinq cent mille personnes à absorber dans le seul Wurtemberg), la bataille des Ardennes se poursuivait. À la table des ministres, il y en eut pour lever leur verre lorsqu'on apprit que les Alliés avaient bombardé par erreur la ville de Malmédy, ce qui avait provoqué la mort de centaines de personnes parmi la population belge et les troupes américaines. Ils se réjouissaient haut et fort, refusant de voir que, si l'hiver était aussi rigoureux pour les deux camps, en revanche la Luftwaffe se retrouvait désormais en état d'infériorité et le ravitaillement des troupes au sol n'était plus assuré, surtout en carburant. Il en fallait davantage pour les inquiéter. Les armes miracles continuaient de former l'ordinaire des conversations aux repas. Sauf que le miracle se faisait attendre. En rédigeant le menu d'un dîner, je fus même tenté d'y inscrire : « V1, V2... », sans oublier la plus terrible de toutes les armes : les représailles.

Ce soir-là, il ne fut question parmi les ministres, leurs épouses et leurs invités que de fusées à longue portée de 120 tonnes et d'une ogive munie de 15 kilos d'explosif, grâce auxquelles il ne resterait plus rien de Londres. La foi dans le Führer était à peu près intacte car il était dissocié de l'effondrement de l'Allemagne.

Ils en étaient à se demander si l'hystérique génie qui dirigeait encore le pays n'était pas un comédien, une doublure.

« Il nous sortira de là, vous verrez ! »

Mais qui était encore prêt à payer pour voir ? Les Français comme les Allemands du château n'avaient plus vraiment le choix, tous également piégés par leur passé, leur engagement, leurs responsabilités. Tous dans la nasse.

Il en fallait davantage pour entamer l'optimisme des exilés. Même la multiplication des alertes aériennes n'y parvenait pas, malgré les coupures de courant. Cinq Mosquito procédèrent à un lâcher de bombes à grande hauteur et grande vitesse qui n'était manifestement pas destiné à Sigmaringen, dont on disait qu'elle devait vraiment être sous la protection de saint Fidelis, patron de la cité. J'organisai aussitôt la transhumance des habitants du château vers les abris de la cour supérieure. Une promiscuité qui ne plaisait pas à tous. Un jeune valet s'autorisa une réflexion qui me mit hors de moi :

« C'est dégueulasse, ici, on se croirait dans les tranchées de Quatorze !

— Les tranchées ? Mais que savez-vous de la sombre lumière de la vie souterraine ? Vous n'avez jamais vécu des mois sous un orage d'acier, les pieds enfoncés dans la boue. Vous ne savez pas de quoi vous parlez! Une seule bombe est-elle tombée sur nous jusqu'à présent? »

La brume noyait les contours du château. Plus je l'observais, plus il m'apparaissait comme une personne, majestueuse, puissante, indestructible. Une forteresse faite homme. En fonction des contrastes du ciel, de ses sourires ou de ses froncements de sourcils, c'était un château ou une forteresse. Sa présence obsédait les Français de la ville quand elle ne les écrasait pas. Mais, ensaché par cette nuit épaisse, il devait les terrifier car il n'avait plus que l'apparence du vide.

La nuit, un silence sépulcral s'abattit sur le château. Un ballet d'ombres hantait les couloirs. Aux fantômes des morts avaient succédé ceux des vivants.

En train

Parmi les voyageurs qui montent en gare de Freiburg, un homme particulièrement élégant, racé, prend place à mes côtés. Un homme à chapeau mou, à la silhouette maigre et sèche, au visage osseux. Nous regardons d'un même mouvement les gens courir en tous sens sur le quai. Une agitation que je retrouve à l'identique à chaque arrêt. Il se penche vers moi, me désigne le chef de gare et me raconte que pendant la guerre il a vu l'un de ses collègues accueillir un convoi de déportés en route pour Theresienstadt ; des affamés au regard exorbité ; et cet homme avait laissé son casse-croûte bien en évidence pour eux, puis s'en était éloigné sans un mot.

Presque rien mais déjà beaucoup. On n'aurait pas osé dire des choses pareilles il y a peu encore.

Nous voilà tous deux à observer la foule à travers la vitre. Certains sont misérables. On voudrait les aider, même si l'on sait bien qu'une bonne action demeure rarement impunie. Il en arrive de partout. On les sent prêts à vendre leur âme en échange d'un peu de lait pour les enfants, d'une torche électrique qui les guiderait la nuit.

On se croirait dans l'un de ces films où la chute d'un pétale suffit à marquer le passage du temps. Je me laisse absorber par la lecture du seul livre que j'ai emporté pour ce voyage en train vers la France, un roman de Thomas Mann. Aussitôt après avoir pris place dans notre compartiment, un vieux monsieur me demande tout à trac :

« Vous aimez ça ? C'est le livre d'un exilé, non ? », et avant même que j'aie pu répondre, il ajoute : « Quelqu'un qui a passé toute la guerre à l'étranger finit par devenir étranger à ce que son pays a de plus intime, de plus *völkisch*, à tout ce qui est profondément allemand. »

Comme je ne relève pas, résigné à ne pas le contredire pour ne pas entrer en conversation avec une personne qui n'est pas mon genre, il croit bon ajouter : « Voilà ce que je pense », ce qui a le mérite de clore l'absence de débat. De toute évidence, il a prêté attention non pas au titre du livre, publié en 1924, mais uniquement au nom de l'auteur et à ce qu'il symbolise.

3
La désagrégation

De la fenêtre du grand salon, j'en voyais à l'aube qui se disputaient un morceau de pain. D'autres cassaient la glace du broc pour se laver. Les œufs étaient comptés, et rare le schnaps.

La population en voulait à ces Français d'amener la guerre dans un coin paisible qui se croyait hermétique à la rumeur du monde. Les réfugiés venus de l'est du pays étaient tenus pour des étrangers; alors les Français! Des touristes dont on ne voulait pas : méchante allure, mauvaise réputation. Leur manque de moyens et les armes que portaient certains d'entre eux avec ostentation n'arrangeaient rien.

N'avaient-ils pas fait de ce paisible village propret une cour des miracles? Aucune tenue. Ils s'abandonnaient. Plusieurs avaient tenté de se suicider deux ou trois fois et s'étaient promis de ne plus recommencer car, chaque fois, cela les rendait malades pour plusieurs mois. Leur maigreur était effrayante. Mais le pire, c'était l'âcre fumet d'ennui qu'ils laissaient dans leur sillage. Un ennui mortel. Ces hommes en loques le traînaient à longueur de journée dans les rues, jusqu'à ramper parfois tant le froid et la faim les rongeaient, semblables à une foule de lémuriens.

La population les désignait d'un mot : *Aziole*. À la fois asocial, mendiant, alcoolique, vagabond et, d'une manière générale, toute personne qui ne voulait pas s'intégrer à la communauté.

Il faut comprendre : cette ville est minuscule. Tous ces gueux la ramenaient au Moyen Âge. On se serait cru dans un tableau de Bosch. Et plus encore depuis que le vent avait tourné. Dans les derniers jours de janvier, l'offensive miraculeuse de von Rundstedt dans les Ardennes avait vécu. Ses troupes, dont les pertes avaient été très lourdes, se voyaient rejetées au-delà de leur ligne de départ. Les Français de Sigmaringen en étaient désespérés.

Un matin, je reçus enfin des nouvelles de mon frère. Juste des précisions sur son sort, je n'en demandais pas davantage. De ces détails qui donnent du crédit à tout récit de vie. Fait prisonnier par l'armée américaine à Cherbourg, où son unité était affectée dans un chantier de fortification, il avait eu le réflexe de jeter ses armes dans un fossé. Grâce au drapeau blanc, il avait échappé à une exécution sur place. Comment s'était-il retrouvé ensuite entre les mains de résistants d'origine alsacienne ? je l'ignore. Toujours est-il qu'ils l'avaient tabassé, martyrisé. Un rapport en faisait état en septembre 1944 près de Châtillon-sur-Seine. La foule les avait écharpés, lui et les camarades de son unité, mais il s'en était sorti. Depuis, il passait son temps à sculpter des pièces d'échecs. Tout plutôt qu'être employé au transport d'explosifs ou aux opérations de déminage. Non comme démineur de mines antichar mais comme appât à 150 mètres en avant des démineurs. Il avait eu beau essayer de s'y soustraire, il y fut tout de même envoyé. Le jour où il m'avait écrit cette lettre, il rêvait d'être muté au désobusage, pour mieux s'évader. Voilà bien mon frère. Mais enfin, il était vivant.

Le *Volkssturm* ne l'avait pas raté. Moi, j'y avais échappé de même que l'essentiel du personnel du château. Disons que nous jouissions d'une certaine protection, non en raison de notre bonne mine mais par le fait que notre présence à notre poste était jugée indispensable par les autorités. Cela n'allait pas de soi en un temps où la mobilisation raflait tous azimuts. Fallait-il que notre dossier fût solide et nos protecteurs bien en cour. Mais je crois pouvoir affirmer que si Son Excellence Otto Abetz était demeuré en fonctions, je n'y aurais pas coupé. J'avais encore l'âge. Malgré cela, nul ne m'aurait jamais cherché, les archives du colonel von Poser, à la Wehrmacht, ayant été détruites sur ordre ; elles comprenaient les dossiers militaires de ses musiciens et interprètes préférés, à qui il voulait épargner toute incorporation. Le prince ayant appuyé ma demande d'exemption de toute la force de sa signature, je passai entre les gouttes, ce qui me valut de faire l'objet de bien des rumeurs. D'avoir pu se soustraire aux levées de masse attirait les soupçons sur soi mais c'était un moindre mal.

À Sigmaringen, on avait procédé à un premier rassemblement en janvier. Je les observais de la terrasse, quelque neuf cents hommes en civil répartis en trois compagnies de milice territoriale, de l'adolescent au vieillard, du notable à l'employé, défilant au pas, perdus entre des haies de Jeunesses hitlériennes féminines. Pour les placer le cas échéant sous le statut de prisonniers de guerre, et leur éviter les rigueurs exposant les civils armés à de graves mesures de représailles, il fut décidé, faute d'uniformes, de les doter d'un système simplifié de grades particuliers et de brassards attestant leur appartenance aux forces armées. Ce qui ne fit qu'accentuer le caractère hétéroclite de cette troupe de bric et de broc. Ah, elle était belle, la race des seigneurs !

L'atmosphère s'était également alourdie à l'office. À voir Hans, notre valet aux allures de Nosferatu, prostré, la mâchoire reposant dans la paume, le regard perdu dans le vague, plongé dans l'abîme de sa vacuité intérieure, correspondant en tous points à l'image que l'on se fait du mélancolique, je compris que l'air était plombé. Au déjeuner, la conversation des domestiques roula exclusivement sur les prénoms. Fallait-il en changer?

Nina, la gouvernante en chef, lectrice pour tous de la presse allemande et française, nous rapporta en effet que les prénoms chrétiens étaient désormais mal vus; quant à ceux tirés de l'Ancien Testament, ils étaient tout simplement interdits; on la croyait sur parole car, que ce soit une question d'éducation ou de génération, elle était versée dans les Écritures. Je me sentais à l'abri, mes parents m'ayant baptisé Julius non par admiration pour les Romains mais plutôt inspirés par les grandes figures de la Révolution française. Mais les autres? La peur du lendemain était telle que chacun se préparait au changement éventuel sans s'interroger sur l'absurdité de la situation. Le pays était à feu et à sang, il s'attendait au pire, et des gens au pouvoir poussaient la population à se demander si, au fond, un prénom nordique, germanique ou païen ne serait pas moins « soupçonnable ». Contre toute attente, Noémi, une jeune femme de chambre venue de Bavière travailler avec nous au début de la guerre, trouva dans son prénom les raisons de l'hostilité que lui manifestaient les hommes de la Gestapo.

« Mais non, voyons! la rassurait-on. Restez comme vous êtes!

— Pourquoi je déplais alors?

— Ce qu'elle dit n'est pas faux, renchérit Nina, toujours prompte à venir à la rescousse d'une femme. Noémi, ça vient de Naomi, n'est-ce pas ? Donc de Nahum, l'un des petits prophètes, je crois. Or dans le vieux Testament, c'est la femme d'Elimelek et la belle-mère de Ruth. Il vaudrait peut-être mieux changer.

— Mes parents ne savaient pas tout ça, je peux vous l'assurer, ils ne savaient rien de ces choses, ma mère trouvait ça joli, ça sonnait français, s'excusa Noémi dans un débit précipité qui trahissait son angoisse soudaine.

— Tant qu'à faire, Heidrun, ce serait mieux, souffla Erwin, suscitant un éclat de rire général, certains se tenant même les côtes tant leur hilarité était grande.

— Ah non, pas ça ! Pas Heidrun ! »

Seuls Erwin et Noémi conservaient un masque grave. Elle baissa les yeux en murmurant :

« Tant qu'à faire... »

La peur s'était emparée de nous sans distinction. Une peur anonyme, sourde, épaisse et sans éclat. La peur d'être dénoncé, la peur d'avoir à se justifier. Encore et toujours prouver non ce qu'on est mais ce qu'on n'est pas. Nul n'osa plus rien dire. Surtout pas commenter l'autre nouvelle du jour : le renvoi d'une gouvernante lorsque fut révélé qu'elle était fille-mère, et son remplacement par une femme dûment munie de certificats nuptiaux.

On en était là...

Le maréchal comme le président poursuivaient leur rituel de la promenade, chacun de leur côté car leurs relations ne s'étaient pas arrangées, mais cette fois dans une neige craquante. Ils croisaient des gens qui en étaient réduits à voler du bois. On entendait la canonnade au loin, à l'ouest.

Le soleil brillait en ce mitan du mois de janvier mais le thermomètre n'en descendait pas moins à 17 degrés sous zéro. De quoi décourager quelques miliciens sportifs de se rendre sur la rive du Danube pour le cross des Français de Sigmaringen, bien que le départ fût donné par Lucienne Delforge. En ville, le moindre incident rapporté par la rumeur prenait des proportions homériques. On ne savait plus qui informait qui dans ce marais où la notion même de trahison devenait absurde; il n'y avait plus de fidélité qu'à sa propre conscience.

D'après Mlle Wolfermann, toujours friande de ce genre de commérages trop français pour moi, la chronique se faisait encore l'écho d'une gifle retentissante assénée en pleine rue par le docteur Destouches à son meilleur ami, Robert Le Vigan, dit la Vigue. Il se plaignait d'avoir été trahi : il est vrai que l'acteur répétait aux intéressés les propos férocement antiallemands du médecin. Il le trahissait contre un ticket de rationnement. Ce qui valait bien une gifle à chuter au sol et la rupture des relations. Mais ceux qui les connaissaient disaient que le jour où Le Vigan tomberait malade, le docteur Destouches se précipiterait à son chevet pour le soigner. Et ce fut le cas.

Nous vivions les premiers moments de 1945 sans la moindre idée du visage que l'année offrirait dans ses derniers instants. Chacun semblait avoir trouvé sa place au château, qu'il fût maître ou valet. Seul manquait à l'appel M. Bichelonne. Son genou broyé accidentellement le faisait tellement souffrir qu'il lui fut conseillé de se faire opérer d'urgence. Alerté, le ministre de l'Armement Albert Speer le fit admettre à la clinique de Hohenlychen contrôlée par la SS ; le docteur Karl Gebhardt, un fameux chirurgien orthopédique, y opérait.

M. Gabolde lisait près de la fenêtre du salon badois de son appartement lorsque Mme Laval, très émue, vint le prévenir :

« Les Hoffmann ont reçu un appel de Berlin leur annonçant la mort de Bichelonne. »

Étrangement, la nouvelle avait mis un mois à leur parvenir de Prusse-Orientale. Une grande tristesse s'empara du clan des ministres en sommeil à la pensée que plus personne ne dirait « je » avec cette voix. On vint me chercher pour aider à retrouver « le chantre de la messe, vous savez bien, Stein, le mystérieux baryton », mais je dus me soustraire à cette mission :

« Chaque homme n'est qu'une note dans la mystérieuse partition du Tout-Puissant... », leur dis-je d'un air résigné — mon retrait poli ne les aida pas à mettre la main sur celui qui, selon eux, saurait donner à cette messe un éclat mérité.

C'est peu de dire que M. Bichelonne était aimé. Pas seulement par les siens. Le service à sa mémoire, célébré dans l'église du château, en témoigna. Pour une fois, le maréchal et le président Laval oublièrent leurs différends et s'y rendirent tous les deux. M. Darnand également, tout en précisant que c'était à titre personnel car nul membre de la Commission gouvernementale ne voulait en être. Les autorités du château eurent le bon goût de ne pas germaniser l'office. Le *Requiem* de Fauré épargna à l'assistance tant l'ouverture de *Parsifal* qui avait présidé aux obsèques du gauleiter Loepper, qu'un mouvement du *Crépuscule des dieux* dans lequel avaient baigné celles de Heydrich. D'après Mlle Wolfermann, qui y assistait, la cérémonie fut le théâtre d'un incident sordide : dans la mesure où il avait hérité à Vichy de son portefeuille de ministre du Travail, M. Déat s'attribua d'autorité l'automobile du défunt, alors qu'elle revenait de par sa volonté à M. Gabolde, son ami et exécuteur testamentaire, lequel dut alors vérifier qu'elle appartenait bien à l'État... De l'avis de tous ceux qui y étaient, l'homme le plus touché par cette disparition inattendue, celui dont les larmes étaient les plus émouvantes, était Paternaud, son fidèle chauffeur.

Ce n'étaient que peccadilles en regard de la rumeur qui entourait les circonstances de sa mort dans un service d'excellence : elle était officiellement due à une embolie pulmonaire, mais certains, du côté des Français, naturellement, accréditaient la thèse d'un assassinat par des SS. À cela près que l'on avait du mal à imaginer quels pouvaient bien être leurs mobiles.

La vie reprit, sans lui. Ce que les ministres « actifs » réussirent à faire sans verser une larme. Un grand souper fut offert au château en l'honneur de M. Epting, l'ancien directeur de l'Institut allemand de Paris, et de ses invités, le soir où il organisa une réunion des intellectuels français en ville. Les autorités locales y assistaient. L'écrivain Friedrich Sieburg aussi, aux côtés du docteur Destouches, de MM. Darnand, Marion, et Rebatet, entre autres, accompagnés de leurs épouses. Afin qu'ils ne soient pas trop déçus par la minceur du menu, un signe des temps, et par l'unique plat de poisson, nous eûmes pour consigne de compenser cette relative disette par un nombre appréciable de bouteilles de vin rouge.

Mais alors qu'à l'étage des valets la confiance dans le Führer commençait à se lézarder, à celui des maîtres on y croyait encore dur comme fer. J'en fus alerté lorsque je surpris Ludwig, l'un de mes adjoints, lancer entre deux services à la figure de Florent une phrase qu'il n'aurait jamais prononcée trois mois avant :

« Et la complicité des puissances occidentales et des chancelleries avec Hitler et sa clique jusqu'à la fin des années 30 ? »

Les alertes aériennes étaient de plus en plus fréquentes. Des dizaines de bombardiers survolaient le château en se dirigeant vers le nord. Il n'était pas rare de trouver dans les caves et tunnels qui constituaient les abris dans le rocher des miliciens en armes planqués avec des femmes et des enfants. M. Rochat, un fidèle du président Laval, était consulté par tous ; car bien que ministre « passif », il se livrait à une activité permanente : l'écoute de la BBC et le suivi de l'avancée des troupes sur une grande carte. Ce qui, je l'avoue, m'intéressait moins que de noter sur une fiche que Herbert von Karajan venait de diriger l'orchestre de la Staatskapelle de Dresde à la salle Beethoven.

Pendant ce temps, quelques étages plus haut, M. Déat, lui, ne se contentait pas de déplorer la mort d'une centaine de bébés de familles de miliciens à Siessen, un couvent transformé en centre de réfugiés à une quinzaine de kilomètres de Sigmaringen ; il flattait le pouvoir à travers Son Excellence Otto Abetz de retour parmi nous, et qui avait fait le voyage de Berlin spécialement pour cette soirée :

« Soit vos dirigeants sont fous et résistent sans espoir, ce qui achèvera de réduire votre pays à un champ de ruines, soit vous tenez en réserve une réplique des plus foudroyantes. Or on sait qu'ils ne sont pas déments. Le syllogisme est imparable. Vous avez donc quelque part en Bohême, qui est une place d'armes idéale pour des contre-attaques de flanc, un grand nombre de divisions, sans doute pourvues d'armes nouvelles. »

Mon Dieu, le syllogisme... Fallait-il que l'orgueil de cet intellectuel l'ait déconnecté du réel pour l'amener à de pareils raisonnements. Il représentait l'archétype de ces ministres qu'on ne sentait guère tentés par le lâcher prise alors que la tournure des événements aurait dû les y inciter; mais non, ils s'accrochaient comme jamais.

Nous vivions les dernières heures du mois de janvier. Seules la SS, la police, la Gestapo se raidissaient sous l'effet de la guerre totale. La population, elle, décrochait malgré la peur d'être dénoncée pour défaitisme. Les femmes étaient enrôlées dans le *Volkssturm* alors que les fausses permissions, tout à fait réglementaires, pullulaient dans la Wehrmacht. Des soldats désarmés traînaient leur désœuvrement en ville, et s'allongeaient dans l'herbe, sans même que la police leur réclame des comptes, ce qui eût été impensable avant. Dans les campagnes, le portrait du Führer était décroché du mur de la salle à manger; on écoutait les radios étrangères; un dimanche fut consacré comme d'habitude au Jour des héros célébrant les morts de la Première Guerre. L'Allemagne commençait à tourner la page tandis que Hitler et les siens commémoraient le douzième anniversaire de leur prise du pouvoir.

J'eus plusieurs fois l'occasion de me rendre au Café Schön à la demande de Mlle Wolfermann, qui s'inquiétait du moral de ses compatriotes et souhaitait prendre le pouls de la France d'en bas afin, le cas échéant, de leur porter de l'aide. Le marché noir y battait son plein car ils manquaient de tout. Des femmes seules y passaient la journée faute de mieux, le regard perdu dans le vague de celles qui rêvent à une aube diaprée sur la place Saint-Germain-des-Prés. Deux jeunes gens qui habitaient l'Hôtel Bären racontaient que la veille ils avaient vu M. Rebatet quitter brusquement la table du petit déjeuner en hurlant de rage et de colère, et se réfugier dans sa chambre pour y pleurer pendant des heures : il venait d'apprendre l'exécution à Paris de l'un de ses amis, le journaliste Robert Brasillach, l'une des plumes les plus engagées dans la collaboration avec l'Allemagne. Plus loin, des consommateurs échangeaient des livres contre du beurre, quand ils ne trafiquaient pas des cartes d'alimentation désormais fixées à 125 grammes de viande, 62 grammes de fromage et 300 grammes de pain de seigle par semaine. En six mois, certains consommateurs avaient eu le temps de prendre leurs habitudes, de trouver leur place, une table où attendre que les chevaliers teutoniques fassent barrage aux barbares de la steppe. D'autres échafaudaient des plans pour se sauver tout en sachant qu'il n'y avait presque plus de trains et que les frontières se fermaient une à une. Des gens minés par l'incertitude, ne sachant plus par quel bout se prendre. M. Bonnard avait perdu sa maman qui, oubliant ses quatre-vingt-seize ans, n'avait pas voulu le laisser partir seul; elle avait fini par s'éteindre dans la petite maison qu'elle occupait en ville, malgré le dévouement du docteur Destouches, à qui elle récitait des poèmes de Marceline Desbordes-Valmore.

Tous avaient l'œil sur les agonies.

C'était le Café Schön du temps où l'on n'y parlait que français. Le docteur Destouches y passait, toujours entre deux visites, de plus en plus soucieux de quitter à tout prix une ville qu'il jugeait maudite. Des promeneurs du château disaient l'avoir souvent croisé avec sa femme sur les chemins; ils s'entraînaient à marcher dans la neige dans la perspective de passer clandestinement en Suisse. Ce qui était naïf et illusoire. M. Bickler, qu'il avait connu quand celui-là dirigeait les Renseignements allemands pour l'Europe occidentale, lui conseilla de gagner le Danemark au plus tôt. Il s'entremit auprès des autorités pour leur obtenir *Ausweise* et visas. Leurs passeports pour étrangers avaient expiré en décembre. Non seulement le major Boemelburg les leur renouvela, mais il leur obtint tous les papiers nécessaires pour traverser l'Allemagne.

Au château, les manœuvres politiques allaient bon train. M. Doriot semblait le mieux placé pour l'emporter sur les autres et prendre en main le destin politique de la France en exil. Il n'était question que de lui, de ses intrigues, de ses espions en ville, de ses camps d'entraînement au bord du lac de Constance, de sa station de radio, des maquis blancs qu'il constituait dans le plus grand secret pour les parachuter en France occupée. Il était devenu l'homme de la situation, celui que Berlin soutenait désormais, aux dépens de M. de Brinon et de M. Déat, pour ne rien dire du maréchal et du président, déjà liquidés dans son esprit. J'en eus un aperçu en surprenant l'un de mes valets nettoyant l'argenterie du grand buffet avec une femme de peine sans se douter de ma présence dans la pièce. Il sifflotait un air qui ne me disait rien, ou qui, en tout cas, n'appartenait pas au répertoire classique. Et quand son aide lui demanda s'il connaissait les nouvelles paroles de la chanson, il fanfaronna aussitôt :

> *Ah ça ira ça ira ça ira*
> *Les Pétain Laval à la lanterne*
> *Ah ça ira ça ira ça ira*
> *Les Pétain Laval on les pendra.*

Un matin, on annonça la venue de M. Doriot au château pour une réunion de la plus haute importance qui devait justement donner corps aux rumeurs. Une nouvelle tragique vint à sa place : sa voiture avait été mitraillée par deux chasseurs de l'aviation alliée. Il avait été tué sur le coup ainsi que son chauffeur. Les pilotes savaient-ils qui se trouvait dans cette voiture ? Et, dans ce cas, qui avait renseigné leurs chefs ? Pendant plusieurs jours, ce ne furent que spéculations. Cette atmosphère de règlements de comptes ne fut suspendue que le temps de ses obsèques. Organisées avec une pompe solennelle à Mengen, elles donnèrent à ceux qui y assistaient le sentiment qu'avec leur chef ils enterraient la chimère d'un fascisme à la française. Ce jour-là, ils perdirent tout espoir de restauration et toute illusion sur leur avenir. Pour les plus lucides, c'était fini.

Autant l'avouer : à l'office, le personnel allemand n'éprouvait pas la moindre compassion pour leurs états d'âme. Nous nous fichions bien des informations, consignes et directives que M. Doriot était censé révéler à cette fameuse réunion au château :

« Que les asticots se délectent de ses secrets ! » commenta même l'un de nous.

Nous étions tous suspendus à l'écoute de la radio, de plus en plus parasitée, incrédules et hébétés d'apprendre que Dresde avait été écrasée sous un déluge de bombes sans précédent et que Pforzheim avait été rayée de la carte. Erwin ne put s'empêcher de briser le silence d'un mot, un seul :

« *Coventrieren.* »

Tous échangèrent des regards sans en rajouter. D'autant que Dresde était davantage une ville de musées que d'usines. Chacun se comprenait. Sauf Jeanne, qui m'avait rejoint. Elle m'interrogea d'un mouvement de tête.

« C'est un mot né de la guerre, murmurai-je à son oreille. Vous vous souvenez du bombardement de Coventry par la Luftwaffe en 1940 ? De la terreur pure. Voilà la monnaie de la pièce. Ils sont en train de nous "coventriser" même si ce n'est plus vraiment nécessaire. »

Et tout en lui parlant, je songeais au temps où nul ne saurait plus ce que ce mot pouvait bien signifier. Avant de repartir pour le service, je voulais lire un journal que j'avais récupéré dans la poubelle d'un ministre. Non qu'il fût dans mes habitudes de faire les poubelles. Mais j'avais vu le ministre entrer dans une grande colère à la lecture d'un article, faire du journal une bouillie et la jeter rageusement à l'autre bout de la pièce. Il en fallait moins pour m'intriguer. Je l'avais donc emporté et consciencieusement repassé au fer. Quand je revins à mon bureau, il avait disparu ; j'eus beau retourner les tiroirs, il demeurait introuvable. À l'office, je vis Florent occupé à le lire à haute voix à deux femmes de chambre :

> *Où est ma cinquième colonne*
> *Seigneur Bergery m'abandonne*
> *J'ai ni Morand ni Chardonne*
> *J'ai vu mourir mon Bichelonne*
> *Où sont mes sbires d'autrefois*
> *C'est déjà la fin de la farce*
> *Où ma garde s'est-elle éparse*
> *Ma cour de nervis et de garces*

Où sont dispersés mes comparses
Où est Darquier de Pellepoix

Qui noircira mes paperasses
Hélas Massis hélas Maurras
Tous mes beaux encriers s'encrassent
Drieu n'a pas laissé de traces
Ajalbert a fui dans les bois
Céline est caché sous les cendres
Lesdain si doux Béraud si tendre
Laubreaux toujours prêt à se vendre
Où sont-ils Va-t-on me les rendre
Où est Darquier de Pellepoix

Quoi la combine n'est plus bonne
Paul Chack Platon Chiappe Carbone
Bony le colonel Labonne
Philippe Henriot Plus personne
Où est Bonnard ma fleur des pois
Où sont Taittinger Renaitour
Ô Lagardelle ô mes amours
Quand donc reviendront les beaux jours
Et de Montoire et d'Oradour
Où est Darquier de Pellepoix

Qu'Hitler qui me juge et me voit
Réponde à ce vieillard sans voix
Jusqu'ici fidèle à sa voie
Dans les fourgons de ses convois
Qui vers la honte s'échelonnent
J'ai mis ma confiance en toi
Où sont-ils mes tireurs des toits

Mes panthères et mes putois
Tous mes Darquier de Pellepoix
Où est ma cinquième colonne?

D'autorité, Mlle Wolfermann s'empara du journal. Elle esquissa un léger sourire dans lequel on aurait eu du mal à démêler la satisfaction de la morgue :
« C'est un poème qu'Aragon a publié dans *Les Lettres françaises*. Et ça s'intitule "Les neiges de *Sieg*maringen" », dit-elle d'une voix neutre, mais en appuyant sur le « ça » de manière à bien le réifier et sur la première syllabe, délibérément fautive, du nom Sigmaringen, en y mettant tout son mépris[1].

Elle murmurait par-devers elle : « Cinquième colonne... cinquième colonne... » tout en soupirant et en haussant les épaules. Le temps était à la nuance. C'est tout ce qui nous restait.

Mars était là déjà. Un mois de gagné dans une course que je pouvais suivre sur la grande carte d'état-major hérissée d'épingles que le maréchal tenait à jour sur les murs de ses appartements. Un mois de plus, mais pour combien de temps encore? Pour Mardi gras, la cuisinière eut la bonne idée de distribuer des gaufres à volonté. Il y en eut pour se déguiser et mettre des masques. Pas moi : je le portais déjà.

---

1. *Sieg* signifie « victoire ».

La solitude favorisait l'introspection. Comment avez-vous réagi en 1933 ? Voilà la seule question que tout Allemand aurait dû se poser avant de la poser aux autres. Je pensais au général von Hammerstein, chevalier de l'ordre de la maison Hohenzollern et chevalier de l'ordre de Malte : il avait quitté l'Association de la noblesse quand elle fut prise d'une frénésie d'épuration visant à exclure ses membres insuffisamment aryens. Pas un seul nazi dans sa famille. Rare, non ? Moi, en 1933, je m'étais senti, comme tant d'autres, impuissant. Opposer la moindre résistance à cette machine avait dépassé mes forces. Je m'étais senti capable de renoncer à chanter en public, à me produire dans leur système, à jouer le jeu, à entrer dans cette danse de mort, mais pas plus. Peur ? Bien sûr que j'ai eu peur des conséquences si les ressorts de ma décision venaient à être connus. Qui n'a pas été gagné par la peur hormis ceux qui l'infligeaient ? À défaut de cesser d'obéir, ce qui eût été pour moi la forme première et dernière de la résistance, je mettais un point d'honneur à ne jamais inspirer la peur à qui que ce soit.

Les Lancaster de la RAF venaient de lâcher mille tonnes de bombes incendiaires sur Wurtzbourg, des tempêtes de feu dévastaient la ville qui n'était plus que ruines et désolation, mais les gens continuaient à travailler. Je ne voulais même pas me demander s'ils y croyaient encore car je savais qu'ils étaient avant tout gouvernés par la peur. Terrorisés, désespérés, mais encore obéissants. En fait ils obéissaient à mort. J'ai entendu un jour à table le baron Kurt von Hammerstein dire que la peur ne pouvait tenir lieu de vision du monde. Mais qu'avons-nous eu d'autre à opposer depuis 1933, quand on voulait s'opposer, qu'une peur épaisse, gluante, poisseuse, indigne, qui ne fit qu'augmenter à proportion de la terreur qu'ont inspirée les maîtres de ce pays ?

Moi aussi, j'étais miné par l'obéissance.

Ma vie privée ne m'appartenant plus, il me fallait me retirer dans l'arrière-salle de ma conscience, céder à la tentation de l'isolement et du retirement. Je n'allais pas fuir dans l'illusion mais cloisonner à l'intérieur de moi-même, empiler des sacs de sable et dérouler des chevaux de frise à la frontière entre mes vies. Mon pays était devenu un cauchemar, une horreur, un scandale moral, mais c'était le mien. Imperturbablement francophile, je n'en demeurais pas moins viscéralement allemand. On ne transige pas avec son histoire, on ne négocie pas avec son âme : on s'accommode en attendant. On comprendra que la question n'était donc pas de savoir si j'aimais encore mon pays depuis qu'il avait cessé d'être aimable. J'entendais respecter ma propre histoire tout en sachant que, de toute façon, et depuis longtemps déjà, la culture allemande avait perdu sa guerre contre le Reich allemand.

Pendant les pauses, Mlle Wolfermann me rejoignait

dans ma chambre, plus vaste et mieux chauffée que la sienne, de surcroît équipée d'un électrophone. Ce n'est que dans ce cadre-là que nous nous autorisions à nous appeler par nos prénoms. Elle choisissait le disque, tout en sachant que je pouvais tout écouter à l'exception de ma propre voix, mes deux enregistrements de lieder de Schubert. Et, enlacés sur le lit, son visage lové dans le creux de mon bras, nous parlions avec une liberté absolue. De cette situation vécue dans toute sa simplicité, nous étions pourtant ravis comme on le dirait d'un rapt divin. Seule cette intimité autorisait nos rares moments de vérité. Mais de quel homme était-elle vraiment éprise : l'omniprésent majordome du château ou l'invisible chantre de l'église ?

Mes visites à l'inconnu du dernier étage l'intriguaient. Je dus dévoiler un secret qui n'en était pas un : Oncle Oelker et ce qu'il représentait pour moi. La force de notre lien me le permettait, mais pas seulement : il y avait en elle une sincérité qui me touchait ; quand elle ne savait pas, elle disait son ignorance, à l'opposé de tous ces gens qui promènent des silences complices avec l'air d'en savoir long. Et dire qu'elle le prenait pour la taupe des gaullistes...

Désormais, elle était la seule auprès de qui je pouvais m'ouvrir de mes inquiétudes pour la santé de mon oncle. Son état moral m'alarmait. La veille encore, j'avais passé un long moment à parler avec lui. Il ne m'avait jamais paru aussi désenchanté. Dans sa manière bien à lui de s'exprimer parfois de façon codée, il disait se préoccuper de la situation « avec un souci brûlant ». Il professait une admiration intacte pour Walther Rathenau, un authentique homme d'État et non un politicien, la figure la plus inoubliable de la république de Weimar et pas seulement parce qu'il fut assassiné; par moments, j'avais l'impression que son horloge intime était restée bloquée en 1923, qu'il considérait comme l'année cruciale et démente, celle où tout s'était noué pour le meilleur et pour le pire.

« Vois-tu, Julius, le paradoxe que les vainqueurs auront du mal à comprendre, c'est que les Allemands peuvent être atrocement inhumains ensemble, mais que l'Allemand peut être d'une grande humanité lorsqu'il est seul. Une telle vérité ne sera pas audible avant longtemps, je le crains », déplorait-il avec des accents prophétiques où le sage en lui se faisait de plus en plus sombre.

Tout dans l'expression de son visage disait que, de quelque manière que l'on considère la perspective dans le paysage de sa propre vie, le point de fuite dirige vers la mort. Au vrai, je craignais que la tristesse ne le pousse à une forme de suicide doux et qu'il se laisse tout simplement mourir, plus rien ne l'attachant ici-bas. J'avais beau le prévenir que l'issue était proche et que le moment viendrait où les princes réintégreraient le château, il semblait ne plus croire en rien.

« Il faut être solidaire de tous ses âges et respecter son calendrier intérieur. Quand vient décembre en soi, il faut en prendre acte », disait-il tout doucement en fixant le sol des yeux, ce qui était signe que je devais me retirer.

Jeanne, elle aussi, avait son « Oncle Oelker ». La santé du maréchal la préoccupait d'autant plus qu'il n'avait toujours pas de médecin à ses côtés depuis l'éviction du docteur Ménétrel et son refus de tout successeur, fût-il français. Mais le vieil homme était solide. Plus que jamais, elle l'admirait, de toute évidence. Il ne faisait aucun doute dans son esprit que le prisonnier finirait par revenir en France pour s'y expliquer et y être réhabilité. Étant dans l'ignorance des mœurs politiques de ce pays, et n'y ayant pas vécu la guerre, je me sentais bien incapable de porter un jugement. Je me contentais de croire en elle qui croyait en lui. Mais pour les autres, ceux de la Commission gouvernementale, sa sévérité était sans mélange :

« Ces gens ne sont plus de saison et ils ne s'en rendent pas compte... »

De temps en temps, Jeanne et moi nous nous postions à la fenêtre de ma chambre et nous passions de longs moments ainsi, côte à côte, main dans la main, le regard perdu dans le paysage. S'inquiéter seul, c'est précipiter l'angoisse ; mais s'inquiéter à deux, c'est déjà se consoler. De loin, on reconnaissait certaines silhouettes, on croyait en reconnaître d'autres. Celle de l'homme-poubelle sans guère de doute. À cette distance, on ne l'entendait pas mais, à la façon dont il houspillait les passants, on devinait qu'il leur annonçait la fin du monde.

On scrutait le départ des promenades en forêt ; elles relevaient de l'exploit, entre les tempêtes de neige, les préalertes et les alertes. Mais on savait que pour les gens d'en bas elles faisaient fonction de baromètre politique. Les Français les suivaient, les épiaient même car ils avaient la hantise de voir le maréchal et les ministres quitter définitivement le château. À croire que leur seule présence les protégeait et que leur départ serait interprété comme un abandon. Le fait est que le maréchal et son épouse se promenaient toujours, mais par mesure de sécurité leur périmètre avait été réduit aux terrasses et au chemin de ronde.

M. Déat pouvait bien lire *La Henriade* à la bougie, se plaindre qu'un inconnu avait pris un bain interminable avant lui sans lui laisser une goutte d'eau chaude, accuser publiquement le président de Brinon de trahison, se faire offrir un superbe bureau de bois blanc pour son anniversaire, prendre une option sur les appartements du président Laval parce qu'ils avaient été autrefois ceux de Guillaume II, se préparer à se réveiller chaque matin entre des murs tendus de velours de Gênes et se coiffer dans le grand miroir en cristal de Venise, montrer fièrement à ses visiteurs un buste de bacchante en bronze signé Carpeaux, trouvé à Constance et ayant appartenu à Napoléon III, que les militants de son parti venaient de lui offrir après un discours, après tout, ce n'était pas moins ridicule que la bonne se lamentant de la disparition de pièces de l'argenterie du grand service.

Lucienne Delforge et Mme Destouches continuaient à fréquenter ensemble la galerie portugaise, l'une pour ses répétitions de piano, l'autre pour ses exercices de danse. Comme j'y croisais celle-ci quelque temps après les horreurs de Dresde, je ne pus m'empêcher de lui parler de Gret Palucca.

« Quel dommage que vous ne l'ayez jamais vue danser...

— Gret Palucca ? Celle qui a exécuté un solo-valse aux jeux Olympiques de Berlin ? Ses fameux sauts, ça doit être quelque chose.

— Les autorités ont fermé son école de danse de Dresde juste avant la guerre ; en fouillant, ils lui ont trouvé des origines juives. Maintenant, de toute façon, il n'en reste plus rien. La radio dit que le bombardement a pulvérisé le bâtiment. »

Pendant que Mme Destouches s'assouplissait face au grand miroir, son mari étudiait la topographie du Pays de Bade à la bibliothèque du château. Cette pièce n'avait jamais autant été fréquentée par des amateurs de géographie. M. Bracht s'en amusait mais se prêtait au jeu, aidant les uns et les autres à décrypter l'ouvrage le plus demandé : le recueil des cartes topographiques anciennes, sur lesquelles certains faisaient des repérages pour trouver des chemins inconnus, voire un tunnel secret menant à la Suisse. Jamais autant de Français n'avaient eu dans l'idée de s'y réfugier. Bâle, terre promise. Le docteur Destouches assurait à qui voulait l'entendre qu'il aimait la Suisse alémanique car il y voyait une Allemagne innocente. Mais M. Bracht, comme tout natif de Sigmaringen, n'était guère sensible à cette poussée d'helvétolâtrie : ici, on n'oubliait pas que Fidelis, le saint patron de la ville, y était mort en martyr sous les coups des calvinistes, ce qui laisse des traces. Le docteur Destouches s'en moquait bien. Les Suisses, il les appelait affectueusement « les Guillaume Tell ». Le Genevois Paul Bonny, correcteur à *La France,* lui avait prêté une carte telle qu'on en trouvait dans les stations-services. Il l'étudiait comme si on pouvait trouver des points de passage pour traverser le Rhin sur une carte de la Deutsch-Amerikanisch Standard Oil. Il n'avait qu'une idée en tête, qui tournait à l'obsession : fuir, fuir, fuir.

Pendant ce temps, l'entrée des Alliés dans Cologne se confirmait. L'étau se resserrait chaque jour un peu plus.

La pression était telle qu'elle donna des ailes à ce couple que Jeanne n'appelait jamais autrement que « les Céline ». Le jour de leur départ, nous nous trouvions à la gare, elle et moi, pour y accompagner Noémi, ou plutôt Heidrun comme il convenait de l'appeler désormais, mais je ne m'y faisais pas; la maison de sa famille à Augsbourg ayant été pulvérisée par une bombe, elle avait été autorisée à rentrer chez elle, ou ce qu'il en restait, à la recherche des survivants. Nous l'avions sentie si fragile et si vulnérable que nous avions tenu à lui apporter le réconfort d'une présence sur le quai. Au moins emporterait-elle cette image avec elle, si elle ne devait jamais revenir.

La gare de Sigmaringen, je n'y avais pas mis les pieds depuis des mois. Elle offrait un spectacle saisissant. On eut une édition illustrée de l'*Enfer* de Dante. Plus on y progressait, plus ses cercles nous faisaient entrer dans la folie. Ça hurlait de partout. Des soldats, des femmes, des enfants, des vieillards. Ceux qui essayaient de sauter sur le marchepied d'un convoi en branle en étaient aussitôt chassés à coups de crosse par les gardes. Les quais étaient noirs de monde; des gens campaient à même le sol, depuis des semaines probablement, dans les salles attenantes. Une odeur putride agressait dès l'arrivée et ne lâchait plus le visiteur; les senteurs des ordures, de la vieille nourriture, de la transpiration, des médicaments, des vêtements sales, du tabac froid s'y mêlaient au parfum entêtant de la mort qui rôde. Pour tuer le temps, il y en avait qui jouaient aux cartes, d'autres qui pesaient au trébuchet la valeur des dernières rumeurs en provenance de Paris. Fusillé, l'amiral Platon? Peut-être. Darquier de Pellepoix? Sûrement pas, trop malin. Suicidé ou abattu, Drieu La Rochelle ? Suicidé, plutôt, ça lui ressemblait bien, ce ne serait pas la première fois. La Gestapo était omniprésente, et ce qui restait de la Milice en supplétif. Les ordres étaient formels : nul ne pouvait quitter Sigmaringen sans un *Ausweis* spécifique, doublé d'une autorisation écrite du major Boemelburg pour les habitants du château. Mais la gare étant le lieu de tous les trafics, des plus espérés aux plus inattendus, on pouvait même, si l'on savait s'y prendre, s'y procurer le fameux sésame à la barbe de la police. Jamais comme ce jour-là la gare me fit penser à une église. Car c'était ici, et nulle part ailleurs, que des milliers d'hommes et de femmes espéraient leur salut. Ils se seraient damnés pour une place dans un train.

La nuit allait tomber. Soudain je reconnus au bout du quai le docteur Destouches, sa femme et leur chat, inséparable trio accompagné de l'infirmier Germinal Chamoin, préposé à leurs 200 kilos de bagages. Un sage ne disait-il pas que, lorsqu'on ne sait pas quelle est la vie après la mort, il vaut mieux emporter du linge propre ? Ils avaient tous leurs papiers en règle, même le félin, je suppose. Bébert, ainsi que le docteur l'appelait à tout bout de champ, revenait de loin. Très exactement de chez l'épicier, qui s'était attaché à lui au point de le nourrir gratuitement quand il ne le faisait pas pour des nécessiteux. Le couple le lui avait confié pour qu'il ait la vie sauve, mais Bébert n'avait pas supporté. Il avait brisé la vitre, sauté dans la rue, traversé la ville et les avait rejoints à la gare, le pelage truffé d'éclats de verre.

« Où allez-vous, docteur ? lui demandai-je bêtement.

— Me promener dans l'hitlérie assiégée ! »

Son itinéraire était balisé sur un méchant papier qu'il sortit de sa poche : Ulm, Nuremberg, Göttingen, Hanovre, Flensburg... Enfin, le Danemark. Son idée fixe depuis que la Suisse lui était apparue inhospitalière, fût-elle alémanique. Un comité d'amis l'entourait pour la cérémonie des adieux. On pouvait y reconnaître M. Bonnard, M. Rebatet, le docteur Jacquot et l'acteur Le Vigan avec qui il s'était manifestement réconcilié. Le docteur Destouches était très fier de son passeport et de ses visas ; il le dépliait, l'exhibait, le promenait sous leur nez, insoucieux de l'envie qu'il pouvait susciter. L'homme qui lui avait sauvé la vie, celui à qui il devait d'en réchapper — provisoirement, car rien n'était définitif en cette période où tout jugement était suspendu et menaçait de s'abattre —, cet homme venait de le rejoindre sur le quai pour s'assurer que tout allait bien. Le docteur Destouches tint à nous le présenter alors que les circonstances ne s'y prêtaient guère. Je crus comprendre que durant l'Occupation, il venait souvent dîner chez le couple à Montmartre et qu'il lui fournissait des bons d'essence pour la moto. Ce qui ne faisait pas oublier sa qualité première telle que son uniforme l'annonçait. Un colonel SS. Le docteur lui donnait chaleureusement du « Hermann ». Quand elle le reconnut, Jeanne s'agrippa à mon bras, crispa ses doigts et esquissa un mouvement de recul qui m'entraîna avec elle.

« C'est Bickler, j'en suis sûr, je le reconnais. Cet homme a été le *Kreisleiter* de Strasbourg, le chef de district du Parti. La germanisation des noms, des rues, des écoles, de l'administration, c'est lui, et à outrance ! Une vraie haine de la France », murmura-t-elle à mon oreille, ce qui n'échappa pas au colonel mais devait combler son ego, lui si fier d'inspirer la terreur et si sûr de déceler une pointe d'admiration dans cette remarque.

Ils se dirigèrent vers le même wagon que Noémi. Autant dire qu'ils s'y précipitèrent tant ils craignaient de ne pas y trouver de place, fût-ce debout. Leur train était l'avant-dernier à quitter Sigmaringen. Après, il était certain que les Américains couperaient la ligne. Tous les Français qui restaient se savaient piégés comme des rats. Presque tous.

En rentrant au château, je profitai de ce que Jeanne devait faire quelques achats pour prendre le pouls de la ville, bavarder avec les habitants. Des commerçants et des employés surtout, ainsi que l'instituteur. Leur fatalisme m'impressionnait. On ne les voyait pas se dresser contre l'avis du ciel. Pas de révolte en eux, juste l'ardent désir que tout cela s'arrête, même si la fin des combats ouvrirait sans aucun doute une période d'incertitude. Beaucoup craignaient de n'en avoir pas terminé avec la violence. Les plus âgés se souvenaient de ce que cela peut signifier d'être vaincu et occupé. L'un d'eux disait que la vraie souffrance est celle que l'on redoute, et je savais déjà que j'aurais du mal à me débarrasser de cette idée, qu'elle me hanterait pendant des jours, tout autant que la vision de ces maigres silhouettes traînant leur ennui par le regard et leur enfant par la main, certains allant même pieds nus. Leur seule présence attristait les parcs quand bien même ceux-ci étaient baignés de soleil.

Je quittai le petit groupe pour m'approcher du gueux que les Belges appelaient Philippulus. Arc-bouté sur une poubelle dans laquelle il lisait les journaux comme à son habitude, il leva les bras au ciel lorsqu'il sentit ma présence :

« Toutes les infirmités ne se voient pas à l'œil nu. Voici venir la fin du monde, la fin des temps ! le châtiment et la pénitence pour tous et pour chacun ! et pour les rescapés, toutes les fièvres et les maladies ! »

Puis il baissa d'un ton en s'approchant de moi :

« Savez-vous ce que m'a confié le docteur Céline ? Le cœur ne ment jamais : il dit ce qu'il est à qui l'écoute... Extraordinaire, non ? Alors prions sainte Rita, patronne des causes désespérées !

— Vous devriez vous abriter sinon vous allez mourir.

— Mourir ? mais c'est d'un médiocre... »

On le sentait prêt à chercher les passages secrets

menant de l'ombre à la lumière, mais pas près d'en sortir. Son beau regard bleu était gonflé d'inquiétude. Celui d'un lapin pris dans les phares d'une voiture. En les observant lui déposer un ticket, une pièce, un vêtement, je me demandais si les Français d'en bas n'en avaient pas fait leur dérisoire mascotte. Et quand je lui demandai s'il comptait rester là encore longtemps, il me répondit :

« J'attends le cancer ou les Alliés.

— Vous êtes malade ?

— À Paris, la Faculté m'a annoncé des métastases. Et la radio nous promet les Nègres coupe-coupe et les Arabes coupe-gorge pour bientôt. Alors j'attends et que le meilleur gagne ! »

À l'office, l'ambiance se crispait à mesure que les troupes alliées se rapprochaient. C'était la peur d'avant la panique, non parmi les domestiques français, qui plaçaient le service au-dessus de tout engagement et la fonction au-dessus de tout esprit partisan, et s'en croyaient quittes pour autant, mais parmi les Allemands : ils craignaient d'être désignés coupables sans autre forme de procès en raison de leur seule qualité d'Allemands.

Mme Bachmann mettait un point d'honneur à servir une cuisine d'une qualité au moins égale à ce qu'elle avait été au début de l'automne, bien qu'elle manquât d'ingrédients et de produits. Nous vivions pourtant à la campagne, mais cela ne suffisait plus. Nina ne renonçait pas à conquérir le cœur sinon le corps de Mlle Wolfermann, qui s'en amusait sans la décourager. Quant à Hans, sa *morbidezza teutonica* lui avait coupé la parole. Quand il consentait à parler, c'était pour évoquer l'énigmatique suicide des lemmings du haut des falaises, ce qui m'inquiétait car, à force de s'enferrer dans sa mélancolie, on finit par courtiser la mort. De plus en plus sombre, l'œil épineux, le souffre-douleur du personnel parlait des rongeurs à défaut des Sénégalais de l'armée française, son véritable sujet de préoccupation. Il est vrai que depuis l'occupation militaire de la Ruhr, nous, les Allemands, qui avions été frappés par la quantité d'Africains dans cette armée, nous ne savions pas parler d'eux autrement qu'en les moquant ou en les craignant. Mais en ces jours d'attente, la terreur l'emportait tant leurs mœurs sanguinaires étaient redoutées.

« Qu'est-ce que tu as, Hans, tu es livide ? C'est les Nègres ? lui demanda Perpetua.

— Je réalise que les dents sont la seule partie visible de notre squelette durant toute notre vie terrestre, et c'est effrayant. »

Il nous voyait tous en miettes, d'une manière ou d'une autre. J'avais renoncé à lui faire comprendre que vivre dans la joie de l'instant pouvait être une ascèse difficile mais nécessaire, et qu'il fallait se guérir à chaque instant de l'espérance et de la crainte, comme on se secoue d'un mauvais rêve. Pauvre Hans ! Mais Erwin était peut-être celui qui faisait le plus les frais de l'atmosphère de suspicion généralisée. Son soutien aux idées du moment concentrait depuis le début les rumeurs sur lui ; on se gardait de parler trop haut en sa présence ; pour tous, il était la taupe de la Gestapo au sein du personnel, l'homme des rapports quotidiens et clandestins sur nos idées, nos goûts, nos humeurs, nos dérapages.

De toute façon, nous vivions au jour le jour. De Berlin ou du front, les nouvelles apportaient juste de quoi se décourager de durer. Il était désormais inutile de se mettre à l'écoute des fantômes dans les corridors : ils étaient morts depuis longtemps mais ne le savaient pas.

On ne regardait plus trop vers l'avenir de peur de ne pas s'y trouver.

En train

Qui n'a pas connu la grâce poussive et incertaine du chemin de fer dans les années de l'après-guerre ne pourra jamais imaginer qu'une mélodie ferroviaire ait pu se dégager d'un voyage de l'Allemagne vers la France. Le jour viendra peut-être où le voyage en train aura tellement évolué que l'on aura oublié jusqu'à la musique produite par ses locomotives.

Le train ralentit à l'approche d'une toute dernière petite gare, si insignifiante que l'arrêt n'y était pas prévu. Pas âme qui vive. On l'aurait dite désaffectée. Sitôt l'engin à quai, plusieurs hommes en descendent et déposent le corps d'un voyageur sur une banquette de bois. Nous avons tous l'œil collé à la fenêtre, chacun supputant le mal dont il souffre et les chances qu'il a de s'en sortir. On les voit exécuter des gestes de réanimation, s'agiter en tous sens dans cette gare déserte. Seul le téléphone peut être secourable.

Quel destin que de mourir dans cet endroit abandonné de tous...

Je me souviens qu'à la gare de Sigmaringen le docteur Destouches consultait à même le sol, en authentique médecin des pauvres. S'il y a aussi secouru des Allemands en détresse, il a certainement entendu ce qu'ils disaient et ce qui se disait alors : « Mieux vaut une fin dans l'horreur qu'une horreur sans fin. » Ce n'est pourtant pas l'image que je garde du docteur. Une autre me restera. Une fois, alors que la nuit était tombée sur la ville, je regardais le parc de l'une des fenêtres du château. Il était assis sur un banc, tenant son chat par une ficelle accrochée au collier. Les coudes sur les genoux, le visage penché vers le sol, il lui parlait tandis que le félin l'écoutait attentivement.

Le lendemain, je le croisai au château, où il était invité à déjeuner. En le menant à l'étage, je lui rappelai cette image qui m'avait saisi et touché, et je me permis d'y ajouter : « Alors, docteur, toujours seul ? » à quoi il répondit aussitôt : « Je m'entraîne à la mort. »

Les corbeaux freux avaient remplacé les merles moqueurs dans le ciel allemand. Nous savions tous que l'inéluctable se rapprochait mais nous ne désespérions pas d'y échapper. Il suffisait de sortir du château et de faire quelques pas jusqu'à l'église St. Johann pour croiser des hommes, retour du front ou de villes dévastées, dont le regard halluciné était celui de rescapés d'un abattoir en folie. Plus terrible encore que s'ils l'avaient hurlé, ils le murmuraient : voici venir la mort avec sa gueule de raie.

À la table des ministres comme à celle des domestiques, le ton se faisait de plus en plus nerveux. Les mêmes mots revenaient qui révélaient les mêmes fantasmes : « Armes secrètes... bombe frigorifique... bombe atomique... gaz mauve... gaz orange... torpilles humaines... nuages roses... rayon mortel... mort-aux-rats... poudre de perlimpinpin... »

Ça ne finirait donc jamais, cet inventaire des armes

de destruction absolue, immédiatement tourné en dérision. Pour autant, on ne les sentait pas pressés d'envisager la perspective de l'éternité. Au fond, la vraie différence entre les deux tables, c'était qu'à celle des ministres on préférait ne pas être assis à côté de M. Luchaire : le bruit courait qu'il avait la tuberculose et qu'il était contagieux...

Un matin, alors que je vérifiais dans les couloirs la qualité du nettoyage des meubles, la sidération me cloua au tapis en voyant Werner, mon paysan souabe, celui que je m'étais patiemment efforcé d'éduquer, sortir du bureau du major Boemelburg. Non que sa présence y eût été incongrue ou anormale car la Gestapo y convoquait régulièrement les domestiques pour procéder à des vérifications. C'est sa tenue qui me stupéfia, son allure décidée, son assurance inédite. Il était vêtu d'un uniforme de lieutenant de la SS qui n'avait rien d'un habit d'emprunt. Parfaitement ajusté à ses mesures. D'ailleurs, il le portait avec un naturel surprenant. Quand il me vit, il s'approcha de moi, le visage fendu d'un large sourire, et posa sa main sur mon épaule :

« Eh oui, mon pauvre Julius, on apprend à tout âge ! Allez, remettez-vous. Vous ne risquez rien, vous. Certains autres, on verra bien.

— Vous, Werner ? Vous étiez donc... Moi qui pensais qu'Erwin...

— Un leurre. Il en faut toujours un. »

Et sans se départir de son sourire, visiblement heureux d'avoir enfin troqué son habit de valet de pied pour sa tenue militaire, il me gratifia d'un « Heil Hitler ! » particulièrement sonore en claquant des talons suffisamment fort pour que l'écho grimpe l'escalier jusqu'aux combles. Je le dévisageai. C'étaient bien les mêmes traits, le même visage anguleux, le même menton prognathe que son angoisse et le tic qu'elle avait suscité en lui avaient dû faire reculer de quelques bons centimètres ; mais son allure avait changé. Pour s'infiltrer parmi nous, il s'était composé un personnage aux manières lourdes, aux réflexes épais, à l'éducation lacunaire, à la maladresse congénitale. Tout pour attirer ma compassion. Je l'avais pris sous mon aile, manière de le placer sous ma protection, ce qui n'avait pas été sans provoquer des jalousies. Je l'avais trouvé émouvant, jusque dans sa manière insistante de toucher ceux à qui il s'adressait. Quand je pense que je m'étais efforcé de lui apprendre des manières de table tandis qu'il nous espionnait, notait nos paroles, les rapportait chaque soir à ses supérieurs... Sa métamorphose venait de se produire sous mes yeux. Il avait retrouvé son aisance originelle, aussitôt réintégré sa vraie nature de SS. Il me planta là, médusé. Il eût été inconvenant de ma part de le frapper ; mais enfin, il aurait mérité de saigner du nez. Comment peut-on se tromper sur un homme à ce point ?

« Vous êtes trop bon dans une époque cruelle, Julius. Votre naïveté, c'est de faire crédit à tout individu jusqu'à ce qu'il vous trompe. Alors vous ne lui tendez plus la main et c'est irrévocable. Le problème, c'est que cela arrive trop tard. Les dés sont jetés. Werner se moque bien de votre confiance aujourd'hui... »

Lorsque je lui avais rapporté l'affaire, Jeanne avait été implacable dans son jugement, comme souvent, mais si lucide et si juste. N'empêche qu'elle non plus n'avait rien pressenti ; du moins, je voulais le croire. Car ce funeste épisode me faisait désormais douter de tout et de tous. Qui après lui ? Mon adjoint Ludwig, qui sait ? Peut-être me fallait-il l'envisager et le regarder désormais sous un autre angle, jusqu'à déceler en lui une âme bien élevée plutôt qu'une âme forte.

Le soir au dîner à l'office, la place de Werner était vide. Son assiette et sa serviette l'attendaient, preuve que l'information n'avait pas encore circulé. La conversation roulait sur des futilités domestiques. C'est alors qu'au milieu du repas Werner entra, sanglé dans son uniforme. Tous écarquillèrent les yeux en le découvrant, des cuillères restèrent en suspension. Il ne dit pas un mot, fit le tour de la table, ouvrit la porte de la réserve spéciale contenant du vrai café, se servit, et prépara de l'eau chaude.

Mû par un réflexe que je n'oserais dire archaïque mais que mes prédécesseurs à ce poste considéraient comme naturel, je m'apprêtais à me lever par respect, en sachant que cela entraînerait un même mouvement dans l'ensemble de la tablée, comme je l'aurais fait pour le prince, les princesses, les ministres, les officiers et toute personne des étages. Un geste de Jeanne m'en empêcha : anticipant ma réaction, elle posa sa main fermement sur mon avant-bras et pratiqua un effet de levier tel que je fus obligé de me rasseoir aussitôt. Werner m'adressa un regard si insistant qu'il en devint pesant, un regard qui attendait que je veuille bien me lever ainsi que ma fonction l'exigeait, et que tous en fassent autant ; il détourna son regard sur la main de Jeanne, la fixa avec une telle intensité qu'elle eût été dissoute si son œil avait été prolongé du rayon de la mort. Il trempa ses lèvres dans la tasse pour se donner une contenance puis se dirigea vers la sortie non sans échanger des mimiques lourdes de règlements de comptes avec quelques domestiques. Alors le sol trembla mais il n'y était pour rien : généralement, c'était le signe qu'Ulm était écrasée sous les bombes.

Un épais silence suivit son départ. Il fut interrompu par les sept coups de l'horloge. Elle sonnait comme un rappel du bulletin d'informations. Florent se dévoua pour allumer la radio. Elle diffusait encore de la musique alors que la 1re armée française venait de passer le Rhin à Karlsruhe.

Un étrange son de cuillère nous fit tous nous retourner vers Nina. Un bruit répété. Sa main tremblait. Puis son corps se fit le prolongement de sa main, secoué par un spasme d'une intensité spectaculaire. Elle d'ordinaire si maîtresse de ses émotions, si virile dans ses manières, ses attitudes et ses sentiments, elle s'effondrait, terrassée par la peur. Je m'approchai d'elle et la pris dans mes bras, alors qu'en quinze ans je ne lui avais jamais effleuré la main tant nous étions dressés l'un contre l'autre par une hostilité irréductible.

« J'ai trop peur, j'ai vraiment trop peur! » hurlait-elle, le visage ensangloté sous les regards effarés des domestiques.

La nuit venue, je ne pus trouver le sommeil. Je revivais le dîner. Que serait-il advenu si Jeanne n'avait pas été là? Je me serais levé. J'aurais obéi à des principes et une déontologie, quand ma conscience m'aurait dicté d'y désobéir. J'aurais perdu ma figure. Mon âme n'en serait pas sortie grandie. Nul ne l'aurait su, sauf moi, le matin face au miroir de la salle de bains. Moi et elle, la seule personne aux yeux de qui je n'aurais pas voulu me déshonorer. Désormais, au château, en ville comme dans le reste du pays, SS et Gestapo faisaient la loi sans autre forme de procès, exécutaient sur-le-champ sur simple dénonciation toute personne soupçonnée de défaitisme quels que fussent son origine, ses protections, sa fonction, ses opinions, sa situation de famille, ses engagements, toute notion du bien et du mal abolie.

Défaitisme ! Le mot qui tuait car il en englobait d'autres : désertion, lâcheté, subversion... C'est sur Jeanne que pesait le danger, c'est pour elle que je craignais le pire. Quatre mois auparavant, le docteur Ménétrel avait été enlevé au maréchal sans que cela eût posé de problème. C'était encore en 1944, une autre époque, si lointaine. Nous étions en avril 1945, en des temps autrement plus barbares. La guerre n'en finissait pas de ne pas finir. Le chef de ce pays s'acharnait à faire de son peuple du bétail humain et l'envoyait sans états d'âme à l'abattoir. Et on obéissait encore. Il eût fallu prier pour que l'espoir ne revienne pas avant la fin.

La vie et la mort de Jeanne se trouvaient entre les mains de Werner, dont la détermination ne faisait plus aucun doute, comme si la mentalité crépusculaire et jusqu'au-boutiste de ses chefs avait déteint sur lui. L'ombre du maréchal n'y suffirait pas et nul ne pourrait rien pour elle.

Il était dix-neuf heures trente. Je fis sonner le gong une fois, puis, cinq minutes plus tard, une seconde fois. Notre maison avait perdu une partie de ses habitants, le président Laval et ses fidèles ayant été exfiltrés à Wilflingen, mais, pour être plus léger, le service n'en était pas moins respectueux du rituel. Les événements n'avaient pas prise sur les traditions du château. Elles résistaient mais elles étaient bien les seules.

Ludwig et moi, nous avions déposé comme chaque jour les menus dactylographiés devant chaque assiette. Comme avant, à une réserve près : ils se réduisaient désormais à une ligne unique. Un ministre particulièrement en verve crut bon d'annoncer mon arrivée au début du service :

« Et voici M. Stein, majordome des princes et prince des majordomes, maître de cérémonie, chorégraphe et grand chambellan. De la prestance mais pas trop. Sa gestuelle ne doit pas en mettre plein les yeux. Le passage au guéridon et la découpe, un spectacle. La seule sûreté de sa main doit ouvrir toutes les perspectives du goût. Et aujourd'hui, monsieur Stein ?

— Des topinambours, monsieur le ministre. »

Et à son grand étonnement, je les servis, cuisinés par les mains mêmes de Mme Bachmann, sur un plateau d'argent aux armes des Hohenzollern. Inutile de lui expliquer qu'en bas nous en étions réduits à utiliser de la tourbe comme combustible. Il n'aurait pas compris.

Les Allemands commençaient à plier bagage. Nul besoin d'être prophète pour deviner que les Français ne tarderaient pas à en faire autant. En apportant du thé à la maréchale, je pus apercevoir un état de la situation militaire sur la grande carte murale scrupuleusement mise à jour heure après heure par le maréchal : la 1re armée du général de Lattre procédait à une manœuvre d'enveloppement de la Forêt-Noire... Des unités françaises avaient investi Stuttgart... Après la prise de Rottweil, le corps supérieur du Danube était bordé par leurs troupes sur 60 kilomètres de Donaueschingen jusqu'à Sigmaringen...

Je cherchais Jeanne pour en parler avec elle. Que ce soit à l'office, dans le petit salon du personnel, dans les étages, sur les terrasses, elle demeurait introuvable. Je me rendis à la bibliothèque, où il lui arrivait de traîner. Les bras chargés de livres, M. Déat s'adressa devant moi à l'un de ses collaborateurs :

« Tu te souviens de Jeanin ? Je viens d'apprendre qu'il a récolté six ans de travaux forcés. Et tout ça pour quoi ? Pour avoir été mon garde du corps... C'est ça, la France : on lèche, on lâche, on lynche. »

En prévision de son départ, le ministre tentait de se débarrasser auprès du bibliothécaire de livres qui l'embarrassaient moins par leur poids que par leur dangerosité. Nietzsche ? M. Bracht grimaça, non, vraiment, sans façon... Et les œuvres complètes de Rosenberg ? Pas question d'avoir ça ici... Je lançai un regard panoramique dans la bibliothèque. Pas de Jeanne. Ne restait plus que sa chambre, où j'avais toujours scrupule à offusquer son intimité alors qu'elle entrait dans la mienne sans frapper. Des bruits d'objets bousculés, des papiers froissés, une sonorité métallique répétée :

en collant l'oreille à la porte, j'avais de quoi être intrigué mais elle était bien là. Je frappai trois coups, sans succès. Je l'entrouvris, juste le temps de l'apercevoir affairée à sa table, avant de la refermer à sa prompte injonction :

« Non, Julius, pas maintenant !... Excusez-moi mais je ne me sens pas très bien, une légère indisposition...

— Voulez-vous que je vous envoie une infirmière ?

— Surtout pas ! cria-t-elle à travers la porte, avec une fougue sèche et presque rageuse. Allez-y, je vous rejoins tout à l'heure... »

Bien qu'elle ne parût pas en situation d'être malade, je n'insistai pas car j'avais pour règle de ne jamais injurier la douleur de l'autre.

En bas, les événements se précipitaient. C'était chacun pour soi. Il était trop tard pour remettre de l'ordre dans ses contradictions. Ceux qui avaient de l'argent, de l'essence et une voiture, encore que les gazogènes au charbon démarraient à la tête du client, pouvaient espérer s'en tirer. Les autres étaient terrorisés. Les Français préféraient être pris par les troupes américaines, dont ils espéraient la protection, que par leurs compatriotes, dont ils craignaient la vengeance. Du moins les Français de la ville. Ceux du château mûrissaient tous des plans pour échapper aux uns comme aux autres. Ils avaient des relations, des contacts, des réseaux. Ils étaient un trop gros gibier pour se laisser prendre aux pattes.

Quand les départs marquèrent une pause, et comme Jeanne, à ma grande inquiétude, ne réapparaissait toujours pas, je montai me reposer dans ma chambre. Machinalement, je saisis quelques fiches vierges et un crayon en même temps que je tournai le bouton du poste de radio.

Quoique l'Armement et non les Beaux-Arts fussent de son ressort, le ministre Speer avait prévenu ses amis que lorsqu'on y diffuserait la *Symphonie romantique* d'Anton Bruckner, ce serait le signe que la fin était proche. Un concert avait effectivement lieu l'après-midi dans la salle glacée de la Philharmonie de Berlin. Le speaker faisait observer que les spectateurs assis sur des chaises dispersées avaient tellement froid qu'ils gardaient leur manteau sur eux. L'électricité fonctionnait comme par enchantement. La représentation se termina sur le *Concerto pour violon* de Beethoven, avant le finale par le *Crépuscule des dieux*. De quoi plonger le pays dans une atmosphère de Walhalla. Exactement ce que recherchait le Führer : que nous soyons tous emportés par son apocalypse et qu'il ne reste rien de l'Allemagne quand les Alliés la prendraient. Le 21 avril, les Russes lançaient l'assaut sur Berlin.

Un millier de personnes, le gros de la colonie française, s'entassa in extremis dans le dernier train pour Feldkirch. La ville se vidait d'un coup. Seuls restaient ceux qui étaient sans ressources et sans voiture. Je songeai au dernier Français qui la quitterait, l'homme-poubelle probablement, car le plus démuni de tous. Englouti ou emporté par la marée humaine, ballotté par le chaos, il s'était peut-être décidé à revêtir son existence. Je l'imaginais bien s'en aller en criant : « On ferme ! »

Au château, M. de Brinon, qui avait encore en lui un soupçon de sa responsabilité de président d'un gouvernement en exil, inspectait les voitures et s'inquiétait de la pénurie d'essence. Étant peu sorties depuis l'hiver, elles étaient froides. Les mêmes ministres qui, quelques mois auparavant, se contestaient l'honneur d'être assis au plus près de lui, telles des duchesses se disputant le tabouret à la cour, se bagarraient désormais pour savoir lequel emporterait qui la batterie, qui les bougies, qui l'huile. Le convoi présentait l'aspect d'une caravane. Tout un peuple de réfugiés s'apprêtait à transhumer le long des rives du Danube, mais M. Déat, lui, tout en se plaignant de la lourdeur du dîner de la veille, purée de pois et pommes de terre, donnait encore des instructions à son ministère et signait des arrêtés. Quant à Jacques Cartonnet, le fameux champion du monde de natation, il réunissait les représentants de la presse en sa qualité de responsable des sports à la Commission gouvernementale, pour leur faire une conférence sur l'avenir du sport français ! Lorsque l'un de mes valets l'apprit, il nous confia que, si le champion s'en sortait, il fallait lui déconseiller de nager du côté de Toulouse, où son activité milicienne n'avait pas laissé un bon souvenir, ce qui achevait de donner sa dimension de folie à la situation.

Où se rendaient-ils tous ? Il était question d'un réduit alpin, forteresse bourrée d'armes, d'où le dernier carré des fidèles du Führer livrerait le combat suprême ; mais à l'office, où on les avait tout de même beaucoup pratiqués, on n'y imaginait guère la présence là-bas des ministres, fussent-ils « actifs ». D'autres pariaient sur le petit terrain d'aviation de Mengen récemment découvert. M. Déat préférait prendre la direction de Wangen. Mais, pris d'un doute, il se mit à réfléchir alors que sa voiture était prête. Il laissa tout le monde en plan, grimpa à la bibliothèque. En l'attendant, l'un de ses collaborateurs m'assura qu'il n'y avait pas à s'en inquiéter, que c'était un réflexe de normalien, et qu'ils étaient tous comme ça. À son retour, dix minutes plus tard, il nous confia qu'il avait juste voulu vérifier que l'étape figurait bien dans le *Voyage en Italie* de Montaigne et, pour preuve, nous cita aussitôt de mémoire le passage retrouvé sur « Vanguen petite ville impériale qui n'a jamais voulu recevoir compagnie d'autre religion que catholique »...

Son Excellence Otto Abetz, qui avait veillé sur tout, se préoccupa de ses propres affaires, à commencer par les œuvres d'art qu'il avait apportées de France. Il organisa leur mise en caisses et leur expédition au château de Wildenstein. Quand le transfert fut achevé, l'un des soldats revint vers lui, haletant :

« Il reste des dessins et des gravures dans les caves...

— Brûlez-les ! »

Ainsi fut fait, à notre grand étonnement. Il ne fallait pas laisser de traces. Associée à la politique de la terre brûlée, une telle consigne s'avérait d'une efficacité redoutable. Les ministres et leurs collaborateurs ne se l'étaient pas fait dire deux fois, qui avaient consciencieusement brûlé leurs archives. Le major Boemelburg, de plus en plus nerveux, observait toute cette agitation dans le moindre détail. Et Jeanne n'avait toujours pas réapparu, ce qui ne faisait qu'augmenter mon inquiétude.

J'ai toujours eu du mal à mémoriser les dates, alors que je peux réciter sans faiblir les intitulés des quelque six cents lieder de Schubert, mais je n'oublierai jamais le 21 avril 1945. Ce matin-là, on sut en pleine nuit que le maréchal ne fêterait pas chez nous, dans son Olympe, son quatre-vingt-neuvième anniversaire, qui devait avoir lieu trois jours plus tard. L'inventaire de ses malles avait été plusieurs fois vérifié : quatorze mallettes, vingt-cinq paquets, trois sacs, deux cantines et l'appareil de traitement électrique que lui avait obtenu le docteur Ménétrel. Dès qu'elle me vit, la maréchale me fit part de son inquiétude :

« Ah, Stein ! Avez-vous vu Mlle Wolfermann ? Hier déjà elle demeurait introuvable...

— Croyez bien que je le regrette, madame la maréchale, nous n'avons pas été en mesure de la localiser.

— Elle va nous mettre en retard mais on ne peut pas la laisser... »

Toute la sécurité allemande du château était là. Werner soutint mon regard. Lui savait, sans aucun doute. Il aurait même pu dire précisément où se trouvait l'intendante française. Mon premier mouvement fut d'aller vers lui et de l'interroger, lui demander si elle avait été emportée par la frénésie meurtrière des séides du régime, mais la vue de son uniforme SS me rappela à temps qu'il n'était plus sous mes ordres. Le maréchal apparut à son tour, soucieux, l'humeur noire, sans que l'on sût au juste si l'inconnue de son périple annoncé ou la brièveté de sa nuit en était la cause.

« Tu crois qu'il sera enterré aux Invalides ? demanda un valet près de moi à l'un de ses camarades.

— Il a été général, il est maréchal et il a commandé pendant la Der des Ders, il y a droit », trancha-t-il tandis que le vieil homme se retournait une dernière fois vers ce château dans lequel il n'avait voulu voir qu'une geôle.

J'allais faire deux pas vers lui pour présenter nos respects au nom de tout le personnel, comme il sied avec tout hôte du château qui y a passé un certain temps. Mais le maréchal me fit étrangement l'effet du cavalier peint en trompe l'œil au plafond du salon rouge : d'où que l'on vienne lorsqu'on y pénètre, que ce soit par la gauche ou par la droite, le personnage semble s'éloigner de nous à mesure que l'on s'avance vers lui.

À quatre heures trente, son convoi était fin prêt : sa voiture, dans laquelle il prit place avec sa femme, une voiture transportant ses fidèles, l'amiral Bléhaut et le lieutenant de vaisseau Sacy, une voiture remplie par sept membres de son personnel, une autre pleine de bagages, le tout escorté par deux véhicules hérissés de mitraillettes emportant l'ange gardien du maréchal, le diplomate M. Reinebeck, ainsi que des agents de la Gestapo et des gardes SS.

Le personnel du château était aligné devant la poterne pour les adieux. D'un signe de la main, la maréchale me fit venir jusqu'à la fenêtre de son automobile.

« Alors, toujours rien ?

— Hélas, je le crains, madame la maréchale.

— J'espère que... »

Elle n'eut pas le temps d'achever sa phrase. Un agent de la Gestapo toqua deux fois sur le capot et le convoi s'ébranla. Il y en eut parmi les domestiques qui ne purent réprimer des larmes.

Quelques instants plus tard, je priai un valet de grimper au mât de la tour pour ramener les trois couleurs, et remplacer le drapeau français par l'étendard des Hohenzollern.

Ce fut une étrange journée. Nous avions la drôle d'impression de flotter entre deux mondes. Ne restaient plus au château que le personnel allemand et les deux doyennes de la famille, qui ne l'avaient jamais quitté. La panique s'était emparée du pays mais nous nous sentions protégés par nos uniformes de serviteurs. Valets sans maître, nous étions dans l'attente. Il fallait éviter tout relâchement dans la tenue ou l'attitude. Je n'eus guère à sévir car chacun avait bien conscience de l'importance du moment. À la radio, il était question d'une course contre la montre à laquelle se livrait l'armée française pour empêcher l'armée allemande de se réfugier dans sa fameuse forteresse là-haut dans les montagnes, et pour arriver partout avant l'armée américaine. On pouvait en conclure que les armées avaient elles aussi leurs querelles d'ego.

Un calme inquiétant régnait sur la ville, paisible et déserte comme en pleine nuit.

En fin de matinée, on vint me prévenir que l'on frappait à la porte principale du château. Ce heurtoir produit un son semblable à nul autre, d'une matité si archaïque qu'elle déroule à elle seule toute l'histoire du lieu. Les regards des domestiques convergeaient naturellement vers moi. Le temps d'enfiler mes gants blancs et de traverser la cour, les coups redoublaient d'impatience. Quand j'ouvris, la silhouette d'un officier français se découpa dans l'encadrement inondé de soleil, une automitrailleuse et un peloton au second plan.

« Bonjour, monsieur. Vous désirez ? »

L'homme écarquilla les yeux, interloqué en me détaillant de haut en bas, comme si j'étais une présence incongrue dans un tel lieu, alors que la sienne l'était bien davantage. Passé le moment de stupeur, il m'écarta sans ménagement par la seule puissance de son avant-bras en équerre. Après avoir fait quelques pas dans la poterne, et regardé les armes de rempart accrochées au mur, il se retourna vers moi :

« Où est Pétain ?

— Le maréchal est parti avant l'aube. »

Je le rattrapai et me plaçai devant lui. Il me bouscula cette fois d'un mouvement d'épaule, bien décidé à entrer.

« Mais, ça ne se fait pas ! » criai-je, à mon propre étonnement.

Il se retourna, une moue ironique aux lèvres :

« Vraiment ?

— Ce n'est pas convenable, dis-je en baissant d'un ton. Son Altesse n'est pas encore rentrée.

— Eh bien on va l'attendre ! mais à l'intérieur. »

Et il poursuivit son chemin entre les massacres de cerfs sans même leur accorder un regard. Je lui emboîtai le pas car il n'était pas question de laisser un inconnu, étranger de surcroît, aller et venir à sa guise dans le château. Une silhouette féminine appuyée sur une canne surgit dans l'encadrement de la salle des canons.

« Que se passe-t-il, Julius ? »
Je me devais de l'annoncer.
« La princesse von Thurn und Taxis ! »
Aussitôt, l'officier inclina le buste et la tête.
« Capitaine de Bellefon, 1re armée française. J'ai ordre d'investir le château, de procéder à l'arrestation des collaborateurs français et...

— En reste-t-il seulement ? Cela m'étonnerait. Enfin, faites.

— ... et au lever de nos couleurs sur le mât du donjon. »

L'étendard des Hohenzollern n'aurait tenu que quelques heures entre deux occupations françaises. L'officier et certains membres de sa suite grimpèrent dans les étages après m'avoir demandé de les conduire dans les appartements du maréchal et du président Laval. La vision de ces hommes en armes, aux uniformes poussiéreux, déambulant dans la salle des ancêtres, promenant un regard étonné et presque enfantin sur les vingt-six portraits de comtes et de princes, et sur les tableaux représentant leurs châteaux, avait quelque chose de comique. Ils ricanèrent à la lecture des titres de journaux français qui traînaient. Ceux de *La France*, notamment, dont le dernier numéro datait de la veille.

Le lendemain, alors que Stuttgart capitulait sans combattre, les soldats français prenaient leurs quartiers chez nous. Un officier de liaison du nom de

Pierre Moinot, fin lettré à ce qu'il semblait, qui m'impressionna vivement en se disant spécialiste de la phonétique des parlers poitevins, s'installa dans le même temps dans la bibliothèque le jour et dans les appartements de M. Luchaire la nuit. Il prenait plaisir à écrire des lettres sur du papier à en-tête du « Gouvernement de l'État français en exil ». En se promenant dans le château, il alla de surprise en surprise, comme tout nouveau visiteur, mais lui davantage encore car il poussa jusqu'aux cuisines. Et là, il vit des soldats occupés à déguster des bouteilles de clos-vougeot :

« Mais d'où sortez-vous ça ?

— Ah, mon lieutenant, maintenant on ne peut plus rien vous cacher... », répondit leur supérieur assez embarrassé, avant de déplacer une caisse, qui laissa apparaître un trou dans la cloison : « La cave secrète du maréchal... »

On ne savait trop comment se tenir ni à quoi s'en tenir avec eux. La mentalité française aurait pourtant dû nous être familière après ces huit mois de coexistence. À cela près que ces Français-là n'avaient pas les mêmes manières. On devinait qu'ils avaient quelques années de guerre derrière eux et leur patience s'en ressentait. Ils ne perdaient pas leur temps à faire des phrases. Quand ils voulaient quelque chose, ils le prenaient. Ils étaient les vrais maîtres alors que leurs prédécesseurs, qui jouaient aux maîtres, étaient asservis par les Allemands, qui les payaient et les dirigeaient.

On comprit vite par les rumeurs de couloirs, et pour reprendre les termes des militaires, qu'ils avaient reçu consigne du général de Gaulle via le général de Lattre de Tassigny via le général Bethouart de boucler la ville, de la tenir en force, d'y mettre un patron solide et dur qui saurait enfermer instantanément les politiques et garder le silence. Simplement, ils n'imaginaient pas qu'il n'y avait rien ni personne à boucler, ni en ville ni au château. Je le compris dès l'arrivée peu après du général Bethouart accompagné du commandant Vallin qui portait l'écusson de la 1re DB. Ils disaient qu'il ne restait plus que quelques miliciens retranchés, et qu'ils en avaient déjà attrapé un.

En redressant des fauteuils renversés dans la galerie portugaise, je fus hélé par un simple soldat qui cherchait la clef du piano.

« Cela dépend, monsieur : c'est pour jouer ou pour taper ?

— Ah, parce que cela change quelque chose ?

— Si c'est pour jouer, je dois vous prévenir que nous avons eu du mal à trouver un accordeur ces derniers temps, avec les événements. Si c'est pour taper, je me permets de vous recommander de la douceur. »

Son franc éclat de rire m'encouragea à relever le couvercle du Schiedmayer et à passer un sérieux coup de peau de chamois sur l'instrument. Je me permis de déplacer avec précaution la mitraillette qu'il y avait négligemment posée. Après quelques gammes pour dégourdir des mains qui n'avaient pas dû lâcher l'arme depuis un certain temps, il plaqua des accords. Je retournai à mon travail du côté des portes-fenêtres en laissant une mélodie inconnue s'insinuer en moi. Un air doux et caressant, d'où affleurait une vraie tendresse. L'un de ses camarades, qui prenait le soleil sur la terrasse, la reconnut comme une évidence et se mit à la siffloter. Il l'identifia aussitôt, « du Trenet bien sûr ! », avant de la chanter à pleine voix. Au château, le temps de Lucienne Delforge était définitivement révolu, mais celui de Franz Schubert pas encore revenu.

Après, nos nouveaux hôtes se montrèrent un peu moins romantiques. La police militaire me convoqua dans le bureau qui avait été celui du major Boemelburg. Elle nourrissait de forts soupçons à mon endroit : ainsi, après qu'une méchante rumeur eut insinué pendant des mois que j'étais la taupe des gaullistes, on m'accusait désormais d'avoir été celle de la Gestapo, ce qui ne pouvait être que le fruit d'une dénonciation d'un membre du personnel. Peu m'importait lequel. Impossible d'en sortir. L'enquêteur qui m'interrogeait semblait pourtant parfaitement courtois, lui. Courtois mais insistant. Il me reprochait ma docilité envers mes maîtres, mon impuissance à désobéir. Mais face à lui, je me sentais le gardien des secrets du château, un peu comme la nurse des enfants dans les grandes familles, qui sait tout mais ne dira rien.

« Et vous les avez servis ? répétait-il, incrédule.

— Mais j'en avais reçu l'ordre, monsieur.

— Et désobéir, vous n'aviez pas appris ?

— Mon devoir, c'était d'obéir au prince. J'ai maintenu. »

En fait, j'ignorais de qui il parlait au juste ; s'il s'agissait de la famille Hohenzollern, sa remarque était nulle et non avenue car je n'avais aucune raison de leur désobéir ; s'il parlait des Français, j'en étais encore à me poser la question : avaient-ils vraiment été nos maîtres et avions-nous vraiment été leurs valets ? Les hauts murs du château m'avaient protégé du faisceau de ténèbres qui s'était abattu sur mes contemporains. Devais-je en éprouver de la culpabilité ? Cet homme n'avait pas à connaître mon histoire. Ma vie privée. Mon drame intime. Ma décision déchirante de 1933. Et tant pis s'il jugeait que, décidément, l'honneur et ses réflexes avaient été remplacés par la conscience et ses échappatoires. C'est peu de dire qu'il était insensible à la mystique des gens de maison.

Il faut croire que ma conception du métier de majordome général ne l'avait pas convaincu. À la sortie de son bureau, je fus emmené par deux gardes dans l'une des caves qui avaient servi d'abri pendant les alertes. Une grande partie du personnel s'y trouvait déjà. La plupart ne purent s'empêcher de se redresser à mon arrivée. Il est des automatismes dont on met une vie entière de serviteur à se débarrasser. Notre Nosferatu s'affala contre un mur. Je m'assis à côté de lui afin que ma proximité lui soit une consolation. Alors, sans même tourner son visage vers moi, il dit :

« Inutile de se prendre trop au sérieux puisque de toute façon nul ne survivra, n'est-ce pas, monsieur Stein ? »

Ce fut une nuit d'angoisse. Ma vie défila en moi. Au petit matin, nous fûmes emmenés dans les bureaux du rez-de-chaussée afin d'y subir de nouveaux interrogatoires. Une vive agitation régnait. Beaucoup plus de monde que la veille. De nouveaux arrivants semblaient mettre de l'ordre dans la conduite des dossiers. Assis sur un banc entre deux gardes en attendant mon tour, j'observais leur chorégraphie avec un certain amusement en songeant à celle dont j'avais été le témoin et l'acteur depuis l'automne. Les uniformes, civils et militaires, avaient changé, sauf le mien. Au fond, j'incarnais l'immuable, pensée qui n'était pas faite pour me déplaire, même si je craignais les débordements du vainqueur.

Soudain, la vision d'une silhouette familière au loin me stupéfia. Je voulus me lever pour vérifier l'identité de cette femme en uniforme, une fesse nonchalamment posée sur l'un des deux canons que l'empereur Napoléon III avait offert aux Hohenzollern, mais mes gardes m'en empêchèrent. J'interpellai mon officier de la veille avec l'urbanité requise et la désignai discrètement du menton :

« Pardonnez-moi mais qui est cette dame là-bas, oui, celle qui vient de s'asseoir derrière le bureau au pied de l'escalier ?

— Elle ? C'est le lieutenant Wolfermann, des Services spéciaux français à Zurich. »

La sidération me laissa sans voix. Quand je la retrouvai, je me permis d'insister :

« Et l'homme qui parle avec elle, avec les dossiers sous le bras ?

— J'ignore son nom mais manifestement c'est son homologue du contre-espionnage. »

L'inconnu, parfaitement coiffé, à l'uniforme impeccablement repassé, droit comme un I, s'identifia tout seul lorsqu'il se retourna dans ma direction, me reconnut de loin et me fixa de son regard intensément bleu : c'était l'homme-poubelle. Ce déchet de l'humanité était probablement l'homme le mieux informé de Sigmaringen.

Quant à Jeanne, mon Dieu, peut-être avais-je inconsciemment deviné depuis le début qu'elle était la taupe de la France libre au château, et peut-être n'avais-je pas voulu le savoir. Soudain, elle se retourna et nos regards se croisèrent. Un premier élan la fit d'instinct se diriger vers moi, mouvement aussitôt réprimé, et elle obliqua vers mon inquisiteur, se saisit d'autorité de mon dossier et lui glissa un mot à l'oreille. Quelques instants après, je me retrouvai seul, assis derrière une table, dans ce qui avait été l'appartement du président Laval et qui ne tarderait pas à redevenir celui des princes. Jeanne pénétra dans la pièce en refermant d'autorité la porte sur les soldats qui lui faisaient escorte. Nous étions maintenant debout, face à face, à portée de souffle, intimement liés par la puissance muette de nos regards ; puis son visage jusqu'alors si sérieux s'illumina d'un large sourire ; elle inspecta ma tenue d'un rapide coup d'œil, dégagea d'une pichenette un éclat de bois qui traînait sur la manche de mon habit et en caressa les revers, les deux paumes bien à plat sur mon torse, comme si elle voulait me protéger des ravages de l'époque. Une lueur dansait dans ses yeux humides. Tout en elle exprimait alors une émotion de l'ordre de la fierté. Tout à fait cela : elle semblait fière de moi. C'est bête mais en cet instant précis, j'eus comme jamais le sentiment ineffable que ma vie me sautait au visage. Alors seulement elle se blottit dans mes bras. Mon étreinte fut hésitante tant j'étais déconcerté par sa réapparition dans de telles circonstances, par la rapidité avec laquelle elle avait été happée par l'action ; puis elle se fit plus ferme, et enfin totale. De longues minutes sans dire un mot. Sa disparition avait scellé quelque chose.

« C'était vous...

— C'était moi. Pardon ! dit-elle en embrassant ma

main et en la posant sur sa joue. Vous m'en voulez, Julius ?

— Je ne sais pas. Tout cela est si...

— Sachez que mes sentiments pour vous étaient authentiques. Ne les mettez jamais en doute, je vous en supplie. J'étais en service commandé, c'est vrai. Mais pas pour vous. On s'est aimés, et rien n'effacera ce que nous avons vécu. Tout cela n'empêche pas notre histoire d'avoir été. »

Elle l'avait dit les yeux baissés. Un silence puis elle reprit :

« Vous m'avez fait devenir, Julius, et cela n'a pas de prix. »

Je l'étreignis à nouveau quand on frappa à la porte. Une secrétaire venait la chercher.

« Ne vous inquiétez pas pour le personnel, je m'en occupe. À bientôt, Julius ! »

Et elle disparut à nouveau. Jeanne était vivante et cela seul comptait.

Je fis quelques pas au soleil couchant sur la terrasse. Des soldats s'y détendaient en bavardant quand l'un d'eux réclama le silence et augmenta le volume de la radio. Je me mêlai à eux en hésitant, puis plus franchement lorsqu'ils m'encouragèrent d'un geste de la main en m'intimant de faire silence, le doigt sur les lèvres. Plusieurs membres du personnel me rejoignirent. Le général de Lattre de Tassigny leur adressait un message :

« Vous venez d'inscrire sur vos drapeaux et sur vos étendards deux noms chargés d'histoire et de gloire française : Rhin et Danube. En un mois de campagne, vous avez traversé la Lauter, forcé la ligne Siegfried et pris pied sur la terre allemande ; puis, franchissant le Rhin de vive force, élargissant avec ténacité les têtes de pont de Spire et de Gemersheim, vous avez écrasé la résistance d'un ennemi désespérément accroché à son sol, et conquis d'une traite deux capitales, Karlsruhe et Stuttgart, le Pays de Bade et le Wurtemberg ; enfin, débouchant sur le Danube, le traversant aussitôt, vous avez voulu, renouvelant la victoire de la Grande Armée, que flottent nos couleurs sur Ulm. Combattants de la 1re armée française, fidèles à l'appel de notre chef, le général de Gaulle, vous avez retrouvé la tradition de la grandeur française, celle des soldats de Turenne, des volontaires de la Révolution et des grognards de Napoléon. »

L'envolée était belle, fière et glorieuse, mais insoutenable aux oreilles allemandes. Nous étions certes soulagés de la fin de la guerre, nous en voulions à Hitler et sa bande de l'avoir absurdement prolongée, mais nous étions honteux de l'avoir perdue. En ville, des soldats en pleine santé se frayaient un chemin parmi un peuple hagard qui leur était transparent. Tout était détruit, tout était à refaire, le pays était à genoux. Les gens avaient peur de l'avenir. L'époque s'apprêtait à replier ses ailes. Oncle Oelker l'avait senti en se laissant mourir. Comment n'aurions-nous pas eu des sentiments mélangés?

Je repris mon service, assisté de mes collaborateurs car quelle que dût être la durée de l'occupation du château, il allait de soi que le prince et sa famille ne tarderaient pas à rentrer. La journée s'achevait mieux qu'elle n'avait commencé. En faisant quelques pas sur la terrasse où Mme Laval appelait à l'horizon ses chiens qui se trouvaient en Auvergne, je me disais qu'au fond, pendant tout ce temps, j'avais été l'un des rares à rester moi-même dans un décor en trompe-l'œil où nous avions tous joué la comédie des apparences. La représentation de « Vichy-sur-Danube », une comédie tragique et bouffonne, était terminée. Cette première serait sans lendemain. Chacun ayant retiré son masque, les Allemands comme les Français, le rideau devait tomber. Le mien, Jeanne me l'avait ôté au risque de m'arracher la peau, mais je lui en serais à jamais reconnaissant.

C'était le 24 avril, jour de la Saint-Fidelis, patron de la ville. Les habitants sortaient à nouveau comme avant. Les Hohenzollern rentrèrent chez eux bien que les Alliés aient installé leur quartier général au château pour « un certain temps », disait-on. Sans attendre la capitulation, la vie reprenait son cours à Sigmaringen. Pour moi, elle reprit vraiment un mois après, quand l'Orchestre philharmonique de Berlin donna son premier concert de la nouvelle ère qui s'ouvrait pour le pays. C'était au Titania-Palast, un ancien cinéma, la Philharmonie de la Bernauerstraße, qui n'était jamais qu'une ancienne patinoire, ayant été détruite par un bombardement. Leo Borchard tenait la baguette. Il eut à cœur de programmer le *Songe d'une nuit d'été* parce que Mendelssohn en était l'auteur, un *Concerto pour violon* de Mozart et la *Quatrième Symphonie* de Tchaïkovski.

Alors j'eus véritablement le sentiment ineffable d'un retour de la vie.

En train

La France, enfin. La vraie, celle de l'intérieur. Il me faut descendre à la gare de Strasbourg pour attraper une correspondance par autocar. Ces Français que je croise et qui me bousculent en s'excusant ne me paraissent pas si différents de nous. Je ne vois même pas des Alsaciens en eux, mais des Français. Oserais-je avouer qu'ils me font penser à ceux que j'ai connus au château et en ville, tant avant qu'après la guerre ? Un jour viendra où on pourra le penser et le dire. Trop tôt encore. Ce ne serait pas convenable.

Parvenu sous le grand panneau affichant les correspondances, je me retourne vers les voyageurs ; un photographe un brin facétieux eût fixé là un spectacle des plus étranges : des hommes et des femmes figés dans une seule et même attitude, hiératiques face à un proscenium invisible, les bras ballants, la bouche ouverte, les yeux au ciel, comme implorant un signe du rédempteur, alors qu'ils tâchent juste de faire concorder le numéro d'un train et celui d'un quai. J'aurais pu le remarquer dans n'importe quelle gare mais il a fallu que j'arrive en France pour que cela me frappe à ce point.

Il me sera désormais difficile de dissocier l'image que je me fais de ce peuple de ceux que j'ai connus, et impossible d'oublier que ce sont des Waffen SS français qui ont défendu le bunker de Hitler jusqu'au bout, alors qu'il se tirait une balle dans la tête, avant que la radio ne diffuse comme il l'avait souhaité l'air qui le bouleversait, l'adagio *sehr feierlich und sehr langsam*, très solennel et très lent, de la *Symphonie des trémolos* de Bruckner.

Tout à l'heure dans le train, un voyageur qui m'a identifié à mon accent, m'a demandé sans la moindre malice comment s'étaient comportés les Français dans ma région. Je n'y avais pas vraiment réfléchi mais j'ai dû reconnaître, en pesant mes mots afin de ne pas offusquer ses convictions, que les habitants avaient conservé un meilleur souvenir de ceux qui les avaient occupés sans les libérer que de ceux qui les avaient libérés en les occupant. Car il y en eut dans l'armée des vainqueurs, parmi les troupes coloniales, pour se livrer sans vergogne à des vols, des viols, des pillages. Ils ont un peu cassé le Prinzenbau, centre administratif de la colonie en ville où les Hohenzollern avaient l'habitude de loger certains membres de leur famille. Il paraît que cela se fait et qu'ailleurs dans le pays, l'Armée rouge ne fut pas en reste de ce côté-là. Il n'empêche que ce n'est pas convenable. Les exilés s'étaient mieux tenus, en comparaison. On ne peut pas en vouloir aux simples citoyens de retenir l'attitude et le comportement plutôt que le camp ou le drapeau.

Coupables et victimes eux aussi forment désormais un peuple de rescapés. Comment vont-ils se réveiller du cauchemar de l'Histoire ? Elle ne nous a pas floués et nul ne nous en a dépossédés. Notre responsabilité est totale. Une fois ce constat établi, le vertige me prend à l'idée de ce monde à rebâtir, à la perspective de cette fresque à rassembler.

Seules comptent les valeurs. Que reste-t-il de celles auxquelles j'ai cru ? Au moins n'aurais-je pas le remords d'avoir servi un maître imparfait. J'ai gardé mes sentiments par-devers moi ainsi que l'exige la fonction. On n'exhibe pas ses passions, notre armature dût-elle paraître impénétrable. Même si à force de s'en tenir à la crête des choses on finit par en rester à la surface. Ai-je vraiment vécu ? En m'épargnant des souffrances je me suis aussi privé de joies. Il n'y a pas qu'une seule version du bonheur. On peut aussi être tragiquement heureux. Je n'ai jamais trouvé quelqu'un qui puisse me comprendre dans la totalité de mon être. Peut-être n'ai-je pas su aimer. Il faut savoir se pencher en soi-même à chaque tournant pour voir si l'on soutient ce à quoi l'on croit, pour scruter son passé et juger si on est passé à côté de l'essentiel. Le fait est que je suis seul. Les fantômes ne sont plus là, ou bien ils ont mon âge.

Parmi les gens qui attendent l'autocar, un couple accompagné d'un enfant engage avec moi la conversation. Mon métier les intrigue. Ils veulent en savoir plus. Après le résumé, l'ellipse :

« J'organisais. »

Curieusement, l'homme fait la grimace. Il dit qu'il ne faut plus employer ce mot ni certains autres car les nazis les ont contaminés. Il le prononce en allemand : *organisieren*. Je joue avec la casquette de son petit garçon, ce qui provoque sa joie. Soudain, l'homme est pris d'un doute :

« Seriez-vous allemand vous-même ?

— En effet. »

Alors, d'un geste brusque, il entoure son fils de son bras et le ramène à lui en me clouant de son regard. Cela dure quelques secondes à peine. Le temps pour moi d'apercevoir un numéro de matricule tatoué sur sa peau.

Que lui répondre ? Que nous avons été non pas les victimes de forces obscures mais, par notre ferveur ou notre résignation, notre lâcheté ou notre indifférence, les complices d'un système ? Cela ne suffirait pas. Alors autant se taire, lâcher la main de l'enfant, oublier son sourire voilé par la marque d'infamie sur l'avant-bras de son père.

Des blancs demeurent dans cette histoire. Un jour, je pourrai y restituer ce que j'ignore encore. Les raisons de cette sauvagerie qui s'est emparée de tant des nôtres, car il y a bien eu une logique à tout cela. Elle est si fine et si fragile, la membrane qui nous protège des horreurs que pourrions commettre. Il suffirait d'un rien.

Le couple et l'enfant se sont levés pour s'asseoir à distance. Comme si j'étais devenu contagieux d'avoir tant organisé. Encore vingt minutes à attendre. Je me replonge dans *Der Zauberberg*, le roman dont j'ai entrepris la lecture au départ de Sigmaringen. Une profonde méditation sur l'enfermement qui me ramène à mes années au château, mon huis clos, ma propre montagne magique. Un sentiment de plénitude s'en dégage qui me donne l'illusion de dénouer l'énigme de ma vie. On dit que c'est justement la vertu d'une grande œuvre d'art de vous expliquer ce qui vous arrive mieux que vous ne sauriez le faire. J'ignore ce qui nourrit le secret du roman de Thomas Mann ; peut-être l'oubli de toute notion de temps ; mais je sais déjà que l'histoire qui se déplie dans ma mémoire inclura désormais non seulement le souvenir de cette lecture enchantée, mais celui du lecteur ébloui que j'aurai été durant ce voyage vers la France.

L'itinéraire de Strasbourg à Guebwiller, y compris la boucle par Mulhouse et Bollwiller, n'est pas dépaysant pour un Allemand. Ce panorama, ces maisons, ces rues. Même le ciel me rappelle mon pays. La grosse dame assise à mes côtés est persuadée de ma qualité d'œnologue; elle s'imagine que je me rends dans cette partie de l'Alsace pour y étudier les grands crus, Kessler, Spiegel, Kitterlé, Saering...

« Mais alors, qu'allez-vous faire là-bas ?

— La noce ! Vous voyez, on boira quand même. »

Manifestement, elle a des idées aussi arrêtées sur le mariage que sur la physionomie des sommeliers.

« Je n'aime pas trop. Déjà, lorsqu'on travaille longtemps avec les gens, ils deviennent vite prévisibles. Alors un couple, vous imaginez. Cela doit anéantir le plaisir, de se savoir attendu en toutes choses. Autant rester seul; on a moins d'occasions d'être déçu. Vous allez souvent aux mariages ?

— Le dernier auquel j'ai assisté, c'était le 31 août 1942, celui de Maria Adelgunde von Hohenzollern avec Son Altesse Royale Konstantin Prinz von Bayern. Les hommes étaient en grand uniforme. Il y eut un bal mais il fut bref à cause de la guerre. Pour la même raison, les têtes couronnées n'avaient pas porté leurs diadèmes, question de décence.

— En 1942, dites-vous ? Oh là là ! Et ils ont bu à la santé de votre Führer, tous ces nobles ?

— L'aristocratie, chère madame, n'a pas à attaquer le régime en place, ni à le louer : elle est au-dessus.

Un seul télégramme de félicitations fut lu, et il était de Pie XII. »

Heureusement, nous arrivons à Guebwiller. Une voiture m'attend, conduite par un jeune homme de la famille. Moins de 10 kilomètres et nous y serons, m'annonce-t-il, et après, ce sera à pied car tout se joue au village : la mairie, l'église, le banquet. Nous sommes entre nous, ajoute-t-il sans la moindre malice et sans imaginer que je me sens déjà un intrus.

À l'arrivée, Jeanne, radieuse dans cette belle lumière de la fin de l'été, m'accueille si chaleureusement et avec tant d'égards que chacun se retourne vers cet inconnu légèrement en retard mais qui ne doit pas être n'importe qui. Quant à son élu, qui vient aussitôt me saluer, mon Dieu, l'habit et le jabot lui vont décidément mieux que ses haillons d'homme-poubelle. Ils rayonnent et leur bonheur est communicatif si l'on en juge par la fébrilité de la salle. Ils échangent leurs vœux sous une salve d'applaudissements et de quolibets divers. L'ambiance est bon enfant jusqu'à l'appel des témoins. Du second témoin :

« Stein, Julius, né le 17 avril 1896 à Tübingen, Allemagne, citoyen allemand exerçant la profession de majordome général au château de Sigmaringen, Allemagne. »

Il n'en faut pas plus pour refroidir l'atmosphère, plomber la salle, qui se retourne vers moi, mais comment faire autrement ?

Au banquet, qui se tient dans la cour d'une ferme, chacun retrouve vite sa bonne humeur, le vin aidant. On ne se dispute guère l'honneur d'être assis à mes côtés, c'est le moins qu'on puisse dire. Il ne suffit pas d'aimer la France pour en être aimé en retour. On pourrait en dire autant d'une personne. D'une femme qu'on a aimée. À regarder Jeanne danser, toutes passions abolies et délesté d'un désir exténuant, je trouve enfin la fluidité et la légèreté que j'ai tant recherchées dans ma vie quotidienne.

J'aurais voulu dire d'elle ce qui ne fut jamais dit d'aucune. Je crois qu'elle m'a débarrassé de ma *Sehnsucht,* ce sentiment qui nous pousse à désirer ce qui n'est pas là. Elle ne m'a pas délivré de ma nostalgie, mais de ce que celle-ci avait de mélancolique et de sombre, sinon de morbide. Grâce à elle, je ne souffre plus de la proximité du lointain.

J'en suis là de ma rêverie en solitaire quand un invité vient s'asseoir à ma gauche. Il me cherche, de toute évidence, insulte « les Boches » d'une haleine forte portée par une voix cuivrée, mais on ne répond pas à un homme passablement éméché, d'autant que son discours devient si confus qu'il n'appelle aucune réponse cohérente. Un vers de notre grand Kleist le calmerait peut-être : « Ami, ne néglige pas de vivre, car elles fuient, les années... » Il semble qu'un vers ne suffise pas. Alors qu'il commence à me bousculer, la main de Jeanne saisit la mienne et m'entraîne pour danser.

Heureusement, nous ne sommes pas les seuls sur la piste. Elle serre sa robe blanche contre moi, rapproche son visage au risque de mettre en péril l'équilibre de sa couronne de fleurs et me murmure à l'oreille :

« Julius, vous allez chanter ?

— Vous n'y pensez pas, vous les avez vus, non, cela va tout gâcher.

— Je vous en prie !

— Impossible, voyons ! D'ailleurs, il n'y a pas de piano.

— Faites-le pour moi, en souvenir de nous. »

Et elle me laisse planté là, désormais seul au centre. Le petit orchestre a cessé de jouer. Il m'attend. Le banquet a fait silence. L'accordéoniste s'avance vers moi. Il m'interroge du sourcil. Tout me tourne autour, probablement l'effet du vin blanc, mais pas seulement. Je ne réfléchis pas. D'instinct, je me lance :

Il revient à ma mémoire
Des souvenirs familiers
Je revois ma blouse noire
Lorsque j'étais écolier
Sur le chemin de l'école
Je chantais à pleine voix
Des romances sans paroles
Vieilles chansons d'autrefois...

Douce France
Cher pays de mon enfance

> *Bercée de tendre insouciance*
> *Je t'ai gardée dans mon cœur !*
> *Mon village au clocher aux maisons sages*
> *Où les enfants de mon âge*
> *Ont partagé mon bonheur*
> *Oui je t'aime*
> *Et je te donne ce poème*
> *Oui je t'aime*
> *Dans la joie ou la douleur...*

Après la surprise, une émotion passe, si j'en juge par le regard des invités. Peut-être y voient-ils une forme de reconnaissance. Quelque chose de l'ordre de l'aveu lorsqu'il précède une demande de grâce. Enhardi et encouragé par leur réaction, je continue avec la ferveur que j'aurais mise à honorer un lied de Schubert :

> *... Douce France*
> *Liebes Land meiner Kindheit*
> *Sanft' und sorglose Wiege*
> *Mein Herz vergisst dich nicht.*
>
> *Ich hab' Landschaften gekannt*
> *Und wunderbare Sonnen*
> *Auf langen weiten Reisen*
> *Unter fremden Gefilden*
> *Aber ach, ich hab' viel lieber*
> *Meine Strasse, meinen Fluss*
> *Meine Wiese und mein Haus.*

Douce France
Liebes Land meiner Kindheit
Sanft' und sorglose Wiege
Mein Herz vergisst dich nicht...

Les visages se décomposent. Les gens semblent tétanisés. Un long silence clôt mon intervention. Pesant, interminable. Jusqu'à ce que le marié se lève et applaudisse, lentement et en cadence, bientôt imité par d'autres et d'autres encore tandis que l'orchestre reprend le refrain dans la liesse.

Un garçon apporte du champagne. Un amateur, certainement, émotif de surcroît, qui entreprend de nous servir en saisissant la bouteille par le col, puis avec les deux mains. Je la lui enlève d'autorité, quoique délicatement pour ne pas le vexer et, la tenant par la piqûre, la main gauche derrière le dos, je m'incline vers Jeanne pour la servir.

Épilogue

Vient toujours un moment dans la vie d'un homme où il cesse de creuser pour les autres afin de commencer à creuser pour lui-même ; si son existence s'écoule sans que jamais cette prise de conscience advienne en lui, il mérite notre compassion.

Un jour, cette histoire sera absorbée par la nacre du temps. Tout homme est son propre majordome.

« Alors, cette noce, comment était-ce ? me demande le prince à mon retour au château tandis que je lui verse un verre de cognac sur la terrasse dominant le Danube.

— Français, délicieusement français, Votre Altesse.

— À propos, Julius, avez-vous achevé l'inventaire ?

— Oui, Votre Altesse.

— Rien ne manque ? »

À mon léger sourire, il comprend que tout est en place, tout est en ordre, comme avant.

Ce qu'ils sont devenus

Philippe PÉTAIN, qui s'était dirigé vers la Suisse avec l'accord de toutes les autorités concernées, fut reconduit à la frontière, remis par les Suisses aux Français le 26 avril. Jugé devant la haute cour de justice, il fut reconnu coupable d'intelligence avec l'ennemi et de haute trahison. La cour le condamna en 1945 à la peine de mort, à la dégradation nationale et à la confiscation de ses biens, mais recommanda la non-application de la peine en raison du grand âge du maréchal. La sentence fut à nouveau commuée par le général de Gaulle en réclusion à perpétuité. Il purgea sa peine au fort de la Citadelle, à l'île d'Yeu (Vendée), où il s'éteignit en 1951.

Pierre LAVAL. Après que la Suisse lui eut refusé un asile temporaire qui lui aurait permis de préparer sa défense, il se réfugia à Barcelone. Selon les conditions posées par le général Franco, il y fut interné durant trois mois avant d'être remis aux autorités françaises. Condamné à mort pour haute trahison et complot contre la sûreté intérieure de l'État à l'issue d'un simulacre de procès par la haute cour de justice le 9 octobre 1945, il tenta de se suicider en absorbant du cyanure, avant d'être exécuté le 15 du même mois.

Fernand DE BRINON. Se livra aux Américains le 8 mai 1945, la Suisse ayant refusé de l'accueillir. Condamné à mort par la haute cour de justice, il fut exécuté un mois plus tard, le 15 avril 1947, au fort de Montrouge.

Joseph DARNAND. Arrêté en Italie, il fut ramené en France, condamné à mort le 3 octobre 1945 par la haute cour et fusillé au fort de Châtillon quelques jours après.

Bernard MÉNÉTREL. Arrêté en Allemagne, incarcéré dès mai 1945 huit mois durant à Fresnes, il mourut en 1947 dans un accident de voiture.

Abel BONNARD. Réfugié en Espagne, interné durant un an à la forteresse de Montjuich, il obtint l'asile politique et s'installa à Madrid, tandis qu'en France la justice le condamnait à la peine de mort par contumace, le 4 juillet 1945. De retour en France en 1960, il est rejugé et voit sa peine commuée en dix ans de bannissement, mesure prenant effet rétroactivement à compter de la fin de la guerre. Il mourut à Madrid en 1968.

Marcel DÉAT. Condamné à mort par contumace le 19 juin 1945 par la haute cour de justice, il se cacha dans différents lieux en Italie grâce à l'entraide active des congrégations religieuses. Enseigna la philosophie dans un collège de Turin. Vécut dans cette ville de 1947 à sa mort, en 1955, sous la protection de l'Institution Jeanne-d'Arc des religieuses de la Providence.

Eugène BRIDOUX. Arrêté en France, interné à Fresnes, transféré au Val-de-Grâce en raison de problèmes de santé, il s'évada et se réfugia en Espagne, où vivait sa femme. Il y obtint un poste de conseiller technique à l'École de cavalerie grâce au général Franco et mourut en exil en 1955.

Jean LUCHAIRE. Réfugié en Italie, arrêté à Merano le 22 mai 1945, transféré en France, il fut condamné à mort le 22 janvier 1946 par la cour de justice de la Seine et exécuté un mois après.

Louis-Ferdinand CÉLINE. Se réfugia au Danemark. Les autorités refusèrent de l'extrader vers la France et l'emprisonnèrent durant près d'un an avant de le laisser vivre librement chez son avocat. La France le condamna à un an de prison par contumace en application de l'article 83 pour « actes de nature à nuire à la défense nationale ». À la faveur de la loi d'amnistie de 1951, il rentra et s'installa à Meudon. En 1957, Gaston Gallimard publia *D'un château l'autre*, consacré à son séjour à Sigmaringen. Il mourut chez lui en 1961.

Lucien REBATET. Arrêté en Autriche en 1945, condamné à mort en 1946, il vit sa peine commuée, et fut incarcéré à Clairvaux, d'où il sortit en 1952 grâce à la loi d'amnistie de 1951. Il mourut chez lui à Moras-en-Valloire en 1972.

Otto ABETZ. Arrêté dans le Pays de Bade en octobre 1945, condamné à vingt ans de travaux forcés par un tribunal militaire français en 1949, libéré en 1954, il mourut quatre ans plus tard dans un accident de voiture.

Major Karl BOEMELBURG. Signalé ici ou là sous diverses identités et fonctions, condamné à mort par contumace par le tribunal militaire de Lyon, il s'évapora après la guerre...

Reconnaissance de dettes

Qu'il me soit permis de remercier pour leur aide S.H. Karl Friedrich Fürst von Hohenzollern, de même que son oncle S.H. Johann Georg Prinz von Hohenzollern, et Robin Prinz von Sayn-Wittgenstein-Berleburg

... ainsi que mesdames Bettina Göggel, Anette Hähnel, Daniela Krezdorn, Birgit Meyenberg, Marie-France Pochna, Marie-Noëlle Polino et Thérésa Revay et l'AHICF (Association pour l'histoire des chemins de fer)

... et messieurs Dr. Otto H. Becker, Heinz Gauggel, Joachim Umlauf.

Ce roman doit *aussi* à mon imprégnation de certains films : *La règle du jeu*, de Jean Renoir, *The Remains of the Day*, de James Ivory, *Gosford Park*, de Robert Altman

... de séries télévisées : *The Forsyte Saga* de Christopher Menaul et Dave Moore, Granada/ITV, 2002-2003 ; *Upstairs Downstairs* de Heidi Thomas, BBC, 2010-2012 ; *Downton Abbey* de Julian Fellowes, ITV, 2010

... du documentaire de Rachel Kahn et Laurent Perrin, *Sigmaringen, l'ultime trahison*, Cinétévé/France 3, 1996

... et de l'émission de radio de Peter Hölzle et Günter

Liehr, *Das Phantom an der Donau. Das Ende der französischen Kollaborationsregierung am 20. April 1945 in Sigmaringen*, Bayerischer Rundfunk, 2. Programm, 6 septembre 2005

... ainsi qu'à la trace laissée par l'examen de dossiers aux Archives nationales : « Activité des réfugiés politiques français en Allemagne », rapport de Henri Hoppenot, 18 avril 1945 (72 AJ 1921) / Procès Ménétrel (3W288) / Dossier Sigmaringen (F 7 152 88) / Papiers Luchaire (72 AJ 2003) / Papiers Brinon (411 AP) / Mémoires de Maurice Gabolde (351 AP 8) / *Journal inédit* de Marcel Déat (F7 15342)

... de la collection complète du quotidien *La France* consultée aux Staatsarchiv Sigmaringen, ainsi que de toutes les archives locales relatives au séjour des Français en 1944-1945 (nombreux cartons)

... et, par ordre alphabétique, des livres et articles de : David Alliot, *D'un Céline l'autre*, Bouquins/Laffont, 2011 ; Fabrice d'Almeida, *La vie mondaine sous le nazisme*, Perrin, 2006 ; Mathilde Aycard et Pierre Vallaud, *Allemagne IIIe Reich. Histoire/Encyclopédie*, Perrin, 2008 ; Pierre Ayçoberry, *La société allemande sous le IIIe Reich 1933-1945*, Seuil, 1998 ; Otto H. Becker, *Zwischen Württemberg und Baden : Hohenzollern (1945-1952)*, Zeitschrift für Hohenzollerische Geschichte, Sonderdruck aus Band 34, 1998 ; Otto H. Becker, *« Ici la France ». Die Vichy-Regierung in Sigmaringen 1944-45*, Landeszentrale für politische Bildung, Baden-Württemberg ; Otto H. Becker, *Kriegsende und Besatzungszeit in Sigmaringen 1944-45*, Sigmaringen, 1995 ; Maud de Belleroche, *Le ballet des crabes*, Dualpha, 2001 ; Robert Belot, *Lucien Rebatet. Un itinéraire fasciste*, Seuil, 1994 ; Henry Bogdan, *Les Hohenzollern. La dynastie qui a fait l'Allemagne (1061-1918)*, Perrin, 2010 ; Fernand de Brinon, *Mémoires*, Déterna, 2001 ; André Brissaud, *Pétain à Sigmaringen*, Perrin, 1966 ; Jean-Paul Brunet, *Jacques Doriot. Du communisme au fascisme*, Balland, 1986 ; Louis-Ferdinand Céline, *D'un château l'autre*, Gallimard, 1957 ; L.-F. Céline, *Nord*, Gallimard, 1960 ; « Céline », Cahiers de l'Herne, 1963/1965/1972 ; Jean-Paul Cointet, *Sigmaringen. Une France en Allemagne ; septembre 1944-avril 1945*, Perrin, 2003 ; *Marcel Déat. Du socialisme au national-socialisme*, Perrin, 1998 ; Michèle et Jean-Paul Cointet (sous la dir. de), *Dictionnaire historique de la France sous l'Occupation*, Tallandier, 2000 ; Francois Crouzet, « Robert Brasillach et la génération perdue » in *Les Cahiers du Rocher*, n° 2, [mars] 1987 ; Marcel Déat, *Mémoires politiques*, Denoël, 1989 ; Hans Magnus Enzensberger, *Hammerstein ou L'instransigeance. Une histoire allemande*, Gallimard, 2010 ; Maurice Gabolde, *Écrits d'exil. Contribution à l'histoire de la période 1939-1945*, Les Éditions Emmanuel Gabolde, 2009 ; Paul Gaujac, *L'armée de la victoire. Du Rhin au Danube, 1944-45*, Lavauzelle, 1986 ; Berta Geissmar, *Musique et politique* ; Paul Gentizon, « Les proscrits de Sigmaringen », in *Le Mois suisse*, janvier 1945, n° 70 ; François Gibault, *Céline*, trois volumes, Mercure de France, 1977-1981 ; Pierre Giolitto, *Histoire de la Milice*, Perrin, 1997 ; Bruno Giner, *De Weimar à Térézine. L'épuration musicale 1933-1945*, Van de Velde, 2006 ; B. Gordon, « Un soldat du fascisme : l'évolution politique de Joseph Darnand », dossier *Sur la collaboration en France*, in *Revue d'histoire de la Deuxième Guerre mondiale*, n° 108, octobre 1977 ; Sebastian Haffner, *Histoire d'un Allemand. Souvenirs 1914-1933*, Actes Sud, 2003 ; Karin Hatker, *Céline, Degrelle et quelques autres à Sigmaringen. Une colonie française en Allemagne du Sud*, Au Bon Larron, 1992 ; Nikola Hild et

Katharine Hild, *Schloss Sigmaringen. Der Hohenzollernsitz im Donautal und die Residenzstadt*, Tübingen, Silberburg-Verlag, 2008; Karen Kuehl et Anette Hähnel, *Das Fürstliche Haus Hohenzollern. Private Einblicke in die Fotoalben*, Gmeiner Verlag, Messkirch, 2011; Fred Kupferman, *Laval*, Balland, 1987; Klaus Lang, *Celibidache et Furtwängler. Le Philhamonique de Berlin dans la tourmente de l'après-guerre*, Buchet-Chastel, 2012; Cédric Meletta, *Jean Luchaire. L'enfant perdu des années sombres*, Perrin, 2013; J. Mièvre, « L'évolution politique d'Abel Bonnard » dossier *Sur la collaboration en France*, in *Revue d'histoire de la Deuxième Guerre mondiale*, n° 108, octobre 1977; Frédéric Mitterrand, *Mémoires d'exil*, Robert Laffont, 1999; Frank-Rutger Hausmann, *L.-F. Céline et Karl Epting*, Le Bulletin célinien, Bruxelles, 2008; Jean Hérold-Paquis, *Des illusions... désillusions*, Bourgoin, 1948; Julien Hervier, *Entretiens avec Ernst Jünger*, Gallimard, coll. Arcades, 1986; Julien Hervier, « La double guerre d'Ernst Jünger » in *Revue des Deux Mondes*, juillet-août 2008; Michel Huberty, Alain Giraud et F. et B. Magdelaine, *L'Allemagne dynastique. Les quinze familles qui ont fait l'Empire*, t. V : *Hohenzollern-Waldeck*, chez l'auteur, 1981; Kazuo Ishiguro, *Les vestiges du jour*, Calmann-Lévy, 2001; Gilbert Joseph, *Fernand de Brinon, l'aristocrate de la collaboration*, Albin Michel, 2002; Ian Kershaw, *La fin. Allemagne 1944-1945*, Seuil, 2012; Viktor Klemperer, *LTI, la langue du IIIe Reich*, Albin Michel, 1996; Barbara Lambauer, *Otto Abetz et les Français, ou L'envers de la collaboration*, Fayard, 2001; Herbert R. Lottman, *Pétain*, Seuil, 1984; Corinne Luchaire, *Ma drôle de vie*, Déterna, 2000; Thomas Mann, *La montagne magique*, Le Livre de Poche, 1991; Thomas Mann, *Altesse royale*, Grasset, 1972; Henri Ménudier (sous la dir. de),

L'Allemagne occupée 1945-1949, Complexe, 1990 ; Pierre Moinot, *Tous comptes faits*, Gallimard, 1997 ; Marc-Édouard Nabe, *Lucette*, Gallimard, 1995 ; Georges Oltramare, *Les souvenirs nous vengent*, Déterna, 2000 ; Jonathan Petropoulos, *Royals and the Reich. The Princes von Hessen in nazi Germany*, Oxford University Press, New York, 2006 ; Clemens Pornschlegel, *Penser l'Allemagne. Littérature et politique aux XIXe et XXe siècles*, Fayard, 2009 ; Yves Pourcher, *Pierre Laval vu par sa fille d'après ses carnets intimes*, Le Cherche-Midi, 2002 ; Louis-Ferdinand de Prusse, *Le prince rebelle*, André Martel, 1954 ; Philippe Randa, *Dictionnaire commenté de la collaboration française*, Jean Picollec, 1997 ; Lucien Rebatet, *Les Mémoires d'un fasciste*, Pauvert, 1976 ; Lionel Richard, *Le nazisme et la culture*, Complexe, 1988 ; Véronique Robert et Lucette Destouches, *Céline secret*, Grasset, 2001 ; Henry Rousso, *Un château en Allemagne. Sigmaringen 1944-1945*, Ramsay, 1989, réédition augmentée Pluriel, 2011 ; Christine Sautermeister, *Louis-Ferdinand Céline à Sigmaringen*, Écriture, 2013 ; « D'un café l'autre : Marcel Déat et Céline à Sigmaringen », communication au 19e colloque international Céline sur « Céline et l'Allemagne », Berlin, 6-8 juillet 2012 ; Valentin Schneider, *Un million de prisonniers allemands*, Vendémiaire, 2013 ; Sönke Neitzel et Harald Welzer, *Soldats. Combattre, tuer, mourir : procès-verbaux de récits de soldats allemands*, Gallimard, 2013 ; Dominique Pagnier, *Mon album Schubert*, Gallimard, coll. L'un et l'autre, 2006 ; Gérard-Trinité Schillemans, *Philippe Pétain, le prisonnier de Sigmaringen*, Éditions MP, s.d. ; Jean-Paul et François Senac, *Les 1 142 patients du docteur L.F. Destouches, Sigmaringen, septembre 1944-avril 1945*, Académie des sciences et lettres de Montpellier, séance du 19 avril 2010 ; André

Suarès, *Sur la musique*, Actes Sud, 2013 ; Jean-Louis Thiériot, *Stauffenberg*, Perrin, 2009 ; Michel Tournier, *Le bonheur en Allemagne ?*, Maren Sell, puis Folio, 2006 ; Catalogue *Le Troisième Reich et la musique*, Musée de la musique-Fayard, 2004 ; Bernard Ullman, *Lisette de Brinon, ma mère*, Complexe ; Charles Vallin, *Les Français en Allemagne*, s.d. ; Claude Varennes, *Le destin de Marcel Déat*, Janmaray, 1948 ; Bénédicte Vergez-Chaignon, *Le docteur Ménétrel. Éminence grise et confident du maréchal Pétain*, Perrin, 2001 ; Marie-Bénédicte Vincent « L'aristocratie allemande au service de l'État et la césure de 1918 », *Vingtième Siècle. Revue d'histoire* 3/2008 (n° 99), p. 76-90.

Prologue	13
1. L'organisation	19
2. L'illusion	229
3. La désagrégation	267
Épilogue	349
Ce qu'ils sont devenus	351
Reconnaissance de dettes	355

Œuvres de Pierre Assouline (suite)

Récit

LE FLEUVE COMBELLE, Calmann-Lévy, 1997 (repris dans Folio n° 3941).

Documents

DE NOS ENVOYÉS SPÉCIAUX : LES COULISSES DU REPORTAGE, en collaboration avec Philippe Dampenon, Jean-Claude Simoën, 1977.

LOURDES, HISTOIRES D'EAU, Alain Moreau, 1980.

LES NOUVEAUX CONVERTIS : ENQUÊTE SUR DES CHRÉTIENS, DES JUIFS ET DES MUSULMANS PAS COMME LES AUTRES, Albin Michel, 1981 (repris dans Folio actuel n° 30, nouvelle édition en 1992, revue, augmentée et actualisée).

GERMINAL : L'AVENTURE D'UN FILM, Fayard, 1993.

L'ÉPURATION DES INTELLECTUELS, Complexe, 1996.

BRÈVES DE BLOG. LE NOUVEL ÂGE DE LA CONVERSATION, Les Arènes, 2008.

AUTODICTIONNAIRE SIMENON, Omnibus, 2009 (Le Livre de Poche, 2011).

AUTODICTIONNAIRE PROUST, Omnibus, 2011.

LA NOUVELLE RIVE GAUCHE, avec Marc Mimram, Alternatives, 2011.

DU CÔTÉ DE CHEZ DROUANT. 110 ANS DE VIE LITTÉRAIRE CHEZ LES GONCOURT, Gallimard, 2013.

Entretiens

LE FLÂNEUR DE LA RIVE GAUCHE, AVEC ANTOINE BLONDIN, François Bourin, 1994, rééd. La Table ronde, 2004.

SINGULIÈREMENT LIBRE, AVEC RAOUL GIRARDET, Perrin, 1990.

Rapport

LA CONDITION DU TRADUCTEUR, Centre National du livre, 2011.

Ouvrage composé
par PCA / CMB Graphic.
Achevé d'imprimer
sur Roto-Page
par l'Imprimerie Floch
à Mayenne, le 13 janvier 2014.
Dépôt légal : janvier 2014.
1er dépôt légal : décembre 2013.
Numéro d'imprimeur : 86201.

ISBN 978-2-07-013885-2 / Imprimé en France.

266486

PIERRE ASSOULINE

Sigmaringen

En septembre 1944, un petit coin d'Allemagne nommé Sigmaringen, épargné jusque-là par les horreurs de la guerre, voit débarquer, du jour au lendemain, la part la plus sombre de la France : le gouvernement de Vichy, avec en tête le maréchal Pétain et le président Laval, leurs ministres, une troupe de miliciens et deux mille civils français qui ont suivi le mouvement, parmi lesquels un certain Céline.

Pour les accueillir Hitler a mis à leur disposition le château des princes de Hohenzollern, maîtres des lieux depuis des siècles. Tout repose désormais sur Julius Stein, le majordome général de l'illustre lignée. Depuis les coulisses où il œuvre sans un bruit, sans un geste déplacé, il écoute, voit, sait tout.

Tandis que les Alliés se rapprochent inexorablement du Danube et que l'étau se resserre, Sigmaringen s'organise en petite France. Coups d'éclat, trahisons, rumeurs d'espionnage, jalousies, l'exil n'a pas éteint les passions. Certains rêvent de légitimité, d'autres d'effacer un passé trouble, ou d'assouvir encore leurs ambitions.

Mais Sigmaringen n'est qu'une illusion. La chute du IIIe Reich est imminente et huit mois après leur arrivée tous ces Français vont devoir fuir pour sauver leur peau.

De ce théâtre d'ombres rien n'échappe à Julius Stein. Sa discrète liaison amoureuse avec Jeanne Wolfermann, l'intendante du maréchal, le conduira à sortir de sa réserve et à prendre parti.

Pierre Assouline est journaliste et écrivain. Il a publié de nombreuses biographies sur des figures aussi passionnantes et diverses que Simenon, Hergé ou Cartier-Bresson. Il est l'auteur de huit romans parmi lesquels Lutetia *et* Une question d'orgueil.